TIÉNTAME

UNA COMEDIA ROMÁNTICA DE OFICINA CON EL
MEJOR AMIGO DEL HERMANO

SYNERGY
LIBRO 6

MICHELLE MCCRAW

lazy dog
books

ADVERTENCIA DE CONTENIDO

Tiéntame es un romance picante que contiene escenas íntimas explícitas y lenguaje vulgar. Esta historia también contiene abandono parental y muerte (no representado directamente) y tentativa de agresión sexual (no representado directamente).

Si este no es el momento adecuado para que leas una historia con estos elementos, considera saltarte este libro por ahora. Cuídate.

1

LOS OJOS pequeños y brillantes de Larry eran como los aretes de perlas negras de mi madre: redondos, lustrosos y sentenciosos.

—No me mires así —susurré, volviendo a prestarle atención al chef Guillaume.

Con un genio para la multitarea perfeccionado en los mejores restaurantes de Francia, el instructor me lanzó una mirada amenazante sin interrumpir el ritmo de su lección sobre los mariscos.

Larry parpadeó, lo cual era raro porque estaba casi segura de que las langostas no tenían párpados. Si los tuvieran, el chef Guillaume nos habría enseñado a filetearlos.

Me moví sobre mis pies, adolorida de tanto estar parada con esos horribles zuecos que me rozaban sin piedad el empeine. Saqué el paño de cocina del cinto de mi delantal y lo arrojé sobre Larry, que descansaba en la tabla de cortar de mi puesto de trabajo. Ahora podía concentrarme en el chef Guillaume, que había empezado un paréntesis sobre las alergias a los mariscos.

Mucho mejor.

El paño se movió y una pinza con una liga me saludó débilmente. Sentí una punzada en el pecho. El chef explicó que nuestras langostas espinosas locales de California se enviaban a China a precios exorbitantes.

Pobre Larry.

Hacía un par de días, estaba pasando el rato con sus amigos langostas en el Atlántico Norte. Hoy, se asfixiaba lentamente aquí, en mi clase de cocina de un instituto comunitario en San Francisco, palideciendo bajo las poco favorecedoras luces fluorescentes, esperando a zambullirse en la olla de agua que casi había alcanzado el punto de ebullición.

Me quedé mirando su pinza inmovilizada. *Ya somos dos, amigo.*

Le quité el paño de la cabeza y lo metí debajo de su cuerpo de color marrón rojizo para que no estuviera acostado sobre la resbaladiza tabla de cortar. Debía de oler como las otras pobres criaturas que había despachado en mi clase de carnicería.

¿Las langostas tenían nariz?

Probablemente no, gracias a Dios. Si la tuviera, olería mi miedo.

Habíamos empezado el semestre con aves de corral. Nos llegaban fallecidas y sin cabeza, a diferencia de Larry. Casi vomité al ver los cuerpos pálidos y desplumados, pero en lugar de eso, me imaginé lo que diría mamá si abandonaba también esta escuela. Me aguanté y seguí adelante, descuartizando las piezas lo suficientemente bien como para que el chef Guillaume me aprobara.

La siguiente unidad fue la de carne de res, pero también nos llegó sin rostro. Aprendí a separar las costillas del lomo y creé un asado de costilla enrollada al que el chef no le gruñó. Lo llamó «no está mal», que era tan bueno como una A en cualquier otra clase. Aunque no tenía mucha experiencia con las A en la escuela, culinaria o de otro tipo.

Pasamos al pescado y, aunque tenían cara, al menos llegaban muertos.

Hasta Larry.

—Señorita Natalie Jones, ¿está prestando atención? —¿Cómo se me había acercado el chef Guillaume sin que me diera cuenta? Me fulminó con la mirada desde el otro lado de mi mesa de trabajo con las manos en las caderas.

—Sí, chef —chillé. No me atreví a mirar a Larry.

—Entonces, ¿por qué su langosta está envuelta como un *bébé* y no cociéndose en la olla?

Ay, no. Miré a mi derecha, donde mi vecino Gregory estaba limpiando su puesto. Salía vapor de la tapa de su olla.

—Esperando a que hierva del todo, chef —dije, mirando mi olla, donde las burbujas empezaban a romper la superficie.

—Muéstreme. —Torció el labio mientras miraba a la langosta —. Retire esa toalla.

—Disculpe. —Con cuidado, desenredé mi paño de Larry. El pobrecito no tenía muy buen aspecto.

Las fosas nasales del chef se ensancharon. —Haga una demostración para la clase de cómo matar a la langosta sin crueldad.

—Yo… eh… —*Matar sin crueldad* me sonaba a oxímoron—. ¿Podría mostrarme la técnica de nuevo?

Extendió la mano hacia Larry.

Salté para cubrir al crustáceo con mi cuerpo. —¡A él no! —Me quedé helada—. Quiero decir, yo lo haré. —Era lo menos que le debía a Larry.

El chef enarcó una ceja. —*Bon*. Yo haré la demostración, luego usted repite.

Se dio la vuelta y le arrebató la langosta de la mesa a Chantal. La golpeó contra la tabla de cortar junto a Larry. En un movimiento fluido, tomó mi cuchillo y enterró la punta en el cerebro de la langosta. Cuando se retorció, Larry se arrastró débilmente por la tabla de cortar.

—¿Ve? Rápido y sin crueldad. —Dejó caer la langosta muerta en la olla de Chantal. Ella murmuró su agradecimiento y tapó la olla.

—Ahora usted. —Me tendió mi cuchillo, con el mango por delante.

Miré mi olla. Malditos quemadores de gas tan eficientes. Había alcanzado el punto de ebullición. Acepté el mango y centré mi atención en Larry. Resignado a su destino, dejó caer sus antenas.

Se me partió el corazón por él.

Acabaría mezclado con sus amigos en una crema de langosta que se serviría en la cafetería de la escuela o en un rollo de langosta para llevar.

¿Por qué tenía que morir por un sándwich aguado y con demasiada salsa?

Lo único que quería era vivir su mejor vida de langosta. ¿Y qué si no había determinado cuál podría ser? Se merecía otra oportunidad para averiguar qué hacer con su vida.

Espera. ¿Era Larry o yo?

—Señorita Jones. Permítame recordarle que solo nos quedan treinta minutos de clase.

Treinta minutos. El chef Guillaume no aceptaba trabajos atrasados. Tendría que asesinar al pobre Larry ahora si quería tener alguna esperanza de desarmar su caparazón a tiempo. El tenedor plateado para langosta brilló bajo las luces fluorescentes. El que el chef esperaba que usara para sacar la carne de Larry de su caparazón.

Larry levantó su pinza a modo de despedida, mostrándome la liga azul. Azul como el océano. Azul como los delicados bordes del caparazón que cubría sus delgadas articulaciones, las cuales se suponía que debía sacar con el tenedor.

Tragué saliva. *Hoy no, Larry.*

—Lo siento, chef.

Dejé caer el cuchillo, le eché el paño de nuevo a Larry y lo levanté. No era pesado, solo un par de kilos, pero sus enormes pinzas colgaban.

—¿Qué está haciendo, señorita Jones?

Mantuve la cabeza gacha. —Me voy, chef.

El aula se había quedado en un silencio sepulcral.

—Si sale por esa puerta, suspende mi clase. Será difícil que se gradúe sin ella.

Habría sido difícil graduarme incluso con una nota aprobatoria en su clase. Metiendo a Larry bajo mi brazo, saqué mi bolso tote Louboutin de su cubículo debajo de mi puesto de trabajo y me lo colgué al hombro. —Lo entiendo, chef.

—¿De verdad lo entiende, señorita Jones? —Su ceja gris se levantó. Debió de sentir la presión que me hacía volver día tras día a una clase que estaba suspendiendo.

Eché un vistazo a mi estuche de cuchillos. Me gustaba el peso del gran cuchillo de chef y la forma en que el mango se ajustaba a mi mano. Era una pena dejarlo aquí. Pero tendría que soltar a Larry, y si lo hacía, mi malhumorado instructor podría arrojarlo a mi olla y hervirlo vivo.

Era mejor dejarlo. Asentí a Gregory. Él tenía talento. Se los merecía más que yo. La escuela de cocina era un desperdicio para mí, igual que la universidad, la escuela de moda, las prácticas de planificación de eventos e incluso la floristería que me compró mi padrastro.

—Lo siento, chef —repetí, y con un agarre firme en Larry, me di la vuelta sobre mis zuecos.

Ojalá pudiera decir que salí campante, pero mi maldito zueco se enganchó en el suelo y se me salió del pie. De todas formas, siempre los había odiado. Me quité el otro y, en calcetines, salí arrastrando los pies del aula.

EL CONDUCTOR del Uber se alejó del bordillo en Rincon Park. Me había acostumbrado al olor a pescado en las dos horas que habíamos pasado en el aula, pero tener a Larry en el pequeño Mazda era demasiado, sobre todo después de que se mareara un poco.

A pesar de las nubes bajas, el aire era más fresco en el parque, y me dirigí directamente al muelle.

—No te preocupes, Larry. Yo me encargo. Puede que las langostas espinosas parezcan diferentes, pero seguro que son majas. Vas a hacer muchos amigos nuevos.

Giró sus pedúnculos oculares hacia mí.

—En serio, amigo. No creo que sobrevivieras si te enviara de vuelta a Maine o de donde seas. Esto es mucho mejor que ser servido en la cafetería. Si no te gusta la bahía, puedes nadar alrededor de la península hasta el océano.

Pensándolo bien, probablemente debería haberlo llevado al lado del océano de la ciudad, but ya era demasiado tarde para eso. El agua era profunda aquí, y no había pesca comercial en la bahía.

Cuando llegué a la barandilla, apoyé a Larry en ella, todavía envuelto en mi paño de cocina. Sus pedúnculos oculares se movían entre mí y el agua de abajo.

—Mira, Larry. Sé que este es un lugar nuevo y que tienes miedo. He empezado muchas cosas nuevas, y esto es lo que siempre me ha funcionado: encontrar una manera de ayudar a los demás. Así te necesitan, les gustes o no.

Larry no se lo tragaba. Golpeó la barandilla con la pinza.

—No tienes por qué seguir mi consejo. ¿Qué sabré yo, de todos modos? Ninguna de mis escuelas o trabajos ha durado, y me va a costar un montón explicarles a mamá y a Charles lo que pasó hoy. Pero lo correcto para mí está ahí fuera, y lo correcto para ti está ahí abajo.

Ambos miramos el agua. Era profunda y azul.

—Busca una buena roca y mantente oculto hasta que recuperes las fuerzas. Cómete… Por cierto, ¿qué comen ustedes? ¿Plancton? ¿Algas? ¿Pececillos? Seguro que está ahí abajo. Tal vez conozcas a una langosta hembra simpática —o a un macho, lo que te haga feliz— y te establezcas en una parte bonita y profunda del océano, críen algunos bebés juntos. ¿De acuerdo? —Me sequé un poco de rocío del océano de la mejilla.

Movió sus pinzas débilmente.

—Cierto. Tengo que quitarte eso. —Metí la mano en mi bolso y encontré la navaja suiza rosa que mi hermano Jackson me regaló cuando tenía doce años. Saqué la hoja larga y corté la liga de goma de su pinza derecha, y luego la de la izquierda. Tímidamente, abrió y cerró las pinzas.

—¿Mejor? De acuerdo, voy a dejarte caer.

Pero no lo hice. Me quedé mirando sus ojos nublados.

—Esta es tu segunda oportunidad, amigo. No la desperdicies.

—¿Quién era yo para aconsejarlo? ¿Cuántas segundas, terceras o cuartas oportunidades había desperdiciado yo? ¿Cuántas veces me había lanzado mamá esa mirada de ojos entrecerrados y labios apretados que me decía cuánto la había decepcionado? ¿Cuántas veces había dicho realmente las palabras: *Natalie, ¿cuándo vas a sentar cabeza? ¿Por qué no puedes ser más como tus hermanos o tu hermana?*

Nunca tendría tanto éxito como mis hermanos. Debería hacer lo que había hecho mamá y casarme con un tipo con potencial. Me había presentado a suficientes hijos de sus amigos ricos como para que ya hubiera encontrado uno que me gustara.

Larry me dio un golpecito en la mano con la pinza.

—Cierto, lo siento. Esto no se trata de mí. Se trata de ti. De acuerdo, a la una… a las dos… y a las tres. —Lo puse boca abajo y lo dejé caer de cabeza al agua, tres metros más abajo. Se deslizó dentro, sin salpicar, como un clavadista olímpico. Flotó por un segundo bajo el agua, meciéndose con las olas que golpeaban contra el muelle. Casi pareció que me saludaba. Luego, con un coletazo, se sumergió, y su caparazón marrón desapareció en el agua oscura. Esperé un minuto, agarrando el apestoso paño de cocina. Luego dejé pasar otro minuto. Pero Larry no reapareció.

Esperaba que a él le fuera mejor con su segunda oportunidad que a mí con las mías.

Me volví hacia la ciudad. Podía pedir otro Uber a casa, asearme y pensar en cómo explicarles a mis padres que había abandonado la escuela de cocina dos semanas antes de que terminara el trimestre. O…

Vi el edificio alto que daba sombra al edificio más bajo de mi hermano.

Él había tenido su buena dosis de segundas oportunidades. Quizá pudiera ofrecerme algún consejo. O al menos más compasión de la que recibiría de nuestra madre.

2

EN CUANTO SALÍ del ascensor en el sexto piso, me di cuenta de la falla en mi plan. El código de vestimenta en Synergy era informal, pero mi filipina blanca manchada con lo que fuera que Larry me había vomitado encima, los pantalones de chef holgados y las chanclas verde neón que había comprado en un puesto de recuerdos cerca del muelle no podían ser más distintos de los vestidos de diseñador que solía usar. Todo el mundo se me quedó viendo con la boca abierta mientras pasaba.

Imitando el porte de mi madre, levanté la barbilla como si llevara un Hermès y arrastré los pies hasta el escritorio de la asistente de mi hermano. Extrañaba ver a Marlee allí, pero desde su ascenso, se sentaba en el piso de abajo con los demás desarrolladores.

Su nueva asistente, Paulina, era una mujer mayor del Caribe. Observó mi aspecto y sonrió. —¿Viene directo de la escuela, cariño?

—Sí —. Contuve una mueca—. ¿Mi hermano está en su oficina? —Miré la puerta de cristal detrás de ella.

—No, está en la oficina del señor Fallon.

Suspiré. Quería ver a Jackson, pero su amigo Cooper había tomado la vía rápida hacia el éxito. Cooper nunca decía nada sobre mi camino errático por la vida, pero siempre me miraba por debajo del arco de sus pobladas cejas y me atravesaba con una mirada de desaprobación.

Deseé poder escabullirme, pero Paulina le diría a Jackson que había estado aquí. Tenía que seguir adelante con mi plan improvisado.

—Gracias, Paulina. —Arrastré los pies por el suelo hasta la oficina de Cooper. Su asistente no estaba en su escritorio, pero su primo y guardia de seguridad, Mateo, estaba de pie junto a la puerta. Sonrió ampliamente cuando me acerqué.

—¡Natalie! ¿Qué trae por aquí a nuestra pequeña Cat Cora?

Con mi metro setenta y dos, no era pequeña, pero en comparación con el físico alto y corpulento de Mateo, debí parecer diminuta, sobre todo sin llevar mis tacones.

—Quería hablar con mi hermano. ¿Sigue con Cooper?

—Están todos adentro. Pasa, pasa —dijo. Empujé la manija de la puerta.

No fue hasta que mi mirada se deslizó de Cooper, sentado en su escritorio, y de mi hermano, apoyado en el alféizar de la ventana, hacia la tercera persona en la habitación, que repasé lo que Mateo había dicho: *Están todos adentro.* Me di cuenta de a quién se refería con «todos».

Ella estaba allí. Mi cerebro se paralizó. Se suponía que no debía estar en San Francisco, en Synergy. Se suponía que debía estar en su oficina, a una hora de distancia, en Silicon Valley.

—¡Nutter Butter! —Jackson cruzó la habitación de un salto y me envolvió en sus brazos. Añadió un calzón chino para rematar, despeinando mi moño artísticamente desordenado.

¿Por qué tenía que llamarme con ese apodo ridículo? Cuando era una niña torpe de nueve años, le dejaba llamarme como quisiera porque ansiaba cualquier atención que mi hermano mayor me diera. Ahora ya era tan adulta como él. Sin embargo, nunca dejaba de señalar que los adultos tenían trabajo y no vivían con sus padres.

—Suéltame. —Empujé sus brazos demasiado largos.

Aflojó su agarre, pero mantuvo un brazo sobre mis hombros, probablemente para tenerme al alcance de otro calzón chino. —¿Qué haces aquí?

—Yo, ah… —De repente, contarle mi triste historia para obtener algo de compasión de mi hermano me pareció una idea terrible—. ¿Extrañaba a mi hermano mayor?

—Aw. —Volvió a frotar sus nudillos en mi cabello—. Bueno, llegas justo a tiempo para reírte de Jamila por lo que ha hecho ahora.

¿Reírme de Jamila? No solo era la mujer más hermosa que había conocido, sino que era todo lo que yo deseaba ser: inteligente, segura de sí misma, capaz. Al igual que Cooper, nunca había vacilado en su marcha hacia el éxito.

La había evitado durante cuatro meses desde esa desastrosa fiesta en casa de Billie Woods. Y ahora me había pillado en mi peor momento, sin ropa de diseñador ni maquillaje que me sirvieran de armadura y oliendo al contenido del sistema digestivo de Larry.

Estaba despatarrada en el sofá de cuero de Cooper, con la pierna derecha estirada hacia el suelo y la izquierda apoyada en el respaldo del sofá, con su tacón de aguja beis colgando de los dedos de los pies. Sus pantalones anchos y vaporosos de color blanco estaban arremangados, mostrando la piel suave y oscura que cubría sus tobillos delgados y sus musculosas pantorrillas. Llevaba una blusa lila sin mangas y una gargantilla de perlas. Las perlas y los tonos pastel sugerían suavidad, pero sus palabras afiladas siempre rompían la ilusión.

Cuando tenía diecinueve años, lucía una melena rizada y abundante que yo envidiaba. Ahora, su cabello estaba cortado muy pegado a la cabeza, mostrando su largo y elegante cuello. Dirigir una empresa de software de mil millones de dólares no dejaba tiempo para mantener unos rizos.

Lanzando un brazo sobre sus ojos, soltó un gruñido de frustración. —Les juro que lo único que hice fue intentar proteger a mi empresa. Ese reportero es un imbécil.

—No es así como el reportero imbécil lo escribió en su artículo —dijo Cooper secamente.

—¿Qué pasó? —pregunté.

Apartó el brazo de su cara y me saludó con la mano de manera casual. —Hola, Nat.

Sonaba bastante amigable. Quizás cuatro meses fueron tiempo suficiente para que ella lo olvidara, aunque yo nunca lo haría. Mi voz vaciló cuando pregunté: —¿Está todo bien?

Ella soltó un suspiro. —No es nada de lo que debas preocuparte, nena. Yo…

Como de costumbre, mi cerebro hizo cortocircuito cuando me llamó *nena*. Ojalá lo dijera como un término cariñoso, pero me había llamado así desde que llegó a casa con Jackson durante las vacaciones de primavera de su primer año de universidad. Incluso a los diecinueve años y vistiendo una sudadera corta de Stanford sobre unos *jeans ajustados*, Jamila había sido increíblemente sofisticada a mis ojos de niña de nueve años. Todavía pensaba en mí como una preadolescente con coletas, y hoy parecía una niñita que había estado jugando en el lodo.

…no es nada, de verdad.

—¿Nada? —Las cejas oscuras de Cooper se dispararon hacia arriba—. El artículo del *Wall Street Journal* fue particularmente poco halagador.

—Espera. ¿Qué? —pregunté.

—Ponte al día, hermana. —Sus fosas nasales se ensancharon y mi cara ardió aún más. Por supuesto que era sensible a que la ignorara. Desde la fiesta de Billie, debía pensar que yo era una rubia tonta. Porque así es exactamente como me había comportado.

Mi cara ardía. —Lo siento, me distraje. ¿Podría decírmelo de nuevo? ¿Por favor?

Jamila puso los ojos en blanco. —Hay algo sospechoso con Moo-Lah. Oí que van a lanzar un producto que es muy parecido a nuestra nueva app. Cada movimiento que hago, parece que están un paso por delante de mí. Contraté a un investigador privado para ver si alguien de mi gente está hablando con ellos.

—Y la prensa se enteró —añadió Cooper—. La llamaron paranoica.

—Solo los paranoicos sobreviven —dijo Jamila—. Eso es lo que solía decir Andy Grove.

—Estoy de acuerdo con Mila —dijo mi hermano—. No con lo de paranoica, pero sí con que todo el mundo lo olvidará. He hecho cosas peores y ahora soy el consentido de los medios. —Sonrió radiante.

—Eso es porque sentaste cabeza con Alicia, y ella te mantiene a raya —dijo Jamila.

Esperaba que lo negara, pero me abrazó más fuerte y dijo: —Así es.

—No olvides que fui yo quien los conectó a ustedes dos. —Jamila le dedicó una sonrisa de suficiencia.

—Nunca —dijo él—. Aunque dudo que tuvieras en mente el matrimonio cuando la recomendaste como consultora... y como mi jefa.

Si continuaban con sus bromas de mejores amigos, nunca llegaría al fondo del problema de Jamila. Me aparté de mi hermano. —Que el *Wall Street Journal* te llame paranoica es algo bastante serio.

—Exacto. —Cooper me señaló—. Hoy había paparazis en la oficina de Mila. Eso no parece algo que vaya a calmarse.

—¿Como, más de cinco? —pregunté.

—No más de veinte. —Jamila agitó una mano elegante. Sus uñas eran cortas pero impecablemente cuidadas y pintadas de un morado vibrante.

—Mierda —dije—. Eso es serio. —Necesitaba ayuda. Saqué mi teléfono y busqué el artículo. Lo ojeé, escuchando a medias a mi hermano y sus amigos.

—Tómate el resto del día libre —dijo Cooper—. El lunes, enviaré a Mateo contigo. Él mantendrá a raya a los paparazis y te llevará a tu oficina sin problemas.

Ella resopló. —Parecería una damisela en apuros seguida por tu primo musculoso. Todo se calmará durante el fin de semana. No puedo permitirme tomarme el día libre. Tenemos programado lanzar la app en junio. —Sacó su teléfono del bolsillo y lo miró—. Lo siento, tengo que atender esto. —Se levantó del sofá y salió de la oficina.

—Esto no es bueno —dije, revisando el artículo—. La han pintado como una loca paranoica. ¿Quién diablos es este investigador privado? ¿Creen que fue la fuente de las filtraciones a la prensa?

Jackson se encogió de hombros. —No si quiere mantener su negocio. Si Jamila se entera de que vendieron la historia, se asegurará de que nunca vuelvan a trabajar en San Francisco.

Cooper asintió. —No querrás estar en el lado equivocado de la venganza de Jamila.

—Ese es el problema —dije—. No puede permitirse dar la impresión de ser una loca vengativa.

—Un poco de agresión preventiva nunca le hizo daño a nadie —dijo Jackson.

—¿Nunca le hizo daño a nadie? —me burlé—. Pregúntale a Martha Stewart cómo le fue con eso. Las mujeres no pueden salirse con la suya como los hombres.

Ambos hombres me miraron sin comprender.

Puse los ojos en blanco. —Ustedes no lo entenderían. Creo que puedo ayudar.

—Claro, Nutter Butter. —Afortunadamente, Jackson estaba fuera del alcance de un calzón chino.

—Puedo. —Me erguí todo lo que pude con mis chanclas y pantalones holgados. Criada en el mundo de la tecnología, había vivido bajo los reflectores toda mi vida. Incluso más tiempo que Jamila—. Tengo algunas ideas.

Jackson resopló, desde el fondo de su garganta, como siempre hacía cuando yo decía algo que le parecía ridículo. —Siempre te estás quejando del tiempo que te consume la escuela de cocina. ¿Cuándo tendrías tiempo para ayudar a Jamila?

Me miré los pies. El esmalte escarlata del dedo gordo de mi pie derecho estaba a medio caer.

—Oh, no. —La voz de Jackson destilaba compasión—. No abandonaste la escuela, ¿verdad?

Había venido aquí en busca de su compasión, pero resultó que su tono afligido era lo peor. —No exactamente.

—Mierda. ¿Expulsaron a mi hermanita perfecta?

—¿Quizás? —Froté mi dedo del pie contra el borde de la gruesa alfombra—. Yo, eh, liberé a una langosta de mi clase de carnicería.

—¿En serio? —Soltó una carcajada—. Las langostas son básicamente insectos gigantes. No es como si hubiera agradecido tu ayuda.

Puse las manos en mis caderas. —Larry *sí* agradeció no ser asesinado.

—¿Larry? —La voz de Jackson se elevó con hilaridad—. ¿Le pusiste nombre a la cena de alguien?

Cooper apoyó la barbilla en la mano y se tapó la boca. ¿Se estaba riendo?

—Vete al diablo. La crueldad hacia los animales no es graciosa.

—Tienes que admitir —dijo mi hermano— que ser expulsada de una escuela comunitaria de cocina por robar una langosta es bastante gracioso. Igual que pensar que puedes ayudar a Jamila con su desliz de relaciones públicas. Puede que organices una buena fiesta, pero tienes cero experiencia en relaciones públicas.

—Pero... —Le lancé una mirada suplicante a Cooper.

Él levantó las manos. —Lo siento, Natalie. Jay tiene razón. La gente va a la escuela para aprender los entresijos de las relaciones públicas. Déjaselo a los profesionales.

—Pero... —¿Cómo pude haber querido la compasión de mi hermano? Era lo peor de lo peor. Lo que necesitaba de él, o de cualquiera, era una pizca de confianza en mis habilidades. Aparentemente, la oficina de Synergy no era el lugar para encontrarla.

—Vete a casa —dijo Jackson—. Pon los pies en alto. Come un

poco de chocolate. Prueba con una terapia de compras. Te escribiré esta noche para ver cómo estás, ¿ok?

Inhalé una bocanada de aire por la nariz y la solté con un suspiro. Tenía razón. ¿Quién era yo para ayudar a Jamila? Ni siquiera me había graduado de la universidad. Todavía vivía en casa con mis padres. En una suite con una lujosa ducha de múltiples chorros que me estaba llamando. —Ok.

—¿Manejaste hasta aquí? —preguntó Jackson.

—No, yo…

—Pídele a Paulina que te lleve a casa. Le daré el resto del día libre.

—Gracias. Nos vemos, Cooper. —Saludé con la mano y salí arrastrando los pies de la oficina con mis ridículas chanclas. Jamila estaba al otro lado de la puerta, con un brazo cruzado sobre el estómago y la otra mano secándose una lágrima de la mejilla.

Abandoné toda idea de tomar una ducha.

3

—¿JAMILA?

En los quince años que llevaba de conocerla, nunca la había visto llorar. Ni cuando Jackson accidentalmente le dio un codazo y le rompió la nariz en Acción de Gracias, ni cuando su aplicación quedó en cuarto lugar en ese concurso y no obtuvo la financiación que merecía, y ni después de su extraño lío con Cooper, ese del que se suponía que yo no debía saber y del que (estaba casi segura) Jackson tampoco sabía.

Pero afuera de la oficina de mi hermano, la humedad brillaba en sus ojos.

—Ah, hola. —Parpadeó y sorbió por la nariz, y volvió a ser la Jamila Jallow dura como un diamante. Habría pensado que me imaginé la lágrima, pero su rímel estaba un poquito corrido en el rabillo del ojo.

—¿Estás bien?

—Mejor que nunca. —Se enderezó—. ¿Vas a casa?

Dudé menos de un segundo. —No. ¿Te quedas aquí?

—Mi asistente dijo que la prensa se fue, así que voy a volver a la oficina.

—Voy contigo. —Las palabras salieron disparadas de mi boca

como una ráfaga de ametralladora en uno de los videojuegos de Jackson.

Arrugó la frente. —¿Por qué querrías ir hasta Silicon Valley?

Mierda. Había olvidado que trabajaba en Mountain View. Sería un fastidio volver a casa sin auto, pero valdría la pena para asegurarme de que estuviera bien. —Nunca he visto tu oficina. —Eso era cierto—. Estoy considerando cambiarme de carrera a desarrollo de software. —Eso era mentira.

Su mirada me atravesó. —De la escuela de gastronomía a la programación es un cambio significativo.

—Ah, ya sabes… —agité una mano despreocupadamente—, lo llevo en la sangre.

—No digas eso. —La palabra fue tajante, como un petardo—. Eres inteligente y capaz de hacer lo que quieras. No escondas tu talento.

No se había olvidado de la fiesta de Navidad. Había dicho casi esas mismas palabras entonces también, y luego yo había hecho algo verdaderamente idiota.

—Jamila, yo…

—¿Por qué no te quedas aquí? Jackson te dará una pasantía y te enseñará todo lo que necesitas saber sobre programación.

Se me calentaron las mejillas y la verdad brotó. —No quiero que me dé nada. Quiero ganármelo.

Mi familia tenía dinero, pero todos contribuían a su manera. Sus aportes iban desde el trabajo voluntario de mi madre hasta la empresa multimillonaria de Jackson.

Excepto yo. A mí me lo habían dado todo en bandeja toda mi vida. Si quería el respeto de mi familia, y el mío propio, tenía que encontrar una manera de contribuir a la sociedad. Jamila podía entender eso, incluso si no había crecido en una mansión como yo.

La miré a sus ojos de chocolate oscuro. No podía dejarla ir sin ayudarla de alguna manera.

—Entiendo —dijo—. Deja que agarre mi chaqueta y luego te daré el recorrido por la sede mundial de Jamilow Software. —

Guiñó un ojo y abrió de par en par la puerta de la oficina de Jackson.

Un minuto después, estaba de vuelta, poniéndose su blazer blanco. Casi me reí de la diferencia entre su blazer impecable y mi filipina de chef manchada, pero tenía que guardar el aliento para trotar y mantenerme a la par de sus largas zancadas hacia el elevador.

—Hola, Paulina —dije en voz alta al pasar por su escritorio—. Jackson dijo que puedes tomarte el resto del día libre. ¡Que tengas un buen fin de semana! —Eso se merecía por todos los coscorrones.

Debido al olor a pescado que se me pegó a la ropa, bajamos las ventanas de su Porsche Cayenne blanco en el trayecto a Mountain View. Me sacó a rastras la historia de Larry y mi desastroso día. No me importó porque su risa musical era mi favorita. No era una risita aflautada, sino un sonido claro, brillante y fuerte como una trompeta. Siempre me hacía sentir como la luz del sol en mi cara, y yo también me reí.

Una vez que entramos en la 101, el ruido del viento nos impidió hablar mucho, así que no tuve la oportunidad de preguntarle qué le había molestado antes. Lo averiguaría en su oficina. Luego encontraría una manera de arreglarlo. Eso era algo que no se me daba mal.

Estacionó su camioneta en el lugar reservado para la CEO. Un reportero estaba encaramado encima de una de las macetas gigantes afuera de las puertas de cristal, pero Jamila pasó de largo sin mirarlo. Manteniendo mi cara apartada, la seguí en su estela. Lo último que necesitaba era que él me reconociera con mi atuendo manchado y tuviera que explicar por qué la hija de la alta sociedad de los Jones estaba vestida como una de las cocineras de Jamilow.

Tan pronto como entramos en el vestíbulo, un tipo rubio y blanco de unos treinta años se abalanzó sobre Jamila. Llevaba una combinación poco acertada de pantalones color frambuesa que le quedaban demasiado holgados en el trasero y un par de zapatos brogues azul marino y marrón de aspecto caro. Su camisa blanca de corte entallado estaba arrugada y tenía las mangas arremangadas hasta la mitad de los antebrazos.

—Menos mal que estás aquí. He estado respondiendo llamadas todo el día. Necesitamos hablar… —Me escaneó desde mi cabello alborotado por el viento hasta mis chanclas verdes, y mirándome por encima del hombro, dijo—: La entrada para el personal de cocina está junto al muelle de carga.

—Está bien —dijo Jamila—. Natalie, te presento a Winslow Keating-Ashworth, mi director de operaciones. Winslow, ella es Natalie Jones. Le prometí un recorrido por la oficina.

Winslow me examinó más detenidamente. Sus ojos azules enrojecidos se abrieron de par en par. —¿Natalie Jones, de los Jasper Jones?

Se me oprimía el pecho cada vez que alguien mencionaba a mi papá. Todos parecían recordarlo —conocerlo— mejor que yo. —Sí —dije.

—Discúlpeme, yo… —Señaló mi uniforme manchado.

Puse los ojos en blanco. Fuera el segundo al mando de Jamila o no, debería tratar mejor a los miembros del personal, incluso si trabajaban en la cafetería.

—Caminemos y hablemos —dijo Jamila, indicándonos que nos pusiéramos a sus flancos. El guardia de seguridad intentó detenerme, but one steely glare from Jamila hizo que él abriera la puerta para me to pass through without a badge.

—La cafetería está por allá. —Jamila señaló un par de puertas dobles mientras subía por la escalera abierta que conducía al segundo piso—. Te presentaré al gerente de la cocina más tarde si decides que esa sigue siendo tu pasión. —Guiñó un ojo.

Le devolví la sonrisa, deseando poder atrapar ese guiño y guardarlo bajo llave. ¿Alguna vez había pasado tanto tiempo a solas con Jamila? Mi hermano siempre andaba cerca para robarle la atención con sus bromas internas, su carrera similar y su fácil camaradería. Hoy no. Hoy, Jamila era toda mía en nuestro tour privado. A pesar de mi ropa asquerosa, iba a atesorar cada momento que pasara conmigo hoy.

—Billie está en pie de guerra —dijo Winslow—. Ha llamado dos veces. Quiere saber por qué usted no consultó a la junta antes de contratar a un detective privado.

Hice una mueca al recordar a la anfitriona de la fiesta de Navidad. La heredera tecnológica Billie Woods era amiga de mi madre, financiaba startups y formaba parte de varias juntas, incluida la de Jamila. Tenía reputación de ser una inversora astuta. No envidiaba a Jamila por estar en el punto de mira de su ira. Todavía sentía el ardor de su mirada mientras me sacaban de su fiesta.

—Me escribió —dijo Jamila—. La llamaré en un rato y la calmaré. Usted manténgase alejado de ella. No necesitamos alterarla más.

A Winslow se le pusieron las mejillas del color de sus pantalones. —Tengo una reunión programada esta tarde con la gente de relaciones con los inversores.

—¿Por qué? —preguntó Jamila mientras pasaba rápidamente por un conjunto de puertas de cristal. Yo todavía subía apuradamente las escaleras y Winslow no se molestó en sostenerme la puerta. La atrapé justo antes de que se cerrara y entré a toda prisa.

Hasta aquí llegó mi tour privado.

Pasamos por una fila de oficinas. Detrás de las puertas de cristal esmerilado, la mayoría parecían estar ocupadas, incluso en una tarde de viernes. Las placas junto a las puertas solo tenían nombres, pero supuse que eran altos directivos por las grandes ventanas y los muebles de madera que podía distinguir a través del cristal.

—¿Cree que deberíamos enviar un mensaje a los accionistas sobre la situación? —preguntó Winslow.

Al principio, el tipo no me había caído bien, pero parecía estar haciendo lo correcto. A veces, las primeras impresiones son erróneas. A regañadientes, lo subí un peldaño en mi libro a pesar de sus desastrosas elecciones de moda.

—No —dijo ella—. Todo esto se habrá olvidado para el lunes.

—No, no es así —dije.

Miró por encima del hombro y sus ojos se abrieron como si hubiera olvidado que yo estaba allí. —Claro que sí.

—Saliste en el *Wall Street Journal* —dije—. La prensa generalista. Incluso si lo dejan, los medios de noticias tecnológicas no lo harán. Se aferrarán a esta historia como… como…

—¿Como garrapatas a un perro? —sugirió Jamila. Miró de nuevo al frente, con la mandíbula pétrea—. Está bien. Nos encargamos de eso todo el tiempo. Todo lo que haces es una noticia cuando eres una de las pocas CEO de tecnología de color.

—Puedes usar esto a tu favor —protesté—. ¿Por qué no lo manejas proactivamente como sugiere Winslow?

—Porque los dos están equivocados. —Hizo un gesto tajante con la mano—. Yo no manipulo las cosas. Soy directa. Todo el mundo lo sabe. —Sostuvo abierta la puerta de una oficina de esquina para Winslow и yo—. Mi oficina, Natalie —dijo con una gran floritura.

Tenía todo el derecho a estar orgullosa de su oficina. La vista era mucho más meditativa que la de la oficina de mi hermano, que daba directamente al rascacielos de enfrente, o la de Cooper, que ofrecía un atisbo del Puente de la Bahía entre otros dos edificios. La ventana de su oficina enmarcaba un césped verde que terminaba en un estanque brillante rodeado de árboles de hoja perenne.

Dentro de su oficina había un escritorio elegante con superficie de cristal y una silla de cuero color crema con respaldo alto. Cuando Jamila se acomodó en ella, parecía una reina en su trono. Winslow se dejó caer en uno de los sillones club al otro lado de su escritorio mientras yo me sentaba en el borde del otro.

—Examen sorpresa, Nat. ¿Qué hace Jamilow? —Entrelazó los dedos.

—Hacen aplicaciones —dije con confianza. Todo el mundo sabía eso.

—¿Aplicaciones que hacen qué? —preguntó Jamila.

Nunca había descargado una. Hice una mueca por mi ignorancia. —¿Algo sobre consejos?

Sonrió con suficiencia. —No todo el mundo tiene acceso a generaciones de educación universitaria o a asesores financieros de clase mundial. La aplicación Jam-In comenzó en su día ofreciendo ayuda para la admisión a la universidad dirigida a estudiantes de bajos ingresos. Clasificaba las escuelas por asequibilidad, facilidad para obtener ayuda financiera, valor y demás.

—Pero lo que la distinguió —dijo Winslow— fue la búsqueda en lenguaje natural que permitía a los estudiantes escribir lo que buscaban. El algoritmo tomaba esa información y proporcionaba una lista de escuelas objetivo y becas sugeridas.

—Era mi bebé —dijo Jamila con una sonrisa afectuosa—. Los análisis nos dijeron que los estudiantes buscaban más ayuda, así que nos expandimos al coaching de vida. Establecimiento de metas, rendición de cuentas, ese tipo de cosas.

—Ahí fue cuando realmente despegó —explicó Winslow—. Nos asociamos con coaches de la vida real para proporcionar coaching individual a los suscriptores de pago.

—Y —Jamila meneó un dedo—, reclutamos a algunos de nuestros antiguos asesorados para que fueran mentores y coaches, los Jammers.

—Luego nos metimos en el asesoramiento financiero. Ahora nos estamos expandiendo a…

—Ya es suficiente de lo que hacemos. —Jamila interrumpió a Winslow—. Tenemos varias asociaciones que ayudan a correr la voz. La combinación de inteligencia artificial y ayuda humana es nuestra salsa secreta. Nadie ha sido capaz de replicarla.

—Todavía. —Winslow enarcó las cejas.

Jamila frunció los labios. —Todavía. —Ella y Winslow estaban usando algún lenguaje secreto que no entendía.

Tecleó rápidamente en el teclado y, unos segundos después, un organigrama iluminó la pantalla montada en la pared detrás de ella. —Entonces, Nat, así es como trabajamos. Esa soy yo en la cima, y Winslow, finanzas, marketing e I+D me reportan a mí. Dijiste que te interesa la programación, que cae bajo investigación y desarrollo para nuestros nuevos productos u operaciones para los productos existentes. Ese es el equipo de Winslow.

Su teléfono vibró. Lo miró, lo silenció y le dio la vuelta.

—Jamila, no puede simplemente… —comenzó Winslow.

—¿No puedo qué? —Lo fulminó con una mirada tan aguda que me sorprendió que no se inmutara.

Él la miró fijamente. —No puede barrer esto debajo de la alfombra.

—Tiene razón —dije—. Deberías considerar una conferencia de prensa. Cortar esto de raíz.

—¿Una conferencia de prensa? —Ay, no, ahora la mirada de acero estaba sobre mí. Sentí que se me encogían los hombros—. No hay raíz que cortar aquí. Esto está más muerto que mi flor de Pascua navideña. Hoy solo había un triste reportero ahí afuera. Para el lunes, ya estarán ocupados con lo que sea que estén haciendo las Kardashian.

—¡Esos reporteros ni siquiera cubren la misma fuente! —protesté. ¿Por qué se negaba a ver el problema aquí?

Miró más allá de mí y levantó la mano, haciendo señas a alguien para que entrara.

La mujer comenzó a hablar antes de haber entrado por completo en la oficina. —Jamila, tienes que ocuparte de esta mierda.

Me volví para mirarla. Era curvilínea y menuda, con una mata de cabello oscuro y rizado y piel bronceada. Su combinación de piel sin arrugas y ojos marrones de vuelta de todo hacía difícil para mí adivinar su edad; podría tener entre treinta y cinco y unos bien conservados cincuenta. Aunque su polo azul de estilo ejecutivo informal y sus pantalones caqui podrían haber salido directamente de un anuncio de Best Buy de los 90.

—¿Qué mierda, Ree? —preguntó Jamila.

—Me llamó no uno, sino dos periodistas preguntando sobre esta estupidez del detective. Y no tengo energía para lidiar con eso. No desde que adelantaste la fecha de lanzamiento dos semanas.

Las fosas nasales de Jamila se ensancharon. —Los periodistas no deberían estar llamándola.

—Pues vaya que lo están haciendo. —Ree se cruzó de brazos y enarcó una ceja.

—Pondré a Felicia en su teléfono. Ella se encargará de ello.

—¿Y quién contestará al suyo? —inclinó Ree la barbilla.

Vaya, me gustaba.

—Yo. —Las palabras de Jamila quedaron flotando en el aire mientras sonaba el teléfono negro sobre su escritorio. Levantó el auricular e inmediatamente lo volvió a colocar en la base, silenciándolo—. ¿Ves?

—Hmf. —Ree se movió incómoda—. Tenemos un problema mayor. QA encontró un bug. Mi equipo dice que tardará una semana en arreglarlo.

—¿Una semana? No tenemos ningún margen en el cronograma.

—Exacto. Vamos a tener que posponer el lanzamiento.

—No vamos a posponer el lanzamiento —gruñó Jamila.

—Consígueme más desarrolladores.

—Claro. —Los ojos de Jamila se desviaron hacia mí y las comisuras de sus labios se curvaron—. Te presento a Natalie Jones. Ha expresado interés en unirse a nuestro equipo como desarrolladora. Natalie, esta es Rhiannon Verlaine, jefa de desarrollo.

Me levanté para darle la mano a Ree —Rhiannon—. Jamila no podía estar hablando en serio. Probablemente podría recordar algo de lo que Jackson había intentado enseñarme unas vacaciones de primavera cuando estaba aburrido. Yo tenía doce años y era una malcriada, y no había aprendido mucho. Pero si Jamila necesitaba mi ayuda, tomaría un curso de aprender a programar en un día y usaría a mi hermano genio como mi salvavidas.

La mano de Rhiannon estaba tibia y seca contra mi mano fría y sudorosa. —Absolutamente no. Lo siento, linda. Aclaro. Necesito desarrolladores *capaces*, no niños.

Sentí que se me helaba la sonrisa. ¿Una niña? Tenía veintiséis años. Quizás parecía más joven con el maquillaje derretido por el vapor de la langosta. Aun así, no podía decir con solo mirarme que era incapaz de ayudar. Me había equivocado antes: Rhiannon Verlaine no me gustaba en absoluto.

—Entonces vaya a contratar algunos desarrolladores capaces —dijo Jamila con suavidad.

Rhiannon levantó las manos. —Como si tuviera tiempo para contratar a alguien.

—Parece que tendrá que trabajar con lo que tiene porque vamos a mantener el cronograma. No podemos permitirnos llegar ni un día tarde. Si Moo-Lah nos gana en salir al mercado, estamos acabados.

Conocía Moo-Lah. Todo el mundo tenía esa aplicación de dinero en su teléfono. Sus molestos anuncios de vacas mujiendo habían interrumpido mi búsqueda de gemas unas mil veces en el juego que jugaba en mi teléfono cuando estaba aburrida.

—¿Acabados? —Los ojos de Rhiannon se abrieron de par en par.

Jamila frunció los labios como si no hubiera querido decirlo. —No acabados-acabados, pero habremos perdido la ventaja de ser los primeros en el mercado. Será más difícil recuperar esa cuota de mercado. Necesito que cumpla con sus fechas, Ree.

Miré hacia el organigrama que todavía se mostraba detrás de Jamila. Todos en ese edificio le reportaban a ella. Era mucho peso sobre los estrechos hombros de Jamila. Las palabras *Necesito que* mostraban una rara vulnerabilidad en ella.

Ojalá me lo hubiera dicho a mí.

Rhiannon suspiró por la nariz. —Está bien. Veré qué podemos hacer. Va a costar muchas pizzas.

—Hágase —dijo Jamila—. Consiga transporte para el equipo a casa después de horas. Y si necesita que me ensucie las manos… —Se tronó los nudillos.

Rhiannon resopló. —Mantenga sus sucias manos fuera de mi código. La última vez que programó un módulo, nadie pudo entender lo que había hecho. Tuvimos que desecharlo porque no podíamos darle mantenimiento. Guarde sus manos para ocuparse de esa tontería. —Señaló por la ventana que daba a la calle, donde una camioneta de noticias se dirigía pesadamente hacia el edificio.

—Oh, mierda —fue la útil contribución de Winslow.

Rhiannon giró sobre la punta de sus Chucks y se fue.

—Escucha, Jamila —dije—. Déjame ayudarte. Puede que no sea una desarrolladora cualificada, pero puedo organizar una conferencia de prensa para ti. Manejaremos esto proactivamente antes de que se salga de control.

Winslow disfrazó una risa con una tos.

Jamila fue más amable. —Agradezco la oferta, nena, pero déjalo para los... para nosotros. Nos encargaremos.

¿Había estado a punto de decir: *Déjalo para los adultos*? Volví a tener nueve años, con dos coletas, y ella me daba palmaditas en la cabeza. Me marché en el sillón club.

—Lo siento, no tengo tiempo para el resto de ese tour —dijo—. Felicia está justo afuera y te llamará un auto para ir a casa. ¿De acuerdo? Me alegro de verte, Nat.

Como si no me hubieran humillado lo suficiente por un día, me había despachado. Winslow ni siquiera esperó a que saliera de la oficina para empezar a hablar con ella sobre las tasas de gasto y los burndowns. Me escabullí, cerrando suavemente la puerta detrás de mí, y dejé que Felicia me llamara un auto de lujo. A diferencia de mi conductor de Uber, no dijo ni una palabra sobre mi olor a pescado.

Jamila necesitaba ayuda. Tenía que encontrar la manera de ofrecérsela de modo que la aceptara. Así que en el camino de vuelta a la ciudad, llamé a una amiga. O a una amiga de mi madre.

Contestó al primer timbrazo. —Lippman PR. Habla Della Lippman.

—Hola, Della. Soy Natalie Jones.

—¡Natalie! ¿Cómo está? ¿Cómo está su madre?

—Estamos bien. Mamá está trabajando en un proyecto de prohibición de libros ahora mismo, en Texas, creo. Los odia.

—No me gustaría ser un censor de libros con Audrey Jones encargándose del caso.

—A mí tampoco. —Me estremecí. Esperaba que cuando llegara a casa, mamá estuviera demasiado furiosa con los racistas como para molestarse por lo que había hecho con Larry—. Oiga, necesito un favor.

—Ay, ay. Nadie me llama nunca para un favor porque tiene noticias alegres que compartir con el mundo.

—Porque usted es la mejor consultora de comunicación de crisis de la Costa Oeste.

—Eso soy. —Podía oír la sonrisa en su voz.

—Bueno, una amiga mía, Jamila Jallow…

—Oh, no.

Hice una mueca. —Se enteró.

—Ha metido la pata con eso del detective privado.

—Ella cree que va a desaparecer, pero…

—No lo hará —dijo Della.

—Lo sé, ¿verdad? ¿Así que la ayudará?

—Lo siento, cariño. Ese trabajo va a costar mucho, y acabo de aceptar un proyecto importante para… para otra persona. Ojalá pudiera ayudar.

—Ah. —Me hundí de nuevo en el asiento de cuero, demasiado decepcionada para siquiera indagar quién podría ser esa «otra persona» con un «proyecto importante»—. ¿Puede recomendar a alguien? Todo lo que necesito es una consulta. Me gustaría hacer la mayor parte del trabajo yo misma.

Se quedó en silencio por un minuto. —Sabe, creo que usted podría. Me ha visto en acción. A su madre también. Y tiene la cabeza fría. Eso es lo que se necesita en situaciones como estas. Mantenga el mensaje. Diga la mayor parte de la verdad que pueda y no deje que nadie la incite a decir más. Tengo una sobrina, Hannah, que acaba de graduarse con un título en comunicaciones. Está buscando trabajo. Creo que puede ayudar. Es un poco tímida, pero creo que ustedes dos podrían hacer un buen equipo.

Alguien con un título de verdad podría no querer recibir órdenes de alguien que había gastado miles de dólares de sus padres в tres carreras abandonadas y que —olfateé— *todavía* olía a pescado. Pero Hannah, la licenciada en comunicaciones, era mi mejor oportunidad para ayudar a Jamila.

—¿Me enviará su información, por favor?

—Por supuesto. Buena suerte.

La iba a necesitar.

4

EL DOMINGO a las 11:00 a. m. en punto, abrí la puerta de la mansión de mis padres en Presidio Heights y me encontré a Jamila Jallow con un recipiente de plástico en las manos.

—Q-qué… —fue mi brillante respuesta.

—Buenos días. —Su sonrisa me deslumbró. Luego, las comisuras de sus labios se curvaron hacia abajo—. ¿Te importa si paso?

—Perdón. —Me hice a un lado y observé sus jeans de pierna ancha y su blazer amarillo mantequilla. Ojalá yo también me hubiera puesto algo discreto y elegante. Mi minivestido acampanado de Alexander McQueen en rosa chicle recordaba demasiado a los vestidos con volantes que usaba cuando ella solía ser mucho más alta que yo. Deseando que me tragara la tierra, le dije—: Mi madre no mencionó que venías hoy.

—Probablemente porque no me invitó ella. Fue Charles.

—Jamila, cariño, siempre eres bienvenida. —Mi madre pasó a mi lado para besar la mejilla de Jamila—. No necesitas invitación.

—Gracias, Sra. H. Traje cuadritos de limón.

—Qué encanto.

Puede que a Jamila se le pasara el tic en el ojo de mi madre, pero a mí no. Mi madre quería a Jamila, pero no sus modales sureños. Los regalos de comida de los invitados alteraban sus comidas cuidadosamente planeadas.

Tomando el recipiente, mi madre enlazó su brazo con el de Jamila. —Ven a charlar con Charles. Natalie, Jackson está llegando por el sendero. Déjalos entrar, ¿quieres? Y deja de encorvarte.

Eché los hombros hacia atrás y aparté la vista del trasero de Jamila en esos jeans para abrirle la puerta a mi ruidoso hermano y a su familia.

Después de abrazar a mi hermano y a mi cuñada, y de chocar el puño con mi sobrino adolescente, apoyé a la somnolienta bebé Valentine en mi cadera —aunque debería dejar de pensar en ella como un bebé ahora que era una niña que ya caminaba y hablaba — y seguí a su familia hasta el comedor. Necesitando un minuto para recomponer el rostro, besé la suave mejilla de Valentine, inhalando el aroma a champú de bebé.

Me tomó la mano y le sonrió a mi anillo de rubí como siempre hacía. —«Boto».

—Bonito —murmuré—. Era el anillo de tu tatarabuela. Algún día, será tuyo.

Le eché un vistazo a Jamila. ¿Por qué mi amor platónico de la adolescencia había resurgido con tanta fuerza? Jamila nos acompañaba a almorzar varias veces al año, y yo había sido capaz de actuar como una persona normal a su alrededor desde que aprendí a ocultar mis emociones en la secundaria.

Tal vez el aleteo en mi estómago no era un enamoramiento después de todo, sino culpa por cómo había actuado en esa horrible fiesta de Navidad. Me sentiría mejor si me disculpara. ¿Pero cómo podría hacerlo con Charles inclinado para hablar con Jamila, y con mi hermano y su esposa abalanzándose para abrazarla?

Tal vez no ahora mismo, pero pronto, lo arreglaría. Llevé a los niños al baño de visitas para lavarnos las manos.

———

QUINCE MINUTOS DESPUÉS, estaba empujando los panqueques por mi plato y Jamila era el centro de atención mientras mi padrastro la interrogaba. ¿Cuántas veces se había sentado a nuestra mesa para almorzar, absorbiendo la sabiduría de uno de los pocos ejecutivos negros de la Bahía? Ahora ella era una de ellos, y las sesiones de mentoría de Charles se habían convertido en conversaciones entre iguales.

—Ni una palabra. —Hizo un gesto como si se cerrara la boca con un cierre—. El lanzamiento es un secreto.

—He oído que tiene algo que ver con servicios financieros.

Frunció el ceño y luego se llevó la taza de café a los labios. Una mancha de su labial morado marcó el borde. —Añadimos asesoría financiera como versión beta a principios de este año.

—Asesoría financiera con IA —dijo Charles—. Escuché que van a añadir asesoría humana.

—Ah. Supongo que ya no es un secreto, entonces. —Ensartó una fresa con su tenedor y cerró su exuberante boca alrededor de ella, provocando una erupción de mariposas en mi estómago. En silencio, dejé mi tenedor sobre la mesa.

—La pregunta es —reflexionó él—, ¿quién? Dudo que dejes que tus entrenadores aficionados asesoren a sus pares sobre dinero.

—El modelo de entrenamiento entre pares ha sido muy popular en nuestro servicio de *coaching* de vida —dijo Jamila—. Y la IA ha recibido muy buenos comentarios.

—No intentes cambiarme de tema. —Charles agitó el dedo—. ¿Por qué no viniste a mí? Dirijo un banco. Sé un par de cosas sobre asesoría financiera. El banco de Andrew también podría ayudarte.

—¿Dónde está Andrew? —Jamila buscó a mi otro hermano con la mirada por la mesa.

Me mordí el labio, renuente a mencionar el delicado tema. Mi madre frunció los labios, pero dijo: —Tengo una relación complicada con la mujer con la que está saliendo. Nos honran con su presencia aproximadamente una vez al mes.

—Pero mamá está trabajando en ello —dije.

—Volviendo a tu socio financiero —dijo Charles—. ¿Por qué no vinieron a nosotros?

La sonrisa de Jamila vaciló. —Aprecio todo lo que han hecho por mí a lo largo de los años, ambos. —Miró a mi madre en el otro extremo de la mesa—. Winslow tenía un contacto y lo usamos. Además, la IA es la verdadera joya.

Charles dejó el tenedor. —Vamos, mujer. Ninguna IA va a ser mejor que un asesor humano con experiencia. ¿Qué piensan ustedes, Jackson, Alicia?

No lo oyeron. Valentine había volcado el café de su padre, y hubo un revuelo de servilletas en ese extremo de la mesa mientras mi madre consolaba a la niña que lloraba a gritos.

Jamila me sorprendió al preguntar: —¿Natalie, qué piensas? ¿Son mejores los asesores financieros humanos que la IA?

Pasó un segundo o dos antes de que me diera cuenta de que tenía la boca abierta. La cerré de golpe. —¿Yo?

—Dijiste que te interesaba la programación —dijo Jamila—. Seguro que tienes opiniones sobre la inteligencia artificial.

—Yo… —No las tenía. Aparte de jugar un poco sin mucho entusiasmo con la última aplicación de chatbot, no le había dedicado ni un pensamiento. Pero sí tenía opiniones sobre las opiniones públicas—. ¿Qué dice su investigación de mercado? ¿Están sus clientes dispuestos a confiar en que una máquina les diga qué hacer con su dinero?

Charles se rio entre dientes. —Una chica lista, nuestra Natalie.

Me senté más erguida.

—Por cuestiones de confidencialidad —dijo Jamila—, limitamos nuestra investigación de mercado. No fue concluyente. Estoy segura de que seguirá el mismo modelo que nuestras otras aplicaciones.

Hice una mueca. —¿Vas a lanzar una aplicación con una investigación de mercado limitada y por pura intuición? ¿Qué pasa si uno de tus clientes pierde un montón de dinero y culpa a tu IA?

—Eso también podría pasar con los asesores humanos.

Además —Jamila hizo un gesto con la mano—, la beta ha ido de maravilla. Nuestros puntajes de satisfacción del usuario son altos.

—Hay una gran diferencia entre los usuarios beta amigables y el público en general —dije—. ¿Tu equipo de marketing tiene el mensaje definido? ¿Tienen un equipo de trabajo listo para actuar si hay una respuesta negativa?

Jamila negó con la cabeza. —No te preocupes por eso, Nat. Está bajo control.

Fruncí los labios. ¿Lo estaba? La actitud de Jamila era errónea. Solo haría falta otro arrebato de su temperamento para convertir su lanzamiento en un desastre mayúsculo.

—Natalie, querida —dijo mi madre desde su ahora tranquilo extremo de la mesa—, ¿no vas a probar el tocino? Telma lo preparó con la cobertura de arce que te gusta.

Me quedé mirando la fuente de tocino frente a mí. Olía delicioso, pero recordé a Larry agitando sus antenas, suplicándome que no lo dejara caer en esa olla. Su cara ni siquiera era linda, pero tenía una cara, y sentimientos también. Y ese tocino una vez había tenido sentimientos.

—No, gracias. —Le pasé la fuente a mi sobrino, Noah.

Arrebató dos trozos. —¿Ahora eres vegetariana? Mi amiga Lakshmi tampoco come tocino.

—Creo que sí.

—¿Sin tocino? ¿El vegetarianismo es tu nueva onda, loquilla? —preguntó Jackson.

—Si la programación no funciona —dijo Jamila—, podrías trabajar para PETA.

Les dirigí a mi hermano y a Jamila una negación con la cabeza y los ojos muy abiertos. Había tenido suerte todo el fin de semana. Charles y mi madre habían estado en algún coctel el viernes por la noche cuando me arrastré a casa desde Silicon Valley. El sábado, mi madre había ido a un evento de todo el día, y Charles había jugado al golf y pasado tiempo en el jardín con sus preciadas rosas. Me había quedado en mi cuarto leyendo todo lo que pude encontrar en línea sobre comunicación de crisis. Así que todavía no les había hablado de la escuela de cocina.

—No sean ridículos, ustedes dos —dijo mi madre—. Cocinar es la pasión de Natalie. Incluso está tomando una clase sobre carne este semestre. ¿Cómo se llama?

—Carnicería —dijo Charles.

—Sí. —Mi madre se estremeció—. No creo que pudiera hacerlo.

Jackson soltó una carcajada. —Tampoco Nat.

Su esposa, Alicia, había captado mi negación con la cabeza. Le puso una mano en el hombro y le susurró algo al oído. Él tuvo la decencia de parecer arrepentido y se mordió los labios. Jamila se quedó quieta.

Pero era demasiado tarde.

—¿Qué es esto, Natalie? —preguntó mi madre.

Mierda. Ojalá no tuviera que tener esta conversación frente a mi hermano, su familia y Jamila. Ojalá Andrew estuviera aquí para actuar como amortiguador, como siempre hacía. Fue mi culpa por retrasarlo. Mi madre se habría dado cuenta de todos modos cuando no fuera a la escuela el lunes.

—Yo, eh… —Miré a Noah, que me observaba como si fuera el último videojuego. Ojalá no tuviera que admitir mi fracaso, especialmente frente a él. ¿Qué clase de ejemplo era yo, saltando de escuela en escuela, de carrera en carrera?

Sabía de qué clase: uno terrible.

—Dejé el programa de cocina. —Bajé la vista hacia mi panqueque de arándanos. Seguramente, al percibir un problema por la forma en que apenas había probado mi cena del viernes por la noche, nuestra cocinera, Telma, había hecho mi plato favorito para el almuerzo. Era una de las razones por las que había pensado que la escuela de cocina era una buena idea. Telma podía mejorar cualquier cosa con comida.

Pero no esto.

—No lo hiciste, Natalie. —La voz de mi madre era imperiosa.

Incluso Charles no pudo resistirse a comentar. —Pero te encantaba la escuela de cocina.

Lo miré y tuve que parpadear para contener una lágrima ante su expresión amable. —No es verdad. En realidad no. No me gustaba la presión, las prisas.

—Ni la moda —bromeó Jackson. Mi hermano mayor nunca podía resistirse a lanzar una pulla. Menos mal que estaba fuera del alcance de sus coscorrones.

—¿Qué crees que podrías intentar ahora? —preguntó Alicia. Así era mi cuñada. Siempre enfocada en el futuro.

—Tal vez… —Mirando a Jamila, respiré hondo—. Tal vez relaciones públicas.

—Nat. —Jackson negó con la cabeza—. Jamila no necesita tu ayuda.

—¡Sí la necesita! —Agité una mano hacia ella—. Necesita la ayuda de alguien. —¿Por qué era la única que lo veía?

Fue lo peor que pude decir. La expresión de Jamila se volvió tan fría y dura como la porcelana de mi madre.

—¿Qué está pasando, Jamila? —preguntó Charles.

—Nada de lo que necesiten preocuparse —dijo ella, pero Charles le sacó la historia a rastras.

Cuando terminó, él hizo una mueca. —Quizá sí necesites algo de ayuda.

—Se estaba calmando el viernes por la tarde —dijo ella—. Para el martes se habrán olvidado.

—Deberíamos llamar a Della —dijo mi madre.

—Ya lo hice —dije—. No puede encargarse.

Mi madre tarareó.

—Yo puedo ayudar —dije—. He investigado un montón y llamé a la sobrina de Della. Es consultora de comunicaciones. — Eso era una exageración. Parecía casi tan despistada como yo, pero habíamos quedado para tomar un café el lunes para elaborar una estrategia. Pagarle, aunque fuera con un café, la convertía en consultora.

El silencio alrededor de la mesa me dijo lo que Jamila y mi

familia pensaban de esa idea. Incluso Charles, que solía ser mi aliado, sorbió su café.

—Jamila, cariño, tendrás que vigilar ese temperamento tuyo si trabajas con una compañía de servicios financieros —dijo mi madre—. Son famosamente reacios al riesgo.

—Todo estará bien, Sra. H. Lo tengo bajo control.

Esa era la mentira más grande que había oído en mi vida. Justo cuando estaba a punto de desenmascararla, me lanzó una mirada calculadora. —Y dime, Nat, ¿con quién estás saliendo últimamente?

Hasta la bebé Valentine dejó de balbucear.

—C-con nadie —dije, fulminándola con la mirada. Había sido parte de nuestra familia durante tanto tiempo que sabía exactamente qué palancas usar.

—Conocimos a un joven muy agradable el viernes, ¿verdad, Charles? —Mi madre dejó el tenedor.

Charles tarareó mientras bebía su café y no me miró a los ojos.

—Augusto Moretti.

—Suena como uno de los autos de Jackson —murmuré.

—Es de una familia excepcional. Son uno de los principales distribuidores de vino de Italia.

Hice un ruido evasivo con la garganta y giré mi panqueque en el plato.

—Ya que de repente estás libre, ¿por qué no le muestras la ciudad? —Sacó una tarjeta de presentación del bolsillo de su falda y se la entregó a Noah, quien la colocó junto a mi plato.

Me habían tendido una emboscada.

Jamila se puso de pie. —¿Más café, Charles? —Sin esperar su respuesta, le quitó la taza del platillo y la llevó a la cocina. Esperaba que se hubiera roto una uña al echarme a los leones. Miré la tarjeta. Tenía uvas repujadas en las esquinas. Se me ocurrían al menos tres formas de hacerla menos cursi.

—No lo sé —dije—. Tengo un proyecto en el que quiero trabajar esta semana.

Jackson resopló. —Si Jamila es tu «proyecto», ríndete ya. No quiere tu ayuda. Solo es demasiado agradable para decirlo.

Alicia le lanzó una mirada aguda. —Lo que Jackson quiere decir es que probablemente necesite ayuda con más... experiencia. ¿Quizá podrías ayudarla a encontrar a alguien? —Le entregó la bebé a Jackson y entró en la cocina.

—Alicia tiene razón, cariño —dijo mi madre—. Deja las relaciones públicas a los profesionales. Llamaré a Della y le pediré una recomendación. Sal con Augusto. Diviértete.

—No. —No solía enfrentarme a ella, pero con Jamila en la casa, no podía ponerme mi máscara de *socialité*. No otra vez.

—Bien. —Sus gélidos ojos azules brillaron—. Entonces pasarás tiempo con Sam cuando venga a quedarse. Ha pasado un tiempo desde que ustedes dos pasaron tiempo juntas. Ha hecho una muy buena conexión con Niall. Quizá pueda presentarte a uno de sus amigos.

—¿Sam se va a quedar aquí? Pero tiene un departamento en el centro. —Mi hermana mayor dividía su tiempo entre la granja de su prometido en Ohio y San Francisco, donde había creado una división de videojuegos dentro de la empresa de Jackson.

—Están haciendo renovaciones en el edificio y Niall tiene una fecha de entrega. Como estará sola este mes, se quedará aquí. ¿No te lo había dicho? —Bajó la vista a su plato, teniendo la decencia de sonrojarse. Mi relación con mi hermana nerd y exitosa era, en el mejor de los casos, espinosa.

—Será bueno para ambas —dijo Charles—. No te sentirás sola mientras tu madre y yo pasamos nuestro aniversario en París.

—Cierto. —Me habían hablado de eso—. Estoy segura de que Sam estará ocupada mientras esté aquí. Apenas nos veremos. —Eso esperaba.

—Ustedes dos pueden reconectar ahora que no estarás en la escuela. —Me dio lo que probablemente pretendía ser una sonrisa de ánimo—. Tómate un tiempo libre. Ya lo resolverás, pequeña.

Y eso fue todo. Me habían desterrado a la mesa de los niños con una caja de crayones. Ni siquiera mi familia confiaba en mí.

Mis planes para ayudar a Jamila eran delirios de grandeza. Y me tocaría pasar un par de semanas viendo a mi hermana cumplir sus sueños. Quizás mi madre tenía razón, y el mejor plan para mí era hacer una buena conexión a través de algún hombre. Giré el anillo de rubí en mi dedo.

No quería a un hombre cualquiera. Quería lo que nunca podría tener. Al menos, no mientras ella me viera como nada más que la hermana pequeña de Jackson, como todos los demás. Solo una palmadita en la cabeza y a mandarme a jugar con mi vestido de lujo, armada con una charla trivial y una tarjeta de crédito de platino.

El recuerdo de cómo había actuado en esa fiesta de Navidad, y lo que le había dicho a Jamila, me ardía en el estómago. Tal vez si actuaba como una adulta y se lo explicaba, y luego me disculpaba, podría verme como una mujer hecha y derecha y dejarme ayudarla. Pero confesarle a mi familia que había dejado la escuela de cocina había sido suficientemente difícil. No había manera de que intentara disculparme delante de ellos.

Tendría que llevar la batalla a su terreno.

5

¿QUÉ MEJOR MANERA de dejar bien claro que yo era básicamente una niña, demasiado joven para ser interesante para alguien tan brillante y de mundo como Jamila Jallow, que llegar en el aburrido Benz de mi mamá frente a su casa en Menlo Park?

Porque eso fue exactamente lo que hice.

Me quedé un minuto sentada en el auto. Mientras manejaba por el consolidado vecindario de bungalós de mediados de siglo, pensé que era otra de las bromas pesadas de Jackson. Seguramente una multimillonaria como Jamila vivía en una mansión. Pero cuando llegué a la dirección que me había dado, las líneas sencillas de la casa gris junto con sus contraventanas negras, sus molduras blancas e impecables, los rosales de un amarillo Texas que flanqueaban el garaje para dos autos, y la audaz y estilizada J que colgaba de la puerta violeta me dijeron que Jamila Jallow vivía allí.

Acomodándome en el hombro la cadena de mi bolso Roger Vivier rosa de piel sintética, subí con el taconeo de mis sandalias de gladiador rosas por la entrada y el sendero hasta la puerta, y toqué el timbre.

Esperé un minuto entero, lo suficiente como para dudar de que hubiera vuelto a casa después del brunch. ¿Se habría ido a trabajar? ¿O a un bar? Mi hermana Sam no era de beber mucho, pero su prometido me dijo que a veces necesitaba una copa después de pasar tiempo con nuestra madre. Volví a tocar el timbre y examiné la maceta de margaritas africanas de color azul violáceo en el porche. Ni una sola hoja marchita arruinaba su perfección.

—¡Oye! —gritó una voz desde el porche de al lado—. ¿Vienes a ver a Jamila?

Me giré para ver a la menuda mujer en un conjunto deportivo, con su cabello entrecano atado en una cola de caballo.

—¿Sí?

—Dile que venga a recoger una cesta de aguacates. Y que se asegure de agarrar los de las ramas más altas. Yo no alcanzo.

Parpadeé. —Sí, señora.

Me midió de arriba abajo. —Supongo que tú también puedes llevarte algunos.

—¿Eh… gracias? —Telma compraba nuestros aguacates en el mercado. Aunque había vivido en California toda mi vida, nunca había recogido un aguacate de un árbol de verdad. Quizá debería considerar una carrera como recolectora de fruta. Ya lo había intentado todo.

Ella resopló y volvió a entrar a su casa.

Un segundo después, oí un golpeteo y luego un rasguño junto al umbral. ¿Qué estaba pasando al otro lado de la puerta? Di un paso atrás.

Cuando Jamila abrió la puerta, todas las ideas sobre frutas y árboles se esfumaron de mi mente. Estaba descalza, con las uñas de los pies pintadas de un color amatista brillante. Llevaba unos leggings negros bajo una camiseta gris extragrande de Jamilow con el cuello recortado. Le caía sobre un hombro, mostrando el tirante ancho de un sostén deportivo azul rey. Ya no llevaba maquillaje y solo quedaba una sombra de su labial morado. El sudor brillaba en la línea del cabello.

Sostenía algo en la mano, apretándolo contra su camiseta. Algo que… ¿se movía?

—¿Qué haces aquí? ¿Está todo bien? —Sus ojos se abrieron de par en par—. ¿Jackson está bien? ¿Y tu mamá?

—Sí, todos están bien.

—¿Me olvidé algo en tu casa?

—No, eh… que yo sepa. Lo siento, yo… ¿puedo pasar?

Se miró los pies descalzos y luego volvió a levantar la vista. —Claro.

Al cruzar el umbral, me acordé del moño desordenado que me había hecho en el pelo mientras hablaba de la estrategia de relaciones públicas con mi nueva consultora, Hannah. Rápidamente, me quité la pinza del pelo, lo sacudí y pasé los dedos para peinarlo.

Jamila me miró fijamente.

—¿Qué? —Mis mejillas se encendieron. Había olvidado revisar mi aspecto antes de salir del auto—. ¿Se me corrió el delineador? —Guardé la pinza en mi bolso.

—No, estás bien —dijo. Se dio la vuelta y me guio desde el pequeño vestíbulo hasta la sala de estar. Los techos eran más bajos de lo que estaba acostumbrada, pero unos enormes ventanales daban a un jardín meticulosamente cuidado y a una pequeña piscina en la parte trasera. La distribución abierta y los muebles minimalistas y bajos daban una sensación de amplitud y luminosidad.

—Tu casa es hermosa —dije.

—¿Nunca habías venido?

-No.

—Ah.

Como no se ofreció a darme un recorrido —no es que hubiera mucho que ver en una casa tan pequeña—, me acomodé en el sofá tapizado de gris, alisándome el vestido sobre las rodillas. Jamila se sentó en el sofá de dos plazas curvo al otro lado de la mesa de centro.

—¿Qué es eso? —pregunté, señalando la mano que ahuecaba contra su hombro.

Sin dudar, extendió su largo brazo hacia mí. Acurrucado de

espaldas en su palma había un hámster. No, no era un hámster. Era de color marrón claro con un hocico oscuro. Púas afiladas sobresalían de su lomo marrón. —Este es Quill. Diminutivo de Quill.i.am. —Sus mejillas se oscurecieron. ¿Se estaba sonrojando?

—¿Es un erizo?

—Sí. —Le acarició con un dedo entre los ojos y en la frente. Pareció sonreír en sueños.

A pesar de la política de no admitir mascotas de mi madre, el perro de mi hermana Sam, Bilbo Baggins, tenía su propio lugar bajo la mesa en el brunch familiar. Cuando cuidaba a Jackson y Alicia, su gato, Tigger, solía hacer acto de presencia. Nunca había conocido a nadie con un erizo de mascota. La novedad debió ser lo que hizo que se me cruzaran los cables, así que la pregunta más ridícula salió de mi boca: —¿Duerme en tu cama?

—No. Es nocturno. Tiene un hábitat en el segundo dormitorio.

—¿Por eso está durmiendo ahora? —Sus patitas rosas sobresalían de su vientre blanco y esponjoso. Era adorable. Y mucho más silencioso que Bilbo.

—Eh. —Lo miró y le acarició la frente de nuevo—. No, está cansado. Cuando tocaste el timbre, estábamos… —Se enderezó—. Estábamos bailando.

Hice todo lo posible para que no se me cayera la mandíbula del asombro. —¿Bailando? ¿Como en *Dancing with the Stars?*

—Supongo. Si él es la estrella y siempre es noche de hip-hop.

Dejé que mi mirada vagara desde su rostro resplandeciente hasta su hombro desnudo. Me recordó a esa vieja película que había visto con una de mis niñeras, *Flashdance*. —Y solo tú usas el vestuario.

—Dejamos el suyo en el gimnasio. Las lentejuelas le dan comezón.

Abrí los ojos como platos. —¿En serio?

—No, te estoy tomando el pelo, nena.

—Ah. —Me estiré el dobladillo de la falda sobre las rodillas.

—Así que, si tu familia está bien, ¿por qué estás aquí? No estarás ya pidiendo donaciones para la fundación de Jackson,

¿verdad? Doné el año pasado. Espera. —Hizo una mueca—. ¿Estás enojada por el comentario de PETA? No sabía que no les habías dicho que habías dejado la escuela de cocina.

—No, no pasa nada. —Retorciéndome el anillo, dije—: Se lo iba a decir. Simplemente no había encontrado el momento.

—No están enojados, ¿verdad?

—Están decepcionados de que haya renunciado. Si no encuentro otra cosa pronto, mi madre empezará a presionarme para que me case con alguien adecuado. Pero no estoy aquí por eso. —Respiré hondo—. Quiero hablar contigo sobre tu situación de relaciones públicas.

Levantando la barbilla para mirar al techo, Jamila suspiró. —¿Otra vez con eso? Pensé que te interesaba la programación. Podría ayudarte con eso.

—Ya tienes programadores. —Con un esfuerzo heroico, evité fruncir el labio al recordar el desaire de Rhiannon—. Con lo que necesitas ayuda es con las relaciones públicas.

—¿Tuviste que pelearte con algún paparazi para entrar a mi vecindario?

-No.

—¿Estaban apostados en mi césped?

-No.

—Porque eso es lo que pasó cuando a mi vecino de la calle de al lado lo pillaron traficando con información privilegiada. Mi «situación de relaciones públicas» —hizo comillas con los dedos— ya se acabó. Han pasado a otra cosa.

—No estoy segura de que eso sea cierto. —Había estado siguiendo la historia en el *Journal,* y tenía un montón de comentarios (e insultos racistas y misóginos), pero no pensaba contarle eso.

—Natalie. —Me fulminó con la mirada—. Llevo más tiempo que tú en esta industria. Sé el tipo de mierda que sale en las noticias y la que no. Este es el tipo de cosa que aparece en un día de pocas noticias, y a la semana siguiente todo el mundo vuelve a sus estupideces persiguiendo a verdaderos malhechores corporativos.

—¿Pero qué pasa si el lunes también es un día de pocas noticias? ¿Y si tú eres lo más parecido a un malhechor corporativo que tienen para perseguir?

—Para que haya una persecución tiene que haber alguien que corra. Yo no voy a hacerlo. Mañana voy a entrar a mi oficina y voy a hacer mi trabajo. Nada que ver aquí. —Levantó la mano que no acunaba a Quill.i.am.

—Creo que deberías dejar que Mateo te lleve al trabajo mañana. Por si acaso.

—Ni hablar. Iré manejando al trabajo como la mujer adulta y hecha y derecha que soy.

Negué con la cabeza. Jamila era terca. Era una de las razones por las que tenía tanto éxito. La palabra *renunciar* no estaba en su vocabulario.

Me incliné hacia adelante. —Aun así, creo que deberías designar un equipo de respuesta. Te mantendrá fuera del foco de atención y te permitirá concentrarte en tu trabajo. Si no quieres que yo participe, probablemente puedas incluir a Winslow y a algunas personas de tu equipo de marketing. Ellos deberían poder manejarlo. —El equipo de respuesta era clave, según lo que Della nos había dicho a Hannah y a mí. Jamila podía fingir que todo el asunto no le molestaba, pero estaba demasiado implicada emocionalmente para manejar la situación racionalmente.

—No necesito un equipo de respuesta porque no hay nada a lo que responder. Toda esta situación es ridícula.

—Puede que tú lo veas así, pero no puedes controlar lo que los demás piensan o dicen.

Ella enarcó sus cejas oscuras y esculpidas. —¿Ah, no?

—¡No!

—Entonces, ¿por qué crees que un equipo de respuesta puede ayudarme? No tiene ningún sentido. Cuando no les siga el jueguito, se irán y buscarán a alguien más con quien pelear.

Debería haber sabido que no debía discutir con alguien tan brillante como Jamila. —Pero…

—No, Nat. No voy a dedicarle a esta tontería ni un minuto más de mi valiosísima atención. Fin de la historia.

—¿Y qué hay de ese socio tuyo de servicios financieros? ¿Qué pensarán?

Supe que había tocado una fibra sensible por el endurecimiento de su boca. —También puedo encargarme de ellos.

—¿Puedes? La mayoría de la gente de finanzas es bastante reacia al riesgo. Cada vez que voy a visitar a Charles al trabajo, siento que estoy en una película en blanco y negro.

Levantó la nariz. —Ahí vas de nuevo, centrándote en las apariencias. No tienes que montar un numerito por mí. No como lo hiciste en la fiesta de Billie Woods.

La sangre se me fue del rostro. —Yo…

—Sabes que nunca te haría daño, ¿verdad? Ni siquiera por asociación. Valoro mi relación con… con tu familia, especialmente con Jackson y Alicia.

—No, yo… —La cabeza me daba vueltas—. ¿Hacerme daño? Fui yo la que te ofendió con mi confesión de borracha—. Lo siento, Jamila. Me puse nerviosa y bebí demasiado. No quise…

—¿Decirme que me querías? —resopló—. Sabes que no te tomé en serio.

Me encogí. Lo había dicho totalmente en serio. Había estado enamorada de ella durante tanto tiempo que se sentía como amor. Especialmente cuando había bebido demasiado vino. —Fuiste tan amable conmigo. Dijiste que no tenía que ocultar mi verdadero yo. —Ahí fue cuando la palabra *amor* se me escapó de la boca.

—Lo decía en serio —dijo—. Y luego te lanzaste de lleno a hacerte la tonta.

Cerré los ojos, pero fue un error porque toda la escena se reprodujo en mi memoria. Me había quitado sus brazos de los hombros y me había dicho que jugara al amor con otra persona. Y eso fue exactamente lo que hice. Revoloteé hacia mi amigo Daniel y le confesé mi amor a él también, en voz alta y de forma expresiva. Él se lo tomó a broma, pero como yo no lo quería, no me dolió como la risa de Jamila.

—¿Por qué te emborrachaste tanto esa noche?

Apreté los labios. Había aceptado la copa de champán porque podía pasarme toda la noche con una copa de esa asquerosa bebida. Pero esa noche, con toda la atención de Jamila sobre mí, no sabía qué hacer con mis manos ni con ninguna otra parte de mí. Me bebí lo que había en mi copa, y los camareros de Billie no dejaban de rellenármela. Cuando estaba borracha, actuaba como una niña rica sin cerebro, que era exactamente lo que todo el mundo esperaba que hiciera.

—Fue un accidente.

Me fulminó con la mirada. —Supongo que también fue un accidente que te fueras a casa con Daniel no-sé-qué.

—Daniel van der Poel es mi amigo. Mi amigo platónico.

—Parecía platónico cuando lo besaste.

Me ardieron las mejillas. Daniel y yo habíamos ido a tantos eventos y fiestas juntos que fingir que salíamos era algo natural. Después del desaire de Jamila, él me siguió la corriente con mi beso torpe, pero cuando intenté hacerlo más convincente metiéndole la lengua en la boca, me levantó en brazos y me sacó de la fiesta, proclamando a gritos que no aguantaba el alcohol.

Daniel era un buen amigo. Otro chico podría haberse aprovechado de mí, pero él me sujetó el pelo mientras yo vomitaba en las hortensias de Billie.

Pero Jamila ni siquiera era mi amiga. —¿Por qué te importa a quién beso?

Sacó la mandíbula. —No me importa. Solo odio que te infravalores.

¿Infravalorarme? Era una chica rica sin suficiente cerebro para establecerse en una carrera. Mi único activo era mi físico. Todo el mundo lo sabía, incluida mi familia. Jamila también lo pensó esa noche. Me crucé de brazos.

—Como sea —dijo—, no necesito ni quiero tu ayuda. Tengo todo bajo control, así que no tienes que preocuparte por mí.

Otra protesta subió a mis labios, pero me la tragué. Tenía razón. Yo no estaba cualificada para ayudarla. Nada de lo que dijera la haría cambiar de opinión.

Se puso de pie. —Gracias por pasar.

Me levanté del sofá. —Cuando quieras. —Lo decía de verdad.

Me acompañó hasta la puerta. —Dale las gracias de nuevo a tu familia por el brunch. Y, eh, quizás no vuelvas por aquí. No quisiera que tu familia pensara que te invité. Tú, más que nadie, entiendes la importancia de las apariencias.

Aturdida, apenas registré el portazo.

No fue sino hasta que estuve de nuevo en su porche que recordé el mensaje de su vecina. Se merecía perderse una cesta de aguacates. Me quedé mirando la maceta de margaritas, con ganas de arrancarlas y destrozarlas allí mismo, en su porche. Y luego pisotearlas con mis Valentino Garavani.

Eso era infantil, y no necesitaba darle a Jamila más pruebas de que era joven y tonta. Ella había presenciado las consecuencias de mi desastre en la escuela de cocina. Mi comportamiento deplorable en la fiesta de Navidad. Por no hablar de toda la fase de acné y brackets y, antes de eso, mis coletas.

Así que bajé lenta y grácilmente los escalones de la entrada como si a ella le interesara lo suficiente como para verme marchar.

6

NO HABRÍA podido perderme la noticia de la caída de Jamila aunque lo hubiera intentado.

Como no había clases el lunes, seguía en la cama cuando tomé el teléfono para ver qué pasaba en el mundo. Jamila era el primer video en mi página de TikTok. Tenía medio millón de vistas. Para la tercera vez que actualicé, ya tenía dos millones.

Reconocí la fachada del edificio de Jamila por mi visita de dos días atrás. Solo había un fotógrafo afuera. Podía haberlo esquivado fácilmente como lo hicimos el viernes.

El video estaba editado para empezar después de que el periodista hiciera su pregunta, así que no supe qué le había dicho para que ella se le pusiera cara a cara. Sus ojos oscuros relampaguearon y sus labios rojos y brillantes se curvaron en un gruñido. —Hijo de puta. Atrévete a repetirlo.— No pude descifrar lo que dijo él, y el subtitulado era un disparate. Pero las palabras de Jamila eran cristalinas, y el texto impreso al pie del video me agredía los ojos.

—¿Crees que me conoces? No sabes ni mierda de mi comunidad ni de mí ni de mi maldito negocio. Puedes besarme el culo paranoico.—

Para la tercera pasada, ya no sabía si había intentado enseñarle el dedo o soltarle un uppercut. Alzó el brazo, y él se echó hacia atrás, haciendo que el video se bamboleara salvajemente mientras un brazo con una camisa de mezclilla de manga larga rodeaba la cintura de Jamila y la apartaba, maldiciendo.

Los comentarios explotaron. Unos cuantos decían: —¡Te apoyo, Jamila!—, pero la mayoría la denunciaba como paranoica, loca, demasiado ruidosa, vulgar, o simplemente no la ícono que la gente quería que sus hijas emularan. Algunos cuestionaban el valor de una empresa dirigida por alguien tan evidentemente poco profesional.

Era un desastre.

Gimiendo, me arrastré fuera de la cama, me duché, me recogí el pelo en un chongo y me puse un traje sastre negro con una blusa roja floreada. Encontré a Mother trasteando en el invernadero. Le di un beso en la mejilla, le dije que no me esperara para cenar y tomé un rideshare a Mountain View.

———

CON EL GUARDIA de seguridad rodeado por periodistas, no fue difícil pescar a un empleado de Jamilow afuera del edificio de Jamila, coquetear con él un minuto, mentir sobre que había olvidado mi gafete y pegarme a él para entrar al área segura. Después de prometerle que lo buscaría en el próximo happy hour, subí las escaleras al segundo piso y alcancé la puerta de la suite ejecutiva justo cuando un hombre con cara de agobio salía a toda prisa, apretando en una mano un puñado de papeles y en la otra su laptop.

Todas las oficinas por las que pasé estaban encendidas, y la gente iba y venía detrás de las puertas de vidrio esmerilado. En la parte abierta del piso con cubículos, los empleados se agrupaban en racimos, susurrando. Algunos se amontonaban alrededor de teléfonos, probablemente viendo el TikTok o leyendo los comentarios.

Adiós a la productividad antes de su gran lanzamiento.

Avancé sin que nadie me detuviera hasta la oficina de Jamila y le sonreí a Felicia, que alzó la vista apenas un segundo antes de apoyar de nuevo la frente en la mano y frotarse mientras apretaba el teléfono a la oreja. Canalizando toda la seguridad que pude reunir, entré como si nada en la oficina de Jamila.

La directora ejecutiva llevaba el fabuloso traje pantalón rosa nácar del video, pero se había quitado el saco, revelando una blusa sin mangas color marfil y un collar de perlas rosadas. Se reclinaba en la silla, casi acostada, con la mano sobre los ojos.

Winslow estaba recargado en el alféizar, mirando a través del vidrio las camionetas de noticias estacionadas junto al camino que conducía al edificio. Parecía que quería atravesarlo de un salto. Sus pantalones hoy eran verde lima. No se veían mejor con los zapatos bicolor tipo brogue que los rosados. La espalda de su camisa blanca estaba arrugada como si hubiera sudado.

Un par de empleados apretaban sus laptops contra el pecho y cambiaban el peso de un pie a otro sobre la alfombra color camel en el centro de la sala. Tras mirarme, su atención rebotó entre Jamila, Winslow y las dos personas sentadas frente a Jamila.

Un hombre y una mujer que no conocía estaban frente a ella. La mujer, mirando su teléfono, ladraba sobre la valoración de la acción, así que debía de ser la directora financiera. El hombre miraba fijamente el escritorio de vidrio de Jamila.

—¿Puedes no hacer eso, Hope? Por favor. Me está dando dolor de cabeza —gimió Jamila sin levantar el antebrazo de los ojos.

—Perdón —murmuró Hope, la directora financiera—. Encuentro consuelo en los números cuando estoy estresada.

—Quizá puedas ver los números más en silencio —dijo Jamila—. Lo que necesito ahora es...

El hombre sentado a su lado saltó de la silla. —¿Sabes qué? Renuncio.—

Jamila alzó el brazo y lo miró. —¿Cómo que renuncias?—

—Renuncio. Esto no es para lo que acepté.—

Jamila le clavó la mirada. —Eres el director de marketing. No te estoy pidiendo nada más que promociones las malditas apps.—

Su voz subió de tono. —¿Cómo se supone que voy a vender

apps en este ambiente? —Le señaló las camionetas de noticias con un gesto—. Este trabajo me desalineó por completo los chakras. Necesito irme a casa y ver un video de naturaleza.— Dio media vuelta sobre la punta de su mocasín italiano y salió hecho una furia. Los dos empleados del centro de la sala se escabulleron detrás de él.

La directora financiera se puso de pie.

—No tú también —dijo Jamila en voz baja.

Hope resopló. —¿Crees que renunciaría por esto? Empecé mi carrera en Enron. Esto es pan comido comparado con ese show de mierda. Te seré más útil en mi oficina. Te enviaré un resumen de la cobertura financiera y su impacto en el precio de la acción al final del día.—

—Genial —suspiró Jamila.

Cuando Hope salió, entró Rhiannon con caquis y otra camisa azul, esta de manga larga. Caminó detrás del escritorio de Jamila, cruzó los brazos y ladeó la cadera. —Necesito tu aprobación en esa requisición de puesto que te mandé hace una hora.—

Jamila empujó el mouse, que se deslizó por el escritorio. —¿Cómo carajos se supone que voy a ponerme al día con el correo? Mira esa mierda —dijo, señalando la pantalla.

Rhiannon apretó los labios. —Para eso te pagan los grandes sueldos, jefa.— Se inclinó sobre el escritorio, hizo scroll y dio clic. —Esa es. Apruébala, por favor.—

Jamila hizo una mueca mientras miraba la pantalla con los ojos nublados. —¿Dos desarrolladores por contrato? ¿De verdad crees que eso ayudará ahora?—

—Con tanta distracción, necesitamos toda la ayuda posible. No llegaremos a la fecha sin ellos. Tengo trabajo pesado que pueden hacer para liberar a los demás —se acomodó los puños de su camisa de mezclilla.

El video volvió a estallarme en la memoria.

—¡Fuiste tú quien evitó que soltara ese golpe!—

—¿Qué carajos haces aquí, Natalie? —Jamila parpadeó como si yo fuera una aparición venida a atormentarla en su peor día—.

No le habría pegado a ese imbécil. No valía la pena arruinarme el manicure.— Extendió una mano y examinó sus uñas cortas, de un azul tornasolado.

Le sostuve la mirada a Rhiannon. —Gracias por eso.—

—Alguien tenía que hacer algo —dijo Rhiannon—. Oye, deberías pagarme para hacer RP. No necesito un traje de diseñador para salvarte de esos chacales—o de ti misma.—

Se me erizó la nuca y las uñas se me clavaron en las palmas.

—Te dije —dijo Jamila— que no necesitaba que me salvaran. Lo tenía bajo control.—

Rhiannon soltó un bufido. —Sí, se notó. ¿Dónde estaba la Señorita Traje Fino cuando te lanzaste contra ese tipo?— Meneó su cabello rizado.

Me acomodé el saco. No me importaba si le había ahorrado a Jamila un desastre de RP todavía mayor. Rhiannon no era una buena persona.

—Vine a ayudar —dije.

—¿Ayudar? ¿Tú? —Rhiannon recorrió mi atuendo con la mirada hasta que empecé a replantearme la blusa roja—. Ten cuidado, no vaya a ser que te rompas una uña.—

Flexioné las manos. —Soy perfectamente capaz de ayudar. Tengo un plan.—

—¿Ah, sí? —Rhiannon cruzó los brazos y ladeó la cadera—. A ver, te escucho.—

—Ree —murmuró Jamila algo que no alcancé a oír, pero que hizo que Rhiannon me frunciera el labio y saliera de la oficina a zancadas.

Cuando Jamila alzó los ojos hacia mí, los tenía enrojecidos e hinchados. ¿Era por lo de hoy? ¿Había dormido anoche? Abrí la boca para preguntar, pero ella habló primero.

—Nat, hoy no es el día para que entres aquí pavoneándote a probar tu pasatiempo de la semana. Vete a casa. Hablamos la próxima semana, cuando todo esto haya terminado.—

Y así, de pronto, tenía quince otra vez, y mi hermano, Cooper, y Jamila me decían que me fuera porque las personas adultas estaban hablando de negocios. Me retorcí el anillo.

Pero ya no tenía quince. Tenía veintiséis. Tal vez no tenía un título, pero me había pasado la vida bajo los reflectores. Como la menor de los Jones, había observado muchos de los errores de mis hermanos. Así que reuní mi orgullo hecho trizas y el último gramo de valor. —Esto no va a terminar la próxima semana. Esto es serio, Jamila. Apuesto a que Hope ya te dijo que perdiste clientes.—

Se encogió de hombros. —No necesitamos clientes que se asusten por unas cuantas palabrotas.—

—¿Y tu socio de servicios financieros? —pregunté—. ¿Qué piensan de todo esto?—

Winslow se apartó de la ventana de golpe. —¿Le contaste sobre la alianza con FA?—

—No, no le conté. Acabas de hacerlo tú —dijo con cansancio.

—¿Su socio financiero es First Arbiter? Pero son tan… acartonados. —Hacían que el banco de Charles pareciera libertino.—

—Billie tiene una conexión ahí —dijo Jamila—. Ella y Winslow.—

—No Kenneth Royal —dije.

—Sí, de hecho, conozco a Kenneth —resopló Winslow—. Estamos en el mismo club de golf.—

Hice una mueca. El CEO de FA era el hombre más rígido que había conocido. No logré sacarle una sonrisa ni con mis payasadas de fiesta. Era famoso por exigir que todos sus empleados —hombres y mujeres— usaran el mismo traje gris y corbata azul.

—No será nuestro socio por mucho tiempo —dijo—. No si invocan la cláusula moral de nuestro acuerdo.—

—Les endulzaremos el oído como hicimos cuando tu divorcio se hizo público —dijo Jamila.

Las mejillas de él se tiñeron de rojo a manchas. —Mi divorcio no es tan público como esto.—

—Si esto hace que FA saque a relucir su cobardía, no los necesitamos —volvió el chasquido a la voz de Jamila—. Encontraremos a alguien más.—

—¿Pero no los necesitan? —pregunté—. Han llegado tan lejos, y el lanzamiento es en... ¿cuánto?—

—Menos de seis semanas —murmuró Jamila.

Tendríamos suerte si lográbamos limpiar este desastre para entonces. —Creo que podrían salvarlo si les ayudas a entender lo que pasó. ¿Qué te dijo ese tipo?—

—Nada que no pudiera manejar.— Sacó la barbilla, como desafiándome a que se la golpeara.

Winslow suspiró. —¿Qué es lo que esos tipos dicen siempre? Algo sobre ser una mujer negra en tecnología. Ese es su detonante, y todos lo saben.—

—Vete a la mierda —Jamila agitó la mano.

—¿Fue eso? —insistí.

—¿Eso? —alzó las cejas Jamila—. ¿Te gustaría que alguien cuestionara tus credenciales por el color de tu piel o porque no meas de pie?—

—No —sentí que la cara se me calentaba—. No me refería a si era poco; me refería a si eso fue lo que dijo.—

—Más o menos.—

Quise hurgar más en lo que dijo el reportero para hacerla estallar así, pero no parecía productivo. Hablar de ello estaba haciendo que Jamila se encogiera como... como Quill.i.am.

Puse las manos en la cintura. —Necesitas un equipo de comunicación de crisis, y yo estoy aquí para encabezarlo.—

Jamila puso los ojos en blanco.

—Espera —dijo Winslow, midiéndome con la mirada—. Tal vez no sea tan mala idea. Distráigan a la prensa con la Barbie de relaciones públicas.—

—¡Ey! ¡Estoy justo aquí! —intervine.

Winslow siguió como si no hubiera dicho nada. —Es una Jones. La gente respeta su nombre, su marca. La gente la va a escuchar.—

Jamila arrugó la nariz. —No necesito un equipo de comunicación de crisis.—

—Puede que no —dijo él—. Pero puede que sí. Al menos así tendrás a alguien a quien derivar todas las llamadas y correos, para que puedas concentrarte en tu trabajo —asintió hacia sus monitores.

Ella suspiró. Luego se puso de pie y estiró los brazos por encima de la cabeza. El movimiento le alargó el cuello de un modo imposible, y lo único en lo que pude pensar fue en recorrerlo con un dedo.

Su siguiente palabra me devolvió a la realidad. —Bien.—

—¿Bien? ¿En serio? ¿Me vas a dejar encabezar tu comunicación de crisis? —contuve el aliento.

—Sí. Haz lo que tengas que hacer. Por favor, intenta mantener al mínimo las demandas sobre mi tiempo, y haz algo con toda esa mierda —dijo, señalando las camionetas de noticias afuera.

—Por supuesto. Necesitaré acceso a Felicia y a cualquiera con formación en comunicación corporativa.—

Sus aletas nasales se ensancharon. —No pides casi nada, ¿verdad?—

—Solo lo necesario para hacer bien esto.—

—De acuerdo. Pero no más del diez por ciento del tiempo de nadie. Incluido el mío.—

Me mordí el labio. Definitivamente iba a necesitar más de cuatro horas a la semana de Jamila. Considerando que probablemente trabajaba sesenta u ochenta horas semanales, quizá podría conseguir el diez por ciento de eso. Si usaba un horizonte más largo, podía cargar más al principio para que promediara el diez por ciento durante los próximos seis meses. Para entonces ya habría puesto el problema a dormir.

—Necesitaré una asistente —dije—. No te preocupes, sé exactamente a quién incorporar.—

—¿Eso de traer gente? —puso los ojos en blanco—. Debí suponer que ibas a tomar el control. Eres una Jones. Una cosa más. —Hizo una pausa para mirarme a los ojos—. Ignora lo que dijo

Winslow. No quiero nada de esa mierda de Barbie. Quiero que estés en tu mejor nivel para esto. Ya sabes a qué me refiero.—

Hablaba de aquella fiesta de Navidad. Asentí, sin confiar en que la voz no me temblara.

—Bueno, entonces —dijo—. Puedes decírselo a Felicia, y ella lo hará realidad.—

Una felicidad burbujeante me desbordó el corazón. Si lograba hacer desaparecer los problemas de RP de Jamila, se olvidaría de esa fiesta horrible y por fin me vería como una adulta.

Me fui detrás de su escritorio casi saltando y la rodeé con los brazos. —No te vas a arrepentir, lo prometo.—

Cuando mis manos tocaron sus hombros desnudos, se quedó rígida como si la hubiera electrocutado. La piel me hormigueó. Al cabo de un segundo, se relajó, y sus manos aterrizaron leves en mi espalda para acercarme más.

El perfume en su cuello era sensual y floral, como el jazmín. Con el aroma a coco de su pelo, olía a trópico, como aquella vez que mi familia vacacionó en Bali y el aire nocturno traía el delicado olor a jazmín y bloqueador desvanecido. Cerré los ojos y me imaginé recostada en una playa, arena tibia entre los dedos de los pies, y Jamila a mi lado.

Con suavidad, se apartó y bajó las manos de mis hombros. —Ponte a trabajar. Recuerda: diez por ciento.—

Me recompuse lo suficiente para sonreírle. —Hecho, jefa.—

Mientras ya iba componiendo un texto para Hannah, salí de la oficina de Jamila y arrastré una silla hasta el otro lado del escritorio de Felicia.

—Parece que soy su nueva consultora de relaciones públicas. —

7

ESA TARDE, asomé la cabeza en la oficina de Jamila. Estaba sola, imitando la postura de Winslow de antes, con un hombro apoyado en el marco de la ventana y la mirada perdida a través del cristal. Aunque pasaban de las seis, el sol de finales de abril todavía estaba alto en el cielo y destellaba en los coches que serpenteaban por la carretera de camino a sus casas, mascotas y familias. Quizás Jamila deseaba poder irse a casa, ponerse ropa cómoda y acurrucarse con Quill.i.am. Pero como me había mostrado en ese organigrama, ella estaba en la cima, y cada uno de esos coches, casas y cenas familiares se pagaban con el trabajo que ella dirigía. Siempre sería la última en irse.

—¿Comiste hoy?

Giró la cabeza bruscamente al oír mi voz y se detuvo un instante a entrecerrar los ojos. —Sí. Felicia se asegura de que almuerce.

—Bien. —Me crucé de brazos. Jamila era tan delgada que me pregunté si el almuerzo era la única comida que hacía con regularidad.

—Pensé que a estas alturas ya te habrías ido a casa —dijo.

Me encogí de hombros. —Mucho que hacer hoy.

—Lograste reducir el número de camionetas de los noticieros.

—Se rio entre dientes—. No literalmente, como habría hecho yo. Quise decir que algunas se fueron.

Cerré la puerta, temiendo su respuesta a lo que tenía que decir a continuación. —Les prometí una conferencia de prensa para mañana.

—¿Se fueron porque dijiste que hablarías con ellos? —Me miró entrecerrando un ojo.

—Ven, siéntate. —Caminé hacia la zona de asientos, me dejé caer en el sofá de dos plazas y puse la taza sobre la mesita de centro—. Es para ti.

Sus ojos se iluminaron. —¿Café?

—Son más de las cinco. Es té de hierbas.

Ella frunció el labio. —Puede que sea mayor que tú, pero no soy una abuela que bebe un puto té de hierbas.

—Vaya, está bien. Entonces no te lo tomes. —Quizás estaba de mal humor por el hambre. Debería haber traído también unas galletas—. Ven, siéntate. —Di una palmadita en el cojín a mi lado.

Jamila eligió el sillón en su lugar y observó el té de color marrón dorado. —Huele a hierba.

Me reí entre dientes. —Tú tomas matcha. Eso sí que parece hierba.

—El matcha es lo que bebe la gente *cool*. La manzanilla —o lo que sea eso— no lo es.

—Es manzanilla. Prueba un sorbo. Es relajante.

Lo apartó. —No, gracias. Bueno, ¿de qué querías hablar?

La próxima vez, le traería una taza de descafeinado. Ya sabía que tomaba el café solo, tan negro como su humor.

—De la conferencia de prensa de mañana. Dirás unas palabras y luego responderás a algunas preguntas. Redacté un discurso para ti. —Le extendí una tableta con el discurso abierto.

Me la quitó y examinó el documento. —No voy a disculparme con ese imbécil. —No creí que lo haría, pero valía la pena intentarlo.

Asentí lentamente. —Podemos revisar eso. ¿Estarías dispuesta a disculparte con los accionistas y empleados que se vieron afectados negativamente por tus acciones?

Apretó los labios mientras lo consideraba. —¿Puedo usar una palabra como «lamento» en lugar de «disculpo»?

Hice una mueca. —«Lamento» suena poco sincero. «Disculparse» o «sentirlo» son más directos, y eso va con tu marca. Necesitamos transmitir el mensaje de que entiendes que lo que hiciste estuvo mal y que no volverá a ocurrir.

Sus hombros se relajaron, alejándose de sus orejas. —Puedo hacer eso.

El alivio me inundó mientras leía el documento más despacio esta vez. Cuando terminó, levantó la vista. —No está mal. Incluso conseguiste que sonara como algo que yo diría.

—Gracias. —Bajé la mirada a mi regazo para ocultar mi sonrojo.

—¿Necesito memorizarlo?

—Solo familiarízate lo suficiente como para poder levantar la vista y hacer contacto visual. Te enviaré una copia por correo electrónico. —Recuperé la tableta, borré la disculpa al periodista y envié el documento.

—¿Hablar durante dos minutos y responder a algunas preguntas? No hay problema. —Mientras se reclinaba en el sillón, las líneas bajo sus ojos delataban lo agotada que estaba.

Ojalá pudiera dejarla ir a casa, pero aún no habíamos terminado.

—Tenemos que practicar las preguntas y respuestas.

—¿Practicar? ¿No confías en mí?

—Todo el mundo rinde mejor después de practicar.

—He estado actuando para los medios desde que tú veías dibujos animados y jugabas con muñecas. —Apretó aún más los labios—. He aprendido un par de cosas a lo largo de los años. Hice mis millones de la nada, solo con el cerebro que tengo en mi cabeza, no gracias a un fideicomiso. No necesito que me enseñes a hablar con los periodistas.

Respiré hondo. Sabía cuántas ventajas había tenido al crecer.

Necesitaba demostrarle a Jamila que eso no venía acompañado de un aire de superioridad. —No estoy tratando de enseñarte nada. Solo quiero que estés preparada para responder cualquier pregunta que te lancen y que te mantengas tranquila y profesional.

—¿Tranquila y profesional? —Se levantó de un salto del sillón y caminó de un lado a otro sobre la alfombra—. No soy *más que* tranquila y profesional. Me pongo mi máscara y sonrío a los inversores, a la prensa y a quien sea necesario para poder dirigir mi maldita empresa, ¡y que me dejen en paz de una puta vez! —Se detuvo y se giró bruscamente hacia mí—. Deberías saberlo, con esa fachada de cabeza hueca que pusiste en esa fiesta de Navidad. En todas las fiestas. Estás siguiendo sus reglas, igual que yo.

El dolor me atravesó ante ese golpe directo.

Esto no se trataba de mí. Se trataba de hacer desaparecer la mala publicidad para que Jamila pudiera centrarse en dirigir su empresa. Reprimí la herida y me lancé a su lado, pero se sacudió la mano que le puse en el hombro. —Lo siento. No pretendía insinuar que fueras menos que profesional.

Se frotó el pulgar entre los ojos. —Estoy cansada. Ha sido un día largo.

—Lo sé. Ojalá no tuviera que pedirte que hicieras esto, pero quiero asegurarme de que hagas el excelente trabajo del que sé que eres capaz, y que estés preparada para cualquier pregunta ridícula que puedan lanzarte.

Me miró de reojo. —¿No es tu trabajo llenar la sala con gente que *no* hará preguntas ridículas?

—He intentado llenarla con tantos aliados como ha sido posible. Sin embargo, mi lema es: espera lo mejor, prepárate para lo peor.

Gruñó. —Justo.

—Ven, siéntate —dije—. Creo que podemos terminarlo en menos de una hora.

—¿No estaré de pie en un podio mañana?

—Ese es el plan.

—Entonces me quedaré de pie. —Plantó los pies en la alfombra y echó los hombros hacia atrás—. Se juega como se entrena. ¿No es eso lo que dicen?

—Yo... —Estaba demasiado distraída por la columna de su cuello que se alzaba sobre los hombros de su chaqueta y el atisbo de sus clavículas sobre el escote redondo de su blusa como para pensar con claridad.

—Dispara. —Levantó la barbilla.

Cierto. Estaba aquí para ayudarla a practicar, no para comerme con los ojos ese cuello que había querido besar desde que la abracé antes. Ella no quería eso de mí. Los insultos que me había lanzado antes —dibujos animados, muñecas, fideicomisos y máscaras— todavía dolían. Nunca me vería como algo más que la molesta y privilegiada hermana pequeña de Jackson. Nunca como una igual, como alguien a quien quisiera besar.

Aunque si pensaba que era molesta, podía usar eso para ayudar en nuestra práctica.

—Entonces, Jamila —dije, mirando mi tableta como si fuera el cuaderno de un periodista—, ¿por qué intentaste golpear a mi colega ayer?

—Yo no... —Se detuvo cuando su grito rebotó en las paredes de la oficina y resonó en sus oídos. Se aclaró la garganta—. Creo que el vídeo mostrará que, de hecho, no golpeé a nadie.

—Eso estuvo bien —dije—. Aunque creo que los puntos clave para preguntas como esas son, uno, el periodista dijo algo ofensivo que te hizo enfadar. ¿Te gustaría compartir qué fue?

Apretó los labios y negó con la cabeza.

—Probablemente sea mejor centrarse en tu respuesta. Dos, respondiste de manera informal...

—¿De manera informal? ¿Así es como lo vamos a llamar?

—Creo que «de manera informal» es mejor que «de forma grosera». Tres, reconoces que tu respuesta fue desacertada, y que lamentas su impacto en los accionistas y empleados. Intentémoslo de nuevo. Jamila, ¿por qué intentaste golpear a mi colega ayer?

Inhaló y exhaló antes de responder. —Creo que el vídeo

muestra que no golpeé a nadie. Sin embargo, me disculpo por el impacto negativo que mi elección informal de palabras tuvo en los accionistas y empleados de Jamilow. ¿Mejor?

—Perfecto.

Después de cuarenta y cinco minutos de práctica, las respuestas de Jamila estaban listas para la conferencia de prensa a pesar de su expresión hosca.

Tomé la tableta y me puse de pie. —Gran trabajo. Vete a casa y descansa. Te veré en la sala de conferencias grande de abajo a las nueve de la mañana. Ponte ese traje blanco con una blusa de color pastel.

—¿Ahora me dices qué ponerme? ¿Crees que soy incapaz de vestirme sola? —gruñó.

—Estoy tratando de quitarte una decisión más de tu lista —dije con frialdad—. La gente exitosa limita las decisiones sobre cosas pequeñas para tener más energía mental para las decisiones importantes. Como el cuello de tortuga negro y los tenis New Balance de Steve Jobs, o el armario lleno de trajes azules y grises del presidente Obama.

Me pareció ver a Jamila relajar la mandíbula una fracción mientras pasaba a su lado.

—Nos vemos mañana —murmuró.

Podía ayudarla a superar esta situación sin caer en la tentación de actuar según mi enamoramiento. Porque eso era todo: un capricho juvenil, un vestigio de cuando era una niña.

Ahora era una adulta. Lo último que necesitaba era sentir atracción por alguien tan brillante —y arisca— como Jamila Jallow. Alguien que nunca me vería como una igual.

8

—BUENO, se acabó —dije, tratando de sonreír cuando lo único que quería hacer era gritar. La única parte buena del fiasco de la rueda de prensa era que ya había terminado. Subí corriendo al segundo piso, arriesgándome a romperme el cuello para adelantarme a las largas zancadas de Jamila.

—Estuviste fantástica —dijo Winslow, caminando a grandes zancadas a su lado.

Le dirigí una mirada con los ojos como platos. ¿Acaso habíamos estado viendo la misma rueda de prensa?

—¿Tú crees? —Jamila se alisó la blusa.

—Totalmente —dijo Winslow. Era demasiado temprano para consumir comestibles de cannabis, pero era lo único que podía explicar su actitud tan relajada.

Ya tenía mi propia credencial, así que la pasé por el lector de la puerta de la suite ejecutiva. Sostuve la puerta abierta para Jamila y Winslow. Pero en lugar de dirigirme a la esquina del fondo, giré a la derecha y guié a los ejecutivos a la oficina sin ventanas en la que me había instalado. Era más pequeña que la de Jamila y lo suficientemente grande para dos escritorios, uno de los cuales estaba ocupado.

Hannah dio un respingo cuando entramos y se sacudió la falda. Llevaba su cabello castaño medio recogido en una cola de caballo, que le despejaba el pálido rostro, y su traje de falda negro y blusa blanca gritaba *profesional de nivel básico*. Un par de años más joven que yo, pero con un título que yo no tenía, Hannah era la ayuda que necesitaba, sobre todo después de la rueda de prensa de hoy.

—Hola, Hannah. Te presento a Jamila Jallow y a Winslow Keating-Ashworth. Jamila, Winslow, Hannah es nuestra nueva asistente de relaciones públicas.

Jamila le estrechó la mano. —No recuerdo haber contratado a una asistente ni haber autorizado un presupuesto de relaciones públicas.

Los ojos marrones de Hannah se abrieron de par en par detrás de sus lentes. Parecía un venado paralizado en medio de la carretera con un tráiler de dieciocho ruedas a punto de atropellarla.

Hice un gesto con la mano. —Felicia y yo nos encargamos. Ahora siéntense, y podemos hacer un balance.

Jamila se dejó caer en la más robusta de nuestras dos sillas de invitados. Rodeé el otro escritorio para sentarme detrás de él, lo que dejó a Winslow con la silla sin respaldo y tambaleante que había encontrado en un almacén. Tras buscar otra opción con la mirada, se sentó en ella con cuidado.

—Hannah —dije—, ¿cuáles son las primeras reacciones?

—Alguien lo tuiteó en vivo. Pensaron que era… —Levantó la vista de su monitor.

—Adelante —dije.

—Pensaron que era un somnífero.

—Exactamente lo que buscábamos —dije, aliviada—. Profesional, predecible, nada que ver por aquí.

—Hasta que… —Hizo una mueca.

—A ver. —Ya sabía lo que vendría a continuación.

—El, eh, momento espontáneo.

—¿El qué? —preguntó Jamila.

—La próxima vez —dije—, si vas a llamarle la atención a alguien, espera a que termine la rueda de prensa.

Jamila se rio. —Vale, claro.

La miré con los ojos entrecerrados. Ella me devolvió la mirada. Winslow se quitaba una pelusa de sus pantalones amarillo mantequilla. O era demasiado amable o demasiado cobarde para ayudar.

—En serio —dije—. No puedes despotricar contra alguien durante una rueda de prensa.

Ella bajó la barbilla y las cejas. —Puedo si están fuera de lugar.

—Eso puede estar bien en tu sala de juntas o en tu oficina, pero no en una rueda de prensa. —Desearía poder añadir «ya hablamos de esto», pero no podía. Tontamente, no había imaginado que alguien haría una pregunta tan fuera de lugar. Y más tontamente todavía, nunca esperé que Jamila le saltara a la yugular.

—Quiero que le prohíban la entrada al recinto —añadió Jamila.

—De acuerdo, pero la próxima vez, haz una pausa. Prueba una de esas técnicas de respiración de las que hablamos. Luego, cuando te sientas tranquila, responde a la pregunta o di «sin comentarios».

—¿«Sin comentarios»? —Saltó de la silla e intentó caminar de un lado a otro, pero el pequeño espacio la encerraba. Maldijo al golpearse la espinilla con el borde de mi escritorio—. ¿Es eso lo que diría Mark Zuckerberg? Ah, no, olvídalo, él es un *hombre*. ¡Nadie le lanzaría una pregunta así!

Winslow levantó la vista al oír eso. —Sí que les preguntan a los hombres con quién salen.

—¡No en una jodida *rueda de prensa para disculparse!*

—¿Qué tan grave es? —le pregunté a Hannah.

Ella hizo una mueca. —No muy bien. Están usando la palabra con P otra vez.

—¿La palabra con P? —exigió Jamila, con las manos en las caderas.

—Paranoica —dijo Hannah, casi en un susurro.

—Todo saldrá bien —dije con más confianza de la que sentía
—. Probaremos algunas otras tácticas y practicaremos nuestras
técnicas de respiración. —Le lancé a Jamila una mirada intencio-
nada—. Al final se olvidará.

—Dijiste que se olvidaría si hacía esta rueda de prensa.

Me levanté tan rápido que mi silla giró y golpeó la pared
detrás de mí. —Eso fue antes de que amenazaras a una periodista
por segunda vez en dos días.

—Quizá necesitemos una distracción —dijo Winslow.

—Gran idea. —Me apoyé en mi escritorio—. Algo positivo en
lo que los medios puedan centrarse.

—Podrías ir a hacer algo con esa organización benéfica que
diriges en Austin —dijo Winslow.

—No puedo simplemente activar y desactivar el campamento
—dijo Jamila con irritación—. Tienen un programa.

Ignorando su protesta, dije: —Esa es una excelente idea, Winslow. Jamila, cuéntame más sobre el campamento.

Casi podía ver las púas erizándosele como a Quill.i.am. —No
quiero involucrar al campamento. No tengo tiempo para esto.
Necesito concentrarme en nuestro lanzamiento.

Como si la hubieran invocado, llamaron a la puerta y
Rhiannon entró agarrando una laptop. Hoy había vuelto a usar
otra de sus camisas de golf. Esta era de un color azul verdoso
como las uñas de sirena de Jamila. —Ahí están, de brazos
cruzados como si no tuviéramos una crisis.

Sentí un calor burbujeante en el pecho. Se pavoneaba como si
su trabajo fuera mucho más importante que el mío. Me enderecé.
—Eso es exactamente lo que estamos haciendo. Estamos manejando una crisis.

Rhiannon resopló. —¿Un teatrito en la sala de conferencias?
¿Crees que eso es una crisis? Tenemos un problema real aquí. —
Dio unos golpecitos a su laptop.

—¿Qué tipo de problema? —Jamila se giró para mirar a su
empleada.

—Fallo de seguridad.

Jamila levantó las manos. —Pero InfoSec lo revisó todo. ¡Documentaron los criterios de aceptación de seguridad!

—Los cuales no pasamos en su revisión. Alguien usó un código de fuente abierta e introdujo una vulnerabilidad.

Jamila se frotó el entrecejo. —¿Cuál es el daño?

—Esto nos retrasa al menos una semana —dijo Rhiannon—. Quizá dos.

—Eso es inaceptable —gruñó Jamila—. Quiero a todo el mundo manos a la obra para arreglar esto.

—Ya estamos operando en modo «todos a la obra». Una semana era mi estimación optimista.

—Una semana. Ni un día más. No podemos dejar que Moo-Lah nos gane en el lanzamiento al mercado.

No entendí todo lo que Rhiannon había dicho sobre el problema de seguridad con la aplicación, pero un pensamiento escalofriante me asaltó: ¿había introducido Rhiannon misma el fallo? ¿Estaba saboteando la aplicación, retrasando el lanzamiento para que Moo-Lah tuviera la ventaja? Estaba en una posición inmejorable para hacerlo. No. Jamila confiaba en ella. Rhiannon tenía que haberse ganado esa confianza. Por muy poco que me gustara Rhiannon, no tenía motivos para dudar de su lealtad.

Jamila estaba en el umbral de la puerta antes de que me diera cuenta de que se iba.

—¡Espera! No hemos terminado aquí —dije.

—Sí, hemos terminado. Tengo cosas más importantes de las que ocuparme.

—No, no las tienes. Si no le damos la vuelta al mensaje, nadie va a comprar la aplicación, independientemente de si la lanzas a tiempo.

—Darle la vuelta al mensaje es tu trabajo —dijo Jamila—. El mío es lanzar este producto. —Salió por la puerta. Rhiannon me lanzó una mirada de suficiencia antes de seguir a su jefa y cerrar la puerta de un portazo.

Winslow se levantó con cuidado, lanzando una mirada de

resentimiento a la silla sin respaldo. —Llevo años pidiéndole que se centre más en la estrategia. Pero en tiempos de crisis, no puede resistir el llamado del código.

Jamila dijo que su trabajo eran los productos y el mío las relaciones públicas. Tenía que centrarme en eso. —Hannah, ¿crees que podríamos dirigir algo de atención a las actividades benéficas de Jamila?

—Creo que es una idea fantástica —dijo ella.

—Winslow, ¿puedes contarme más sobre este campamento?

—Lo empezó cuando ganó su primer millón. Es una fundación que organiza campamentos de programación para niñas en Austin, su ciudad natal. Son tan populares que se llenan a las pocas horas de abrir las inscripciones.

—¿Hay información en la página web de Jamilow? —preguntó Hannah.

—Tiene una página web aparte. Quiere que la atención se centre en las niñas, no en ella. —Recitó la dirección y Hannah la tecleó en su teléfono.

Sin embargo, no podía deshacerme de mi nueva sospecha. Se revolvía en mi estómago como sushi en mal estado. Comprobé que la puerta estuviera cerrada. —Una cosa más. ¿Cuánto tiempo lleva Rhiannon trabajando aquí?

Soltó un suspiro. —Casi desde el principio. La contratamos después de nuestra segunda ronda de financiación. Era desarrolladora sénior entonces. Ahora dirige el equipo de desarrollo.

—¿Siempre ha habido tanta… fricción entre ella y Jamila?

Se rio entre dientes. —Siempre. Ambas tienen opiniones muy firmes.

—¿Crees que haría algo para perjudicar a Jamila?

Me lanzó una mirada penetrante. —¿Como sabotear el desarrollo?

—Exacto.

—Quizá. —Se alisó una arruga de sus pantalones de niño bien—. Últimamente se ha quejado mucho de tener demasiado trabajo.

¿Le habría ofrecido dinero Moo-Lah? La jubilación anticipada debía de sonar bien para alguien como Rhiannon después de más de una década trabajando al ritmo de una startup. Odiaba sacar conclusiones precipitadas, pero Jamila había sospechado de espionaje corporativo cuando contrató al investigador privado.

—Gracias por tu sinceridad —dije.

—Claro. Debería seguir su ejemplo y ensuciarme las manos. —Se tronó los nudillos.

—¿Tú también programas? —Daba más la pinta de tener un MBA que de programador. Nunca había conocido a un programador con su gusto por la moda.

Se rio entre dientes. —Jamila y yo nos conocimos en el programa de ciencias de la computación en Stanford. Yo iba un par de años por detrás de ella, y nos asociamos en la primera aplicación.

—¿Fuiste su primera contratación?

Creí ver una expresión agria en su rostro, pero desapareció antes de que estuviera segura de haberla visto. —Lo fui. Sigo siendo su número uno. Nuestro código tiene mis huellas por todas partes.

Le dirigí una sonrisa de agradecimiento. —Estoy segura de que ella agradece tu ayuda. Y yo también.

Sin decir palabra, se fue y cerró la puerta. ¿Qué le importaba a él el agradecimiento de alguien que solo estaba aquí porque no había dejado que Jamila me echara?

Le demostraría a él y también a Jamila que podía ayudar. Mientras ellos gestionaban el código, yo gestionaría su reputación. Entonces tendrían que reconocerme.

POR MUY CAÓTICO que hubiera sido ese día en Jamilow, mi casa era peor.

Charles estaba de pie junto a la puerta principal, con los brazos cruzados y una expresión terca en la cara. —No nos vamos sin ellas.

Mi madre puso las manos en jarras. Un mechón de pelo rebelde se escapó de su moño y flotó junto a su cara. Tenía las mejillas y el pecho rojos. —Es más probable que me dé un infarto por llegar tarde al aeropuerto que por saltarme un inhibidor de la ECA o dos. No es como si no los tuvieran en París.

Él negó con la cabeza. —No vamos a ir a París sin tus pastillas.

—¿Alguno de estos es el correcto? —Sam apareció detrás de Madre. Había bajado las escaleras tan sigilosamente como un gato y sostenía un puñado de botes naranjas.

—No, ya los he revisado —dijo Madre—. Debo de haberme quedado sin.

La miré a la cara, sonrojada. —¿Cuándo fue la última vez que te tomaste una?

—¿Esta mañana? No me acuerdo. —Agitó una mano—. Tenemos que irnos al aeropuerto. Nuestro vuelo sale en tres horas.

—Entonces recogeremos tu receta en la farmacia de camino al aeropuerto —dijo Charles.

Mientras discutían sobre si la farmacia estaba o no de camino, le hice un gesto a mi hermana para que me enseñara los botes de pastillas. Uno de ellos eran analgésicos de su operación de corazón; me guardé las pastillas caducadas para tirarlas más tarde. Otro era un tratamiento de sustitución hormonal, pero uno era su inhibidor de la ECA para la hipertensión. Se lo arranqué de la mano a Sam y lo comprobé. Quedaban al menos una docena de pastillas.

—Aquí está, Charles. —Se lo entregué—. Deja de ser un oso gruñón y vete al aeropuerto.

Me besó la mejilla. —¿Qué haríamos sin ti, Natty Bumppo?

No odiaba ese apodo tanto como el que me ponía Jackson. —Diviértanse en su viaje. Madre, bájale dos rayitas a tu actitud de diva, ¿vale? —La abracé.

—No soy una diva —murmuró—. Gracias por salvar el día.

—Andando. —Abrí la puerta principal.

Charles levantó su equipaje de mano Gucci y abrazó a Sam. —Diviértanse, chicas.

—¿Diversión? —Sam enarcó una ceja—. Estoy aquí para trabajar.

Así era mi hermana mayor. Seria y aburrida. No recordaba que hubiera jugado conmigo cuando éramos niñas. Siempre había estado demasiado ocupada trasteando con las computadoras con Jackson.

—Entonces haz un buen trabajo, cariño. —Madre le dio una palmadita torpe en el hombro—. Y no dejes que Bilbo mastique el Aubusson.

—¿Está aquí? —Busqué al pequeño demonio por la habitación.

Nadie me oyó en medio del ajetreo de Charles guiando a mi madre hacia la puerta. Se cerró tras ellos, dejándonos en silencio por un momento, antes de que se abriera de nuevo, y el torso de mi madre se asomara por la abertura para tomar su bolso de la mesa junto a la puerta. —¡Adiós, chicas. Nos vemos en dos semanas y media!

Dejé que mi mirada se posara en mi hermana.

Desde que había fundado su empresa, había mejorado marginalmente su vestuario. Seguía siendo todo negro, pero ahora, en lugar de pantalones militares, llevaba un par de pantalones de trabajo de aspecto suave que probablemente había comprado en un anuncio en línea. Su cárdigan sin forma había desaparecido, reemplazado por un suéter que solo era una talla demasiado grande para su menuda figura. Las mangas le cubrían todo excepto las yemas de sus dedos sin pintar.

Se oyó un tintineo y su perrito apareció en lo alto de las escaleras, con algo peludo y rosa en la boca.

Se me heló el estómago. —¿Es un juguete para morder?

—No, solo traje su caballo marrón. ¿Qué es eso, Bilbo Bolsón? Tráelo aquí.

Meneando la cola, bajó las escaleras al galope. Mi estómago se encogió con cada paso alegre. Dejó caer su premio en el suelo a los pies de Sam.

—Oh, no. —Mi bolso de piel sintética de Roger Vivier estaba casi irreconocible. La piel estaba apelmazada con baba de perro, le faltaba el broche de pedrería y la correa estaba roída. Ella lo levantó por una esquina—. ¿Es tuyo? Espero que no fuera uno de tus favoritos.

Me froté la sien. —¿Acaso importa? Ya está arruinado.

—¿Puedo pagártelo?

—Lo dudo. Costó dos mil dólares nuevo. Todavía estás en modo startup, y estoy segura de que te pagas a ti misma al final. Tu fondo fiduciario podría haberlo cubierto, pero, vaya, lo regalaste.

Se puso aún más pálida de lo normal, y sus pecas resaltaron en su nariz y mejillas. —Lo siento de verdad. No suele destrozar cosas. Debe de estar nervioso. Yo… ¿podría pagártelo en cuotas?

Puse los ojos en blanco. —No te preocupes. No puedo llevar algo así a mi nuevo trabajo.

—¿Nuevo trabajo? —Sus cejas oscuras se arquearon, haciendo que sus ojos azul profundo parecieran de otro mundo.

—Estoy trabajando para Jamila como su asesora de relaciones públicas.

Hizo una mueca. —Espero que no fueras tú quien la dejó decir esas cosas.

Se me acaloró la cara. —Nadie *deja* que Jamila diga nada. Hace lo que quiere. Pero estoy trabajando en ello.

Soltó algo parecido a una risa. —Buena suerte.

—¿Sabes algo de Moo-Lah, la empresa?

Arrugó la nariz. —Un poco. He coincidido con el CEO, Pavel Thakor, un par de veces.

—Jamila cree que la están espiando. ¿Crees que también son capaces de sabotearla?

—Vaya. Esa es una acusación seria.

—Lo sé. —Me mordí el labio—. Jamila cree que son retos normales de programación, pero estoy empezando a pensar que alguien está trabajando en su contra desde dentro, pagado por Moo-Lah.

—No lo sé, Nat. La mayoría de las empresas de tecnología están demasiado ocupadas con su trabajo como para meterse con el de los demás.

—Pero todo le está saliendo mal ahora mismo.

—A veces pasa. —Mi hermana se encogió de hombros—. El desarrollo de software es un trabajo creativo y no siempre sale a la perfección. Parte de ello es la propia Jamila. Si mantuviera un perfil más bajo, no se metería en tantos líos.

El calor se extendió desde mi cara hasta mi vientre. ¿Cómo se atrevía a insinuar que algo de esto era culpa de Jamila? —No todo el mundo quiere pasar desapercibido como tú, Sam. Jamila quiere seguir siendo relevante y estar en la mente de todos. Nunca escondería quién es.

Sam recogió a su perro y enterró la cara en su pelaje negro. Cuando levantó la cabeza, tenía los ojos brillantes. —Me voy a la cama. Ha sido un día largo.

Resoplé. ¿De qué tenía que estar disgustada? —Yo también he tenido un día largo.

—Buenas noches, entonces. Nos vemos mañana… quizá. —Caminó pesadamente hacia la parte de atrás de la casa, sus botas Doc Martens crujiendo. Su perrito me sonrió maliciosamente por encima de su hombro, con un trozo de pelusa rosa colgando de un diminuto colmillo.

¿Mi hermana pensaba que Jamila debería ser más discreta? ¿Esconder su luz? De ninguna manera. Seguro que Pavel Thakor también pensaba eso. Quizá estaba intentando forzarla a dar un paso atrás para que Moo-Lah pudiera reinar sin competencia.

Sam me recordaba a Rhiannon. Ambas querían mantener la cabeza gacha y hacer su trabajo. Pensaban que las relaciones públicas eran una pérdida de tiempo. A Rhiannon probablemente le molestaba la personalidad asertiva de Jamila. Quizá Moo-Lah le había ofrecido algo más: un puesto directivo cómodo o una mordida para financiar una jubilación anticipada.

Lo averiguaría, y todos se darían cuenta de que yo tenía razón. Sam, Jackson, todos los que pensaban que estaba jugando a ser mayor. Cuando encontrara la filtración, cuando demostrara que Rhiannon había soltado la información y estaba saboteando activamente Jamilow, Jamila estaría agradecida.

Quizá entonces me viera como una adulta, alguien valioso.

9

DESPUÉS DE ESO, evité a mi hermana y mantuve la puerta de mi dormitorio cerrada para que su perro, que era una rata destructiva, no entrara en mi cuarto. Lo bueno de que mis padres estuvieran de viaje era que no tenía que tomar un Uber de ida y vuelta a la oficina, pero manejar el Benz cuadrado de mamá me hacía sentir como si tuviera cien años. Me sorprendí a mí misma usando colores neutros y buscándome patas de gallo en el espejo retrovisor.

Un beneficio: los trajes negros me hacían pasar más desapercibida mientras mi plan tomaba forma.

El lunes por la tarde, los ojos azules de Mateo brillaron mientras se frotaba las manos como un villano de caricatura. —¿Tengo un trasfondo?

—¿Un qué? —le pulí los cristales de los lentes de alta tecnología con el dispositivo de grabación incrustado en la patilla y se los entregué. Estábamos instalados en la pequeña sala de conferencias del primer piso del edificio Jamilow. El sol lanzaba rayos bajos que atravesaban las ventanas delanteras del edificio.

—Me pediste que interpretara un papel en tu plan diabólico —dijo—. Los actores tienen un trasfondo. Motivación. ¿Cuál es mi motivación?

Rodé los ojos. —Eres un agente de Moo-Lah, contratado para ofrecerle a Rhiannon dinero a cambio de secretos. Específicamente, quieres el nombre del socio de servicios financieros de Synergy.

Frunció el ceño. —Pero ya sabemos el nombre de su socio. Es…

—Moo-Lah no lo sabe. O al menos, no creo que lo sepan. Recuerda, estás interpretando un papel. —¿Cómo era posible que mi inteligente amiga Mimi se hubiera enamorado de un galán tan tonto?

—El dinero podría ser mi motivación —reflexionó—. Mi abuela está enferma y necesito pagar la cuenta del hospital.

—Claro. Lo que sea que funcione. Ahora pruébate los lentes.

Se los puso y me miró. Vaya. ¿Cómo era posible que el armazón negro de nerd lo hiciera ver aún más guapo? Mateo era atractivo de una manera corpulenta que no solía excitarme, pero los lentes llevaron su atractivo al siguiente nivel. Pero últimamente no encontraba a nadie, de ningún género, atractivo, a menos que fuera un genio alto y hermoso que hablara de código todo el día.

Miré mi teléfono y vi la parte superior de mi cabeza. Necesitaba retocarme los reflejos. Sacudiendo mi cabello, volví a mirar a Mateo. —Ahora di algo.

—Algo —dijo. La palabra salió con un sonido metálico de mi teléfono.

—Gracioso —mi respuesta también se escuchó, un poco más débil—. Tendrás que pararte cerca de ella cuando le hagas la oferta.

—¿Cuál es su motivación? —preguntó.

—También el dinero. Quiere dejar de matarse trabajando para Jamila y retirarse a alguna playa.

Frunció el ceño. —Esa no parece una muy buena motivación.

—No sé. Quizá su gato está enfermo. O tiene una abuela.

—Su abuela sería bastante vieja.

—Entonces probablemente también tenga facturas médicas.

Pueden conectar hablando de lo caro que cuestan los audífonos o las andaderas.

—Natalie. Perteneces al cero punto cero cero cero cero uno por ciento. ¿Qué podrías saber tú sobre gastos médicos? ¿O sobre el desastre nacional que es el sistema de salud de este país?

—Eso no viene al caso. Discute conmigo sobre el sistema de salud más tarde. Ahora necesito que le hagas la oferta a Rhiannon.

—Dijiste que esto sería divertido. No parece divertido hasta ahora.

—Por supuesto que es divertido. Puedes usar un disfraz. Tienes tu motivación y vas a charlar con una extraña. Es como... improvisación. Finge que esta es una clase de actuación.

—Nunca me ha gustado la actuación. Ahora, bailar...

Un zapato deportivo rechinó detrás de mí. Me asomé por la esquina. Rhiannon caminaba a grandes zancadas hacia la puerta con una mochila colgada al hombro.

—Ahí viene. Ve, ve, ve. —Le di un empujoncito, pero Mateo era una montaña. Para él, debió sentirse como el roce de las alas de un mosquito.

Afortunadamente, captó la indirecta y corrió tras ella. —¡Oye, Rhiannon!

Me encogí al oír el eco tan fuerte de su voz en el vestíbulo, luego me escondí detrás de la pared. En la pantalla de mi teléfono, el rostro de Rhiannon se giró hacia la cámara. Me metí el auricular en el oído y su voz me llegó débilmente. Con una pequeña punzada de culpa, presioné el botón de grabar.

Ella frunció el ceño. —¿Lo conozco?

—No, pero creo que tenemos intereses en común —dijo Mateo con soltura.

Era bueno.

—¿Y cuáles serían?

Contuve la respiración. *Por favor, que no hable de su abuela falsa y su lumbago.*

—Busco cierta información.

—¿Qué tipo de información?

—Solo necesito un nombre. ¿Con quién se asociará Jamilow para la nueva aplicación? Puedo pagarle bien por ese dato.

Contuve la respiración.

—¿Qué tan bien? —entrecerró los ojos.

¡Oh! ¡La teníamos!

—Muy bien. Dinero para la insulina.

—¿Insulina? —arrugó la nariz.

—O dinero para la playa. Podría comprar su propia villa.

—Dinero para una villa en la playa, ¿eh? ¿Por un nombre?

Contuve la respiración.

—Exacto. Dígame una cifra. Una que la haga sentir cómoda en su retiro.

Otro ceño fruncido. —Qué bueno que no me voy a retirar, entonces. Me gusta demasiado mi jefa. Oiga. Bruno. —Giró la cabeza hacia el guardia de seguridad que era tan fornido como Mateo y definitivamente más antipático, a juzgar por su expresión.

—¿Este tipo la está molestando?

—No. Pero me gustaría saber cómo entró aquí. No es empleado de Jamilow.

Mierda, mierda, mierda. ¿Debería delatarme para salvar a Mateo? A juzgar por la expresión de pánico en su rostro, probablemente. Pero él era un tipo grande. Podría manejar lo que sea que Bruno le lanzara.

Eso esperaba.

Bruno se interpuso entre Mateo y Rhiannon. —¿Dónde está tu credencial, amigo?

Mateo buscó a tientas en su bolsillo y sacó la credencial de visitante que yo había conseguido del guardia anterior. ¡Demonios, yo había firmado por él! El registro de seguridad me delataría. ¿Cómo iba a sacar a Mateo y a mí de este lío?

—Oye, amigo, no hay problema. —Mateo levantó las manos en un gesto de alto—. Quédate con la credencial. Ya me voy. — Dio dos pasos hacia la salida, y luego se giró—. ¿Ningún nombre?

Ay. Por esto Mimi se había enamorado de él. Era persistente y encantador.

Los labios de Rhiannon se afinaron. —Ningún nombre. Larga tu miserable trasero de este edificio.

No necesitaba ver más. Detuve la grabación y presioné el botón para apagar la pantalla de mi teléfono.

Rhiannon y Bruno murmuraron durante unos minutos antes de que oyera el chirrido de su zapato deportivo. Me asomé por la esquina mientras ella empujaba la puerta de cristal de la salida. Esperé cinco minutos más a que subiera a su auto y se fuera antes de ahuecarme el pelo para ocultar mi rostro y caminar hacia la salida, con la cabeza gacha.

—Que tenga buenas noches —dijo Bruno, con un tono amable y nada amenazador.

—Igualmente —murmuré.

Afuera, me deslicé hasta el Jeep de Mateo y me metí en el asiento del copiloto. —Bueno, eso fue un fracaso colosal.

—Lo siento, Nat. Lo intenté.

—Lo sé. Hiciste lo mejor que pudiste.

—No creo que ella sea la soplona.

—Eso es ir un poco lejos, ¿no crees? Solo porque no cayó en tu oferta no significa que no esté recibiendo dinero. Quizá es una soplona leal y solo habla con su contacto en Moo-Lah.

—No sé, Nat. Parecía bastante protectora con Jamila.

Tenía razón. Sí parecía. Pero eso no significaba que no fuera la fuente de la filtración.

—Vámonos —dije.

Cuando Mateo encendió el auto, los faros iluminaron a una mujer diminuta que llevaba una camisa azul, pantalones caqui y una expresión furiosa.

Grité.

Mateo gritó.

Ella frunció el ceño, luego rodeó mi lado del auto e hizo un gesto como si estuviera girando una manivela.

Haciendo una mueca, bajé la ventanilla. —Hola, Rhiannon.

—No me vengas con «hola, Rhiannon». Debería darte vergüenza. A ti también. —Señaló a Mateo con el dedo.

—Fui yo —dije—. Él solo me estaba haciendo un favor. Estaba tratando de proteger a Jamila.

—¿Con una trampa? ¿En serio? —su ceño fruncido era de clase mundial—. ¿Intentas hacerme la de Catherine Zeta-Jones?

—¿Hacerte qué?

—He sido leal a Jamila durante más tiempo del que llevas viva, niña.

—No creo que eso sea…

—Nunca, jamás, la traicionaría. No te metas conmigo.

—No, señora —murmuré.

Con la cabeza en alto, se dio la vuelta sobre sus talones y se fue.

—¡Mierda! No me gustaría *nada* estar en tu lugar mañana en el trabajo. —Mateo chasqueó la lengua.

—A mí tampoco.

———

A LA MAÑANA SIGUIENTE, me detuve en la cafetería de Mountain View que le gustaba a Jamila y pedí cuatro cafés. Negro para Jamila, un latte de vainilla para Felicia —ella era la clave del calendario de Jamila y necesitaba tenerla contenta— y dos macchiatos de caramelo helados, uno para Hannah y otro para mí. Mientras tocaba la terminal con mi tarjeta de crédito, aplasté el presentimiento que me había pesado en el pecho toda la noche.

La barista, una mujer de unos sesenta años, arrancó el recibo. —¿Necesitas esto para tu reporte de gastos?

—No, gracias. Este corre por mi cuenta.

Levantó las cejas, observando mi traje color crudo y mi blusa rosa pálido. —¿Arreglada para alguien especial?

—Solo para el trabajo.

Sus cejas se dispararon. —¿Con esa pinta? Todo el mundo en Silicon Valley usa jeans y gorras para ir a trabajar.

Me alisé la manga de mi saco. —Mi jefa no. Y ya sabes lo que dicen, vístete para el trabajo que quieres, no para el que tienes. —No es que yo quisiera el trabajo de Jamila. Eso sonaba más horrible que ser una asesina de crustáceos.

—En realidad —confesé—, hice algo malo anoche. Necesito una armadura para sentirme lo suficientemente valiente como para volver. —La bola de pavor había vuelto, llenándome el estómago. Quizá podría darle mi café a Rhiannon. No, probablemente pensaría que era otro soborno.

—Nunca pensé en un traje de diseñador como una armadura, pero tú a lo tuyo. —Se inclinó sobre el mostrador—. A por ellos, cariño.

—Gracias. Que tengas un gran día.

Cuando los cafés estuvieron listos, los llevé al Benz y acomodé el portavasos en la consola.

En el edificio Jamilow, le dejé dos vasos a Felicia. Jamila ya estaba en su reunión de desarrolladores de los martes por la mañana, pero Felicia inhaló el suyo con una sonrisa de agradecimiento.

Punto anotado.

Mi buena suerte continuó mientras Hannah y yo nos acurrucábamos en nuestra oficina toda la mañana atendiendo llamadas de periodistas y elaborando estrategias sobre los próximos pasos. Tenía una lista de formas para que Jamila generara una imagen positiva en mi tableta cuando caminamos por el pasillo hacia nuestra reunión diaria con ella.

Los equipos de codificación tenían reuniones diarias de pie, y yo había copiado el concepto para nuestras actualizaciones. Literalmente nos quedábamos de pie —para que nadie se sintiera lo suficientemente cómodo como para extenderse— y dábamos actualizaciones rápidas sobre nuestro progreso y el enfoque del día. Por poco que a Jamila le gustara hablar de relaciones públicas, podía soportarlo en estas pequeñas dosis. Teníamos diez minutos de la hora del almuerzo que Felicia guardaba tan ferozmente.

Pero hoy, había una persona extra en la oficina de Jamila.

Rhiannon.

—Oh, hola, ¿llegamos temprano? —pregunté.

No habíamos llegado temprano. Estábamos exactamente a tiempo, como a Jamila le gustaba.

Jamila miró su teléfono. —No, estaba terminando con Ree.

Solté un pequeño suspiro de alivio. Se iba.

—Me gustaría quedarme hoy —dijo Rhiannon, la malicia iluminando sus ojos color whisky—. Para ver cómo van los esfuerzos de relaciones públicas.

Mi corazón se hundió en mi estómago. Estaba tan jodida.

—¿En serio? —preguntó Jamila.

—Va a ser muy aburrido —dije—. Solo vamos a hablar de cómo podemos elevar el perfil de Jamila en la comunidad.

—Creo que tenemos que hablar de la actividad de relaciones públicas de anoche —dijo Rhiannon, con una sonrisa de suficiencia curvando sus labios.

—¿La conferencia de prensa? —preguntó Jamila—. Eso fue hace días. Ya hicimos un análisis. Sé que no tengo permitido amenazar a la prensa. Asegúrate de que eso esté en tu lista, Nat. —Me guiñó un ojo.

Rhiannon dijo: —¿Por qué no le dices a Jamila lo que tú y ese cabeza hueca hicieron después del trabajo anoche, Natalie?

—¿Un cabeza hueca? —Jamila arqueó sus perfectas cejas—. ¿Tuviste una cita, Nat?

—N-no. —Deseé que una trampilla se abriera en la oficina de Jamila y me succionara a un calabozo. Al menos estaría a salvo de los agudos ojos de Jamila.

Pero no había escapatoria para mí. Solo tenía ocho minutos antes de que Felicia nos echara a todos.

—Yo... estaba tratando de encontrar al soplón. Así que, preparé una trampa.

—¿Una trampa? —preguntó Jamila—. ¿Para quién?

Miré a Rhiannon, pero ella solo se cruzó de brazos sobre su polo azul claro.

—Para Rhiannon. —Solté un suspiro—. Pensé que ella podría ser la soplona.

A mi lado, Hannah jadeó.

—Yo —dijo Rhiannon—. Una de sus empleadas con más antigüedad. Dejé un trabajo sólido con un plan 401(k) y vacaciones ilimitadas para venir aquí. ¿Recuerda el par de meses en que no nos pagaban a tiempo?

Jamila asintió, con una expresión en blanco en su rostro.

—No me tomé ni un día libre durante los primeros tres años. Ni un solo día por enfermedad porque creí en Jamila cuando casi nadie más lo hacía. A veces éramos solo Winslow y yo. Y, claro, podría haberme jubilado hace un par de años si hubiera vendido mis opciones de acciones, pero me quedé. Ni siquiera quise un ascenso aquí al piso ejecutivo…

—Usted lo rechazó —interrumpió Jamila.

—Absolutamente —dijo Rhiannon—. Lo único que quiero es hacer un gran software. No quiero una villa en la playa. Todavía no. Pero cuando la quiera, créame, estaré bien. Siempre y cuando las acciones de Jamilow no se desplomen.

Cerré los ojos. ¿Por qué no había pensado en eso? Al igual que la de Winslow y Jamila, la riqueza de Rhiannon estaba ligada a Jamilow. Tenía cero incentivos para sabotear la empresa.

—Lo siento mucho —dije—. Estuvo mal de mi parte intentar sobornarla.

—¿Intentaste sobornar a Rhiannon? —la voz de Jamila era lo suficientemente fuerte como para oírse en el siguiente código postal.

—Lo hice. Lo siento. No volveré a dudar de usted, Rhiannon.

Rhiannon no dijo nada. No estaba perdonada.

—Dejé que me convencieras de hacer esta mierda de relaciones públicas. No hagas que me arrepienta. —La voz de Jamila era afilada como un carámbano—. No te salgas de tu carril, Natalie. Solo relaciones públicas. Deja a mis empleados en paz.

—Yo… yo… *Solo intentaba ayudar.* —Entiendo.

—El corazón de Natalie está en el lugar correcto —dijo

Hannah con una voz casi demasiado baja para oírse. Parpadeé hacia ella. Nunca decía nada delante de Jamila. Jamila la aterraba.

—No me importa dónde esté el corazón de Natalie. Necesito que mantenga sus malditas narices en sus propios asuntos. ¿Entendido? —Jamila me ladró las dos últimas palabras, pero Hannah se encogió.

—Entendido. Lo siento. De nuevo. Ahora, tenemos una lista de ideas…

La puerta de la oficina se abrió de golpe y Felicia apareció en el umbral, con las manos en las caderas. —Se acabó el tiempo. Todos fuera. Jamila necesita un poco de paz y tranquilidad.

—Pero…

—Envíalo por correo electrónico —dijo Felicia.

Mis hombros se hundieron bajo el peso de mi decepción. Había arruinado mi oportunidad de ayudar a Jamila.

Rhiannon salió con aire majestuoso, con la barbilla en alto. —Nos vemos luego, Jamila.

Hannah se escabulló y yo me deslicé detrás de ella. Después de que Felicia cerró la puerta, me quedé junto a su escritorio. —¿Alguna posibilidad de que pueda tener cinco minutos con ella más tarde?

—No. Se va de viaje esta tarde.

—¿Un viaje? ¿A dónde?

—A Austin. Van a inaugurar los campamentos de codificación esta semana. Nunca se pierde el primer día.

—Espera. ¿Va a ir a Austin a pasar el rato con chicas que programan en un campamento que ella fundó?

—Ajá. —Felicia abrió su cajón y sacó su bolso. Se lo colgó al hombro, una clara señal de que era hora de que me fuera para que ella pudiera ir a almorzar.

—¡Eso es perfecto! Sacaremos algunas fotos y se las daremos a los medios. Todo el mundo sabrá lo increíble que es.

Felicia frunció los labios. —No sé qué tan emocionada estará Jamila con todo eso. No es de las que explotan a las adolescentes.

—No es explotar a las chicas. Es llamar la atención sobre el bien que Jamila está haciendo. ¿No quieres que la gente se centre en eso en lugar de en sus metidas de pata con los medios?

—Claro que sí. Pero no estoy segura de que Jamila lo vea de esa manera.

—Envíame la información de su vuelo e iré con ella. Lo mantendremos discreto. Tomaré algunas fotos y las publicaré en las redes sociales. Sin periodistas. Incluso yo misma reservaré mi viaje. ¿De acuerdo?

—Supongo que estaría bien. Te enviaré su itinerario por correo electrónico después del almuerzo.

Me estremecí de emoción. —¡Perfecto. Muchísimas gracias! — La abracé.

Apretó los labios y se alisó las arrugas imaginarias de la blusa. —Ya veremos si me das las gracias cuando Jamila se entere de que vas a colarte en su viaje. Buena suerte.

—¡Que disfrutes tu almuerzo!

Prácticamente salté por el pasillo hasta mi oficina. Había encontrado la manera perfecta de ayudar a Jamila y hacer que olvidara mi error.

10

A PESAR del cóctel que tenía en la barra frente a ella, la expresión de Jamila se agrió cuando me senté a su lado en la sala de primera clase del aeropuerto.

—¿No te dijo Felicia que venía? —colgué mi bolso de mano en el gancho debajo de la barra.

—Sí, pero no esperes que me alegre por ello.

Le hice una seña al barman y dije: —Sé que estás enojada conmigo. Lo entiendo. Pero no podía dejar pasar esta oportunidad. Tendremos una gran repercusión en las redes sociales y, con suerte, eso desplazará la atención negativa.

—No financio los campamentos por las redes sociales. —Se llevó el vaso a los labios, tomó un buen trago y lo dejó en la barra —. Lo hago porque me hubiera gustado ir a un campamento de programación cuando era más joven para poder conocer a otras chicas como yo. Y para poder ver un ejemplo de una mujer negra que había triunfado en la tecnología.

Me froté la piel de gallina que se me había puesto en los brazos. —Lo sé. No quiero perturbar lo que haces. Solo quiero mostrarle a todo el mundo el bien que haces. Ampliar tu alcance. Quizás otras chicas vean lo que haces y busquen algo parecido en sus ciudades o decidan tender una mano para ayudar a otra persona una vez que hayan triunfado.

—Triunfar —resopló—. ¿Acaso existe tal cosa? ¿Hay alguna plataforma en la que puedas pararte y pensar: «Ya es suficiente. Lo logré»? Si la hay, nunca la he visto.

Tomé un sorbo medido de mi vino. —Creo que algunas personas son así. Jackson, por ejemplo. Él es feliz donde está, programando y viviendo la vida soñada con su familia. Pero tú te pareces más a mi madre, siempre luchando por el siguiente éxito. —No dije: *«Nunca está satisfecha con lo que tiene»*. ¿Cómo podría estar satisfecha con una hija que parecía no poder descifrar su vida?

—Tú también eres así. —Me escudriñó el rostro—. Podrías ser una mujer de la alta sociedad, usar ropa elegante y organizar fiestas. Y a veces desempeñas ese papel. —Me sonrojé, recordando la desastrosa fiesta en casa de Billie—. Pero no te conformas con eso. Siempre estás tratando de superarte con todos esos programas y carreras.

—Ah. —¿Tenía razón? ¿No podía decidirme por una carrera porque siempre estaba luchando por lo siguiente? La respuesta no me sentaba bien—. No creo que sea eso. Creo que necesito encontrar lo que disfruto hacer. Y una vez que lo haga, estaré satisfecha. Feliz.

Inclinó la cabeza. —Cuando lo hagas, dime cómo se siente.

—Lo haré. —Alcé mi copa—. Por la felicidad.

Chocó su vaso con el mío. —Por la felicidad.

———

EL CAMPAMENTO se llevaba a cabo en una residencia estudiantil en el campus de la Universidad de Texas. Felicia me había dicho que Jamila se quedaba en el dormitorio como las campistas, pero yo había reservado una habitación de hotel cerca. Estaba medio asustada de que Jamila me echara como una invitada no deseada y medio asqueada por los dormitorios. Había una razón por la que solo había durado un año en la universidad.

Dentro del edificio de ladrillos beige, me abaniqué la cara con mi libreta, agradecida por el aire acondicionado. Eran solo las nueve de la mañana, pero mayo en Austin ya estaba que ardía. Deseé no haber pensado que una blusa de seda, un saco y unos jeans eran un atuendo apropiado para un campamento de programación.

Me quité la chaqueta con cuidado y la doblé sobre el respaldo de una silla en el borde del comedor, desde donde podía observar a las chicas. Sus edades oscilaban entre los doce y los dieciocho años, con todos los tonos de piel imaginables. En el centro de cada mesa redonda del comedor, un enredo de cables de alimentación de sus computadoras portátiles convergía en un multicontacto.

Me di cuenta de mi error tan pronto como vi a Jamila en el escenario. El tecleo y el murmullo de la conversación cesaron en cuanto subió a la plataforma elevada frente a las puertas de la cafetería.

¿Mi error? Pensar que podía venir a Austin y no verme afectada por la confianza despreocupada de Jamila mientras caminaba contoneándose por el escenario. Llevaba unos shorts de jean recortados y una camiseta con el logo del campamento en el pecho. Sus piernas tonificadas parecían eternas en esos shorts. Tuve que morderme la lengua para que no se me cayera de la boca como a un lobo de caricatura.

—¡Bienvenidas al campamento de programación! —la voz de Jamila retumbó a través de los altavoces hasta el fondo de la sala. Las chicas vitorearon y aplaudieron. Cuando se callaron, Jamila continuó—: No hace mucho tiempo, estaba sentada en mi habitación en casa de mi abuela, aprendiendo a programar por mi cuenta. En ese entonces, tenía un libro de bolsillo grueso que había sacado de la biblioteca y una computadora de escritorio de segunda mano que había comprado con el dinero que había ganado cuidando niños y paseando perros. Compartía la habitación con mis dos hermanos pequeños, que se burlaban de mí por ser una ñoña. Levanten la mano si alguien las ha llamado así.

Muchas manos se alzaron por toda la sala.

—Bueno, ñoñas, abracemos nuestra pasión y sintámonos orgullosas. Reapropiémonos de la palabra *ñoña* y celebrémonos a nosotras mismas. Sigamos haciendo lo que amamos y creamos en nosotras a pesar de los detractores que piensan que las chicas no pueden programar. Demostrémosles que están equivocados esta semana. —¿Qué me dicen? —su pregunta fue ahogada por los vítores.

Nunca había querido ser programadora como mis hermanos, pero ese día, deseé haberlo sido. Deseé haber encontrado algo que me encendiera como a las cien chicas de esa sala.

La directora del campamento, una latina enérgica de mi edad, ocupó el lugar de Jamila en el escenario y habló durante unos minutos sobre la tarea de programación de la semana. Luego las chicas se pusieron a trabajar. Las consejeras se movían entre las mesas, respondiendo preguntas. Tomé foto tras foto, tratando de capturar la alegría en los movimientos y expresiones de las chicas. Jamila se dirigió hacia una de las chicas más jóvenes, que miraba con el ceño fruncido la pantalla de su computadora portátil, con los brazos cruzados. Corrí para presenciar la interacción.

—¿Qué pasa? —Jamila leyó la etiqueta con el nombre de la niña—, ¿Ana Maria?

La chica echó su pesada trenza negra sobre el hombro. —Mi programa hace lo primero, pero luego se cuelga. No hace lo segundo, aunque se lo indiqué en el código.

—Eso me pasa todo el tiempo. —Pero en lugar de decirle a Ana Maria cómo solucionarlo, Jamila le hizo preguntas sobre cómo podría abordar el problema. Mientras hablaban, el ceño fruncido se desvaneció del rostro de la niña. Tomé fotos tan rápido como pude.

Después de unos minutos, los ojos de Ana Maria se iluminaron. —¡Eso es! ¡En eso me equivoqué! —Miró la pantalla, colocó el cursor y tecleó algunos comandos. Un segundo después, gritó—: ¡Funcionó!

Jamila extendió el puño y Ana Maria lo chocó. —¡Bien hecho!

—Gracias, Jamila. —Ana Maria volvió a centrar su atención en la pantalla y Jamila siguió su camino.

Conseguí un asiento junto a ella a la hora del almuerzo.

Me miró de reojo. —¿Qué, no vas a documentar también el almuerzo?

—No. Puedes comerte tu sándwich en paz. —Asentí hacia su plato—. Se lo prometí a Felicia.

Se rio entre dientes. —Felicia cree que no como lo suficiente.

—Seguro que te olvidarías si no te lo recordara.

—Tal vez. A veces me olvido los fines de semana.

—Necesitas una Felicia de fin de semana.

—No, gracias. —Mordió una papa frita con un crujido—. Me gusta tener mis fines de semana para mí sola. Sin que nadie me diga qué hacer.

—Ay, vamos. Eres la directora ejecutiva de tu empresa. Nadie puede obligarte a hacer nada que no quieras hacer.

—¿En serio? ¿Eso es lo que piensas? —Jamila bebió un sorbo de agua—. Todo el mundo me dice qué hacer. La junta, Felicia, mi equipo directivo, Kenneth Royal e incluso tú, señorita mandona. Ni siquiera puedo escaparme un par de días sin que me sigas y me fastidies para que sonría a la cámara.

—No te fastidié. —Dejé caer mi tenedor con un estruendo que fue absorbido por el ruido del comedor—. Tomé fotos espontáneas. No dije ni una palabra.

—Bah. Bueno, siempre fui consciente de que estabas ahí con ese teléfono. Daba igual que me fastidiaras.

—Lo siento. —Odiaba haberle arruinado el disfrute del campamento—. ¿Quieres que me detenga por el resto del día?

—No. Está bien. Sé que estás tratando de ayudar.

Mi pecho se hinchó. —Te prometo que te van a encantar las publicaciones. Tomé unas fotos geniales. Estás haciendo mucho por estas chicas.

—Gracias. —Tomó su sándwich y le dio un mordisco.

—Me di cuenta de que te quedas una noche más. ¿Vas a ver a tu abuela?

Sus labios se curvaron hacia abajo mientras masticaba. Tragó con dificultad. —No.

—Oh. ¿Está ella…?

—Murió. —Se secó los labios con la servilleta—. Hace diez años.

—Oh. —Mis manos se sentían demasiado grandes, así que las doblé en mi regazo—. Lo siento.

—Está bien. No éramos tan cercanas.

—Pero tú…

—Éramos diferentes, ¿de acuerdo? Ella nunca me entendió y yo, joder, nunca la entendí a ella.

Hice una mueca. De repente, el aire acondicionado era demasiado. Me estremecí. —Lo siento.

—No te preocupes. Fue hace mucho tiempo. —Volvió a su sándwich. La campista al otro lado de ella le hizo una pregunta, así que le pregunté a la consejera sentada a mi lado cómo se había involucrado en el campamento. Antes de darme cuenta, la hora del almuerzo había terminado.

La tarde fue más de lo mismo, más tiempo de programación, y luego algunas de las chicas compartieron sus programas con el grupo. La cena estaba programada para ser un pícnic en el césped, y esperaba conseguir más fotos de Jamila interactuando con las chicas bajo la luz del atardecer. A las sombras les encantaba jugar con la estructura ósea de Jamila, acentuando sus pómulos fuertes y su labio inferior carnoso. No podía esperar a capturarlo en alta resolución con mi teléfono.

Mientras seguía a las últimas chicas fuera del salón, vi a Jamila con dos hombres gigantes. Llevaban jeans y polos de golf, uno de color guinda y el otro naranja quemado. Uno de ellos le empujó el hombro, y el otro la agarró bruscamente.

¿Qué diablos?

Corrí para ayudarla.

11

—¡EY! ¡Basta! ¡Suéltenla! —grité.

Los dos hombres eran corpulentos como apoyadores, pero yo estaba demasiado enardecida como para tener miedo. Corrí hacia el que sujetaba a Jamila y le aporreé el hombro. El músculo bajo su camiseta granate no cedió ni un ápice, pero él bajó la mirada.

—¿Y esto qué es? —Me agarró la mano, pero al menos eso hizo que soltara a Jamila. Ella se apartó, sin aliento.

—¡Corre! ¡Busca ayuda! —grité.

—Vaya, me gusta —dijo el de la camiseta naranja—. Tiene carácter.

—Suéltala, Jevin —dijo Jamila.

—Pero me está agrediendo —dijo él—. A juzgar por su ropa, podría ser una demanda muy lucrativa.

—Como si a ti te faltara el dinero —se burló ella—. Si no la sueltas, es capaz de darte un puñetazo. Entonces te demandará *a ti* cuando se rompa la mano.

—Sé cómo dar un puñetazo sin romperme la mano —espeté.

Al mismo tiempo, él dijo: —¿Demandar*me a mí*? Improbable. —Me soltó la mano y retrocedió, encogiéndose de hombros.

—¿Estás bien? —preguntó el otro—. ¿Necesitas que te revise la mano?

—No. Gracias. —¿Qué clase de agresores eran estos?—. Jamila, ¿estás bien?

—Estoy bien. —Puso los ojos en blanco—. Natalie, te presento a mis hermanos, Jevin y Jaleel Jallow. Chicos, ella es Natalie Jones. Me está haciendo un trabajo de relaciones públicas.

—Llámame J.J. —El de la camiseta naranja le tendió la mano. Su apretón fue sorprendentemente suave.

—Espera. Todos son J.J. Los tres.

Cuando sonrió, sus dientes eran de un blanco brillante que contrastaba con sus labios carnosos y oscuros. El parecido familiar me golpeó de pronto. ¿Por qué no lo había visto como un juego brusco entre hermanos y no me había metido?

—Ella es una chica. Nadie le pondría un apodo así. A ella le dicen Mila. A mí me dicen J.J. porque soy el mayor, y él es solo Jevin.

—¿*Solo* Jevin? Yo soy el guapo. —Su sonrisa era igual de resplandeciente. De hecho…

—¿Son gemelos? —Miré de uno a otro. Jevin se movía de forma más desenfadada y J.J. se mantenía erguido como una secuoya, pero por lo demás, eran idénticos.

—Lo son —dijo Jamila—. Una pesadilla total.

—Solo nos estábamos vengando por todo el maltrato que nos diste cuando eras más grande que nosotros —dijo Jevin—. Cien por ciento justo.

—Ah. —Recordé su discurso de antes—. Estos fueron los hermanos que te llamaron nerd.

—Éramos unos mocosos —dijo J.J.—. Por supuesto que íbamos a llamar nerd a nuestra hermana mayor estudiosa. Cualquier cosa para que sacara la cara de la pantalla de la computadora y nos hiciera caso.

—La pregunta es, ¿qué están haciendo aquí? —preguntó Jamila—. Recuerdo claramente *no* haberles enviado un mensaje.

—Sabemos que siempre vienes el primer día. —Jevin se encogió de hombros—. Queríamos verte.

—¿Y si hubiera estado ocupada?

—¿Ocupada? —Me miró, y luego volvió a mirarme con sorpresa—. Oh, ya veo.

Jamila le dio un manotazo en su brazo musculoso. —No de esa manera. Quise decir que estoy ocupada con el campamento.

No de esa manera. Claro que no. Ojalá lo fuera.

—¿Demasiado ocupada para que tus hermanos te lleven a cenar? —Jevin hizo una imitación superior de un emoji con ojos de cachorrito.

Ella se puso las manos en las caderas. —¿No van a dejar que pague la cuenta?

—Tú eres multimillonaria —dijo J.J.

—A ustedes les va bien —dijo ella—. ¿Y quién pagó sus estudios?

—Tú. —Cuando bajó la mirada hacia su zapatilla, capté un eco de cómo debió de ser cuando era más pequeño que Jamila. J.J. era el callado.

—Nosotros invitamos —dijo Jevin—. Ahora, vamos. Tú también, Natalie. Quiero saber de ese trabajo de relaciones públicas.

Pero en el trayecto al restaurante no hubo preguntas de relaciones públicas para mí. Me senté en el asiento trasero de la Escalade negra de Jevin junto a J.J., mientras Jamila y Jevin discutían en el asiento delantero sobre a dónde íbamos, la forma de manejar de Jevin y si el aire acondicionado debía estar encendido o las ventanillas abiertas. Finalmente, se estacionó en un aparcamiento de grava junto a una choza.

Una choza literal.

Un conjunto desordenado de mesas de pícnic salpicaba el césped ralo, y todo tipo de gente las ocupaba, la mayoría vestidos de manera informal, pero algunos con trajes de negocios con las chaquetas dobladas a su lado en los bancos.

Como no me moví para salir, J.J. asomó la cabeza de nuevo en el coche. —¿Vienes, Natalie?

—Espera, yo… pensé que era otra broma. ¿De verdad vamos a comer aquí?

—Los tejanos no bromean sobre la barbacoa —dijo—. Este es el mejor lugar de barbacoa de Austin.

Me deslicé fuera de la camioneta.

—Búscanos una mesa, Mila —dijo—. Nosotros haremos la fila.

Solo me di cuenta de la fila cuando J.J. la mencionó. Se extendía casi hasta el aparcamiento. Mientras los dos hombres se dirigían tranquilamente al final de la misma, varias mujeres los observaban. Algunas movieron la cabeza en señal de apreciación.

—Vamos. —Jamila me tomó de la mano como si tuviera seis años y me llevó a una mesa de la que acababa de levantarse un grupo de hombres con vaqueros desgastados y botas—. ¿Ya terminaron? —preguntó con una voz dulce como el té.

—Sí. —Un hombre alto se caló un sombrero de vaquero de paja en la cabeza y limpió una mancha de salsa en la mesa. La pulcritud de su movimiento, junto con su pelo rubio arena y sus ojos azules, me recordó a Cooper Fallon—. Es toda suya. —Guiñó un ojo.

—Gracias, vaquero. —Ella sonrió.

Con las mejillas ardiendo, intenté soltar mi mano para que ella pudiera coquetear como era debido, pero me sujetó con fuerza.

Él tomó una botella de cerveza de la mesa y la levantó en un brindis. —Que tengan una agradable noche.

—Gracias. Ustedes también. —Se sentó en el banco y se hizo a un lado para que yo pudiera sentarme a su lado.

Pero no me senté. Agarré unas toallas de papel del rollo que había en el centro de la mesa y empecé a limpiarla. —No tienes que quedarte aquí conmigo —murmuré—. Puedes... puedes hablar con él si quieres. —Froté una mancha, pero era tan vieja que formaba parte de la madera.

—¿Hablar con quién?

—Ese vaquero. —Asentí hacia él. Él y sus amigos se dirigían hacia el aparcamiento.

—¿Por qué haría eso?

—Él... ustedes... estaban coqueteando. Es tu tipo. ¿No quieres su número?

—¿Coqueteando? Estábamos siendo amigables. Así es la gente de por aquí. No lo decimos con ninguna intención.

—¿Ah, sí? —Limpié otra mancha invisible.

—Y no tengo un tipo —dijo—. Excepto por la gente que es inteligente e interesante.

Dos palabras que, sin duda, no me describían. Hice una bola con la toalla de papel y busqué un basurero.

—Tienes las mejillas rojas. ¿Estás quemada por el sol? —Me examinó la cara.

Quería esconderme, pero el comedor al aire libre no tenía ningún refugio. —No sé. Quizás. —Vi un basurero y caminé hacia él para tirar la bola de toallas de papel. Respiré hondo para tratar de enfriar mi sonrojo, pero el aire era de todo menos fresco. Incluso con el sol suspendido justo sobre los árboles lejanos junto al río, hacía calor y estaba pegajoso.

—Se me olvida lo fuerte que es el sol aquí —dijo Jamila cuando volví a la mesa—. Siéntate de espaldas al sol. No querría arruinar tu bonita piel con una quemadura.

—¿Crees que mi piel es bonita? —Dejándome caer en el banco de enfrente, me toqué las mejillas, que ardieron ante el cumplido.

—Claro que sí. —Puso los ojos en blanco—. Es como duraznos con crema.

—Tu piel es preciosa —solté. Luego cerré los ojos para no ver su cara. *¡Qué ridiculez acabo de decir!*

Pero ella dijo: —Gracias. —Cuando abrí los ojos, me sonrió, con los ojos arrugados en las comisuras y las manzanas de sus mejillas brillando a la luz del sol del atardecer.

Habría hecho alguna tontería como estirar la mano sobre la mesa para tocar su rostro resplandeciente si sus hermanos no hubieran llegado pesadamente en ese momento con botellas de cerveza en la mano.

—La comida tardará un minuto, pero tenemos esto —dijo J.J.

Intentó pasarme una botella marrón, pero levanté una mano. —No, gracias, no me gusta la cerveza.

—¿No tomas cerveza? ¿Qué más te puedo traer?

No podía imaginar que la choza tuviera una carta de vinos decente. —Con agua estará bien.

—Sé justo lo que necesitas —dijo Jevin. Me guiñó un ojo y regresó a la choza.

Un minuto después, volvió con un vaso rojo de Solo, con una rodaja de limón equilibrada en el borde. —Agua de rancho con un trago de agua de verdad. —Dejó sobre la mesa una botella de agua.

Olfateé la bebida gaseosa. El olor a alcohol y cítricos emanaba de ella. Di un sorbo cauteloso. Tenía un agradable sabor burbujeante y a limón con un toque de alcohol. —¿Qué es?

—Agua mineral con gas, tequila y un chorrito de limón. Es lo que beben todas las chicas delgadas.

Di otro sorbo. —Normalmente no bebo tequila, pero esto está bueno.

Él sonrió, luego ladeó la cabeza ante la voz confusa que salía del altavoz que colgaba del canalón de la choza. —Somos nosotros. Vamos, J.J.

Los dos hombres regresaron un minuto después, cada uno con dos bandejas de aluminio. El rectángulo forrado de pergamino que J.J. dejó frente a mí contenía un barquito de papel lleno de carne finamente rebanada, un cuadrado de pan de maíz, un barquito más pequeño de algo verde y guisado, y una taza de frijoles caldosos.

—Esto es para compartir, ¿verdad? —Tomé un paquete de toallitas húmedas del centro de la mesa y me froté las manos.

—Eso es todo para ti. Si quieres cambiar un poco de berza por algo de mi okra frita, no me opondría.

—Claro, y puedes quedarte con la carne.

—¿Eres vegetariana? —preguntó J.J., recogiendo el barquito de carne y dejándolo en su bandeja.

—Sí.

—Lo siento. Mila, debiste habernos dicho.

Ella entrecerró los ojos. —Rechazaste el tocino en el brunch, pero no pensé que fuera algo definitivo.

Mis mejillas se acaloraron de nuevo. Por supuesto que no pensaba que lo mantendría. Nunca mantenía nada.

—¿Desde cuándo eres vegetariana? —preguntó Jevin.

—Desde mi clase de carnicería en la escuela de cocina. Tuve que abandonarla.

—Ah. Eso lo explica —dijo J.J.—. Dejé la carne por un tiempo después de mi laboratorio de anatomía patológica.

—¿Tu… qué? —pregunté. Con su polo ajustado, J.J. parecía más un atleta profesional que un cerebrito que tomaba clases de anatomía.

—Disecábamos cadáveres en la facultad de medicina.

—¿Facultad de medicina? ¿No son ustedes linebackers defensivos?

J.J. se rio entre dientes. —¿Crees que Mila se llevó todos los cerebros de la familia? Claro, jugamos en la universidad, pero yo soy oncólogo y Jevin es abogado.

—Ten —dijo Jamila, quitando una cucharada de cremosa ensalada de patatas antes de depositar el barquito en mi bandeja—. Sigues comiendo lácteos, ¿verdad?

—Claro. —Okra frita, puré de patatas y macarrones con queso aterrizaron en mi bandeja—. Espera. No hay forma de que pueda comerme todo esto.

—Come lo que quieras. Mi hermano y yo podemos acabarnos lo que no te comas. —Jevin se palmeó el vientre plano.

Probé cada plato. Todos estaban increíbles. Tuve que devolverle los macarrones con queso a Jevin o me habría comido toda la montaña de carbohidratos calóricos.

En algún momento, Jamila me trajo una segunda taza de agua de rancho y cambió de asiento con J.J. para sentarse a mi lado. Entre las historias divertidas, las bromas internas, el sol en mi espalda y el cálido olor a especias de barbacoa en el aire, todo adquirió una cualidad de color de rosa.

Quizás fue el sol derritiéndose en el horizonte lo que tiñó todo de rosa. Quizás fue el tequila. O quizás fue la mano de Jamila, plantada en el banco entre nosotras, con su dedo meñique apuntando hacia mí. Todo lo que tenía que hacer era extender mi meñique para tocar el suyo.

Le eché un vistazo furtivo. Estaba escuchando una historia que Jevin contaba sobre su cliente, cuyo divorcio había sido claro y sencillo hasta que la esposa se negó a separar a sus dos perros. Tuvieron que contratar a un psicólogo de mascotas para que opinara sobre si la separación de los perros provocaría dolor y sufrimiento a uno u otro.

No me importaba la pareja ni sus mascotas. Lo único que me importaba era la larga columna de su brazo, dorada en la parte posterior por el sol poniente. Sus hombros y tríceps eran delgados pero definidos, y su piel parecía de seda. El dorso de su mano brillaba dorado, e imaginé que si lo tocaba, se sentiría como una piedra de río, suave y cálida.

Debió de ser el tequila lo que me hizo estirar mi meñique para acariciar el suyo. Era tan satinado y cálido como había imaginado. No se movió ni bajó la mirada, pero su sonrisa se amplió. Tomé eso como una señal para enlazar mi meñique con el suyo, los costados de nuestras manos acurrucados juntos. Estaba tomando la mano de Jamila.

Más o menos.

Pero no duró mucho.

Me quitó la mano para estirar ambos brazos por encima de la cabeza. Su camiseta se subió, mostrándome un atisbo de su vientre plano que quise besar.

—El toque de queda es a las nueve —dijo—, y el campamento empieza temprano mañana.

J.J. entrecerró los ojos. —¿No vas a presentarle tus respetos a Nana?

Eso me despertó de la feliz neblina en la que había caído. Este viaje me había revelado las capas de Jamila. Austin era donde guardaba a sus hermanos y los recuerdos de su Nana.

—¿Es por eso que nos secuestraron? ¿Querían arrastrarme al cementerio?

—No has ido desde el funeral. —Se encogió de hombros—. Imagino que ustedes dos tienen cosas que decirse.

—Está muerta, J.J. Ya no podemos hablar. Si pudiéramos, probablemente me gritaría. La semana antes de morir, me dejó un mensaje de voz que casi me arranca la piel de la oreja. No puedo imaginar lo que tendría que decir ahora.

—¿Sobre tu situación de relaciones públicas? —Jevin me miró.

—Sí. —Jamila puso los ojos en blanco hacia el cielo sin nubes —. Probablemente esté ahí arriba diciéndole a todo el mundo lo metepatas que soy.

J.J. hizo una mueca. —Sabes que te quería…

—Lo único que le importaba era que no la molestara. Lo recuerdas.

—No seas así —dijo J.J.—. Nos quería a su manera. Nos dio un hogar…

—Un hogar a regañadientes. Uno que me encantó dejar cuando fui a la universidad. Uno al que estoy agradecida de no haber necesitado volver nunca. Ahora, ¿van a llevarnos de vuelta al campus, o llamamos un transporte?

—No, nosotros las llevamos. —Jevin se levantó.

J.J. se puso de pie. —Realmente creo que…

Jevin puso una mano en el hombro de su gemelo. —Ya es suficiente, hombre. Ella siempre siguió su propio camino.

J.J. asintió, pero no parecía feliz. Tampoco Jamila. Agarró mi bandeja, la golpeó contra la suya y se dirigió furiosamente hacia el basurero.

Cuando me puse de pie, el mundo se inclinó a mi alrededor. Intenté pasar la pierna por encima del banco y me tambaleé. Me agarré a la mesa para estabilizarme.

—Espera, nena. —Jamila me agarró del codo. ¿Cómo había llegado tan rápido? ¿Tenía también una velocidad sobrehumana, además de inteligencia?—. ¿Estás bien?

—¿Cuánto tequila tenían esas bebidas?

Desde mi otro lado, el brazo de J.J. se enroscó alrededor de mi cintura para sostener mis piernas de espagueti. —A la gente de por aquí le gustan las bebidas fuertes. Esa segunda fue probablemente una mala idea, considerando tu peso corporal.

—Pero estaba comiendo —dijo Jamila como si yo no estuviera allí—. No debería estar tan borracha.

—Probablemente no sea de mucho beber. ¿De las que se toman una copa de vino toda la noche?

—Maldita sea. ¿Qué le voy a decir a su hermano?

Levanté la cabeza bruscamente, golpeando a J.J. en la barbilla. —No le digas a Jackson.

J.J. maldijo y se frotó la barbilla. —Caray, chica. Eso va a dejar marca.

—¿Cómo tienes la cabeza, nena? —Jamila puso sus manos en mi cabeza y buscó un chichón.

Imaginé que me pasaba las manos por el pelo. —Se siente bien. —Luego tocó un punto que envió un dolor agudo a través de mi cerebro nublado—. ¡Ay!

—Aw. Estás hecha un desastre esta noche, ¿no?

Nuestros rostros estaban lo suficientemente cerca como para que pudiera inclinarme y besarla. Pero ella no querría besar a alguien tan desaliñada e infantil como estaba demostrando ser esta noche.

—Sí —dije. Como si no me hubiera avergonzado ya lo suficiente, una lágrima se deslizó por mi mejilla.

Me levantó la barbilla y secó la humedad. —Vamos a llevarte a tu hotel.

—Mi coche de alquiler está en el campus —murmuré.

—No puede manejar —protestó J.J.

—Llévanos de vuelta al campus —dijo Jamila—. La llevaré a su hotel y luego la recogeré por la mañana antes del campamento.

Jamila se sentó en la parte trasera de la camioneta conmigo. Normalmente, habría disfrutado de su cercanía, pero después de avergonzarme al emborracharme con dos copas, me desplomé en el asiento y me incliné hacia la ventanilla abierta, con el aire húmedo soplándome en la cara para mantener a raya las náuseas.

Cuando nos dejaron en mi Buick alquilado, los hermanos de

Jamila me abrazaron. A Jamila le dieron abrazos más largos y murmuraron con ella durante unos minutos. Yo estaba demasiado ocupada recriminándome como para escuchar. Había venido aquí para ayudar a Jamila y, sin embargo, aquí estaba yo, obligándola a cuidarme.

Después de que sus hermanos se fueran, Jamila me llevó el corto trayecto hasta mi hotel. Se estacionó en un espacio de diez minutos en frente.

—¿Necesitas ayuda para llegar a tu habitación?

—No, estoy bien. —La digestión y el aire fresco habían hecho su trabajo, y me sentía más estable. Lo único que quería era esconderme en mi habitación durante las próximas ocho horas. Demonios, tal vez me escondería por el resto de mi vida. Jamila nunca olvidaría lo ridícula que había estado esta noche.

—Oye, nena. —Jamila deslizó un dedo bajo mi barbilla y la levantó. Sus ojos marrones me atravesaron—. ¿Seguro que estás bien? No creo haberte visto nunca tan callada.

—Estoy bien —murmuré.

No quitó el dedo y su mirada bajó.

Estaba a unos treinta centímetros de mí. Su aroma floral floreció a mi alrededor en el coche compacto. La mayor parte de su lápiz labial color burdeos se había borrado durante la cena, pero una leve mancha permanecía en sus labios acolchados. Su lengua salió para lamerlos, y su brillante labio inferior relució bajo las luces de seguridad del hotel. Me llamó, y no pude resistirme.

Me incliné y rocé mi boca contra la suya.

Una vez. Dos veces. Mis labios más secos se aferraron a los suyos como si mi piel no quisiera soltarla. Ninguna parte de mí quería soltarla. Mis manos se levantaron como si pudiera acunar su rostro.

—Natalie —susurró, rompiendo el hechizo. Retrocedí bruscamente, golpeándome contra la puerta del lado del pasajero.

Cielos. Acababa de besar a Jamila Jallow. En contra de su voluntad. Ese susurro no fue un susurro de «te deseo». Fue un susurro de «para ya».

—Lo siento —gemí, luchando con el cierre del cinturón de seguridad.

—Oye, está b…

Finalmente me quité el cinturón y salí por la puerta, y luego corrí como una cobarde hacia el vestíbulo del hotel.

Ni siquiera me despedí con la mano.

12

EL SOL todavía no se había puesto —apenas—, pero para mí era como si fuera medianoche cuando cerré de un portazo la puerta del Hyundai y me despedí con la mano del conductor de la aplicación frente a mi casa. La combinación de combatir la resaca durante un día entero de campamento de programación, el vuelo desde Texas y el esfuerzo extra de evitar a Jamila tanto como fuera posible me pesaba en el cuerpo.

Todo el día había anhelado un largo baño de inmersión en mi tina con la bomba de baño de edición limitada y promocionada por una celebridad que había estado guardando para una ocasión especial. Incluso a través del empaque, olía a miel y prometía una relajación herbal.

Abrí la puerta y entré arrastrando los pies, empujando mi maleta de rueditas sobre el umbral. Pero en lugar del maravilloso silencio de una casa vacía, unos ladridos llegaron a mis oídos. Bilbo Baggins patinó sobre las baldosas. Cuando recuperó el equilibrio, bailoteó alrededor de mis pies. Me quedé helada, no quería pisarlo a medio giro.

Sam estaba apoyada en el marco de la puerta del pasillo que daba a la sala.

—Es Natalie —dijo en voz alta.

—Claro que soy yo —gruñí—. Yo vivo aquí, a diferencia de ti. Mi hermana se metió las manos en los bolsillos.

—No era yo la que estaba preocupada.

Una masa de cabello oscuro y rizado llenó mi visión antes de que un par de brazos me rodearan.

—Aquí estás. Estaba tan preocupada cuando no apareciste para las copas.

—¿Copas? Rayos. —Con el viaje de último minuto, se me había olvidado por completo mi *happy hour* habitual de los jueves por la noche con Mimi. Obsesionada con el alcohol barato y las botanas, nos había encontrado un bar que ofrecía una selección de margaritas a mitad de precio, además de totopos y salsa ilimitados. Aunque no estaba segura de poder volver a beber tequila después del desastre del *ranch water*... o de volver a mirar a Jamila a los ojos.

—Lamento habérmelo perdido. —Solté el asa de mi maleta y abracé a Mimi. No era tan bueno como una bomba de baño con infusión de CBD, pero ella daba unos abrazos maravillosos, y me derretí en su suavidad.

—No pasa nada. Me alegro de que no estés desaparecida. —Me soltó y se echó hacia atrás para examinarme la cara—. ¿Dónde estabas? Espero que no trabajando.

—Vamos a sentarnos. Estoy agotada. —Llevé a Mimi a la sala y me hundí en el sofá. Mimi se sentó a mi lado y Sam, inexplicablemente, nos siguió y se sentó en el sillón favorito de Charles. Bilbo saltó al sillón y se acurrucó en su regazo.

—Lamento haberme saltado las copas —dije—. Espero que no me hayas esperado mucho.

—No te preocupes. Mateo se reunió conmigo cuando le mandé un mensaje de que no habías llegado, luego me dejó aquí de camino a su trabajo. Esta semana tiene el turno de noche en lo de tía Rosa.

—¿Cómo está Mateo? No está molesto por lo que le pedí que

hiciera en Jamilow, ¿verdad? —Le lancé una mirada culpable a Sam. No le había contado lo que Mateo y yo habíamos hecho el lunes por la noche. Mi exitosa hermana nunca se habría rebajado a tender una trampa.

Ella guardó silencio, observándonos con esos ojos azules suyos de otro mundo.

Mimi se rio entre dientes.

—Se la pasó de maravilla jugando a tu jueguito de espías, aunque los hayan descubierto. Esa noche, llegó a casa y... —Sus mejillas se encendieron.

—¡No me digas que jugaron a los espías! —Me reí al ver la expresión de culpabilidad en su cara y, de repente, ya no estaba tan cansada.

—Resulta que tiene una fantasía con *Sr. y Sra. Smith*. Hasta puede que me haya atado a una silla en un momento dado. —Ahora toda su cara era carmesí.

—Vaya. —Me abaniqué la cara—. Me alegra haber sido de ayuda.

—¿Alguna pista sobre la filtración? —preguntó.

—Ninguna. —Fruncí el ceño—. Pero el campamento de programación de Jamila fue oro puro para las relaciones públicas. Por eso me perdí el *happy hour*. Fuimos a Austin para que pudiera estar allí el primer día. Tomé un millón de fotos y, después de difuminar las caras de las niñas, publicaré tantas que todo el mundo se olvidará de su pequeño desliz. —O quizás se las enviara a Hannah para que ella las publicara. No estaba segura de poder volver a Jamilow después de mi propio desliz.

—Un momento. ¿Te fuiste de viaje por una noche con Jamila? —Los ojos marrones de Mimi se abrieron como platos.

—No fue así.

—¿Cómo fue, entonces? —preguntó Mimi.

—Bueno, empecé a entenderla un poco más, como por qué dirige los campamentos, e incluso conocí a sus hermanos. ¿Sabías que tenía hermanos?

Mimi negó con la cabeza.

—Son divertidos y asombrosos, como Jamila. Fuimos a comer barbacoa, y tomé esta bebida, y... y puede que me emborrachara un poco y la besara. —Susurré la última parte.

Pero Mimi no susurró.

—¿Besaste a Jamila? ¡Por fin! —Levantó el puño—. ¿Fue increíble?

Me dejé caer contra los cojines del sofá y me tapé la cara con las manos para ocultar mi sonrojo.

—Increíblemente humillante. Prácticamente me echó del coche. Me pasé todo el día de hoy escondiéndome de ella. Incluso esperé en esos horribles asientos de plástico del aeropuerto en lugar de pasar el rato en la sala de primera clase. No creo que pueda volver.

—Oh, no. —Mimi quitó una de mis manos de mi cara y me acarició el dorso—. Los romances de oficina son lo peor. Cuando las cosas salen mal, no hay escapatoria. Tuve que renunciar a mi trabajo cuando mi ex y yo rompimos.

—Decir *romance de oficina* es exagerar un poco, ya que la atracción es completamente unilateral.

—¿Completamente? —preguntó Sam—. ¿Estás segura?

Había olvidado que estaba en la habitación. Y que no sabía que estaba coladísima por mi jefa ni que era bisexual... y nuestra madre tampoco.

—No es nada —dije—. Solo un capricho.

Mi hermana frunció el ceño.

—¿Por qué piensas eso?

—Porque... porque es *Jamila Jallow*, y es brillante y mucho más centrada que yo.

—Tú eres brillante y centrada —dijo Sam.

—No soy tan lista como tú o Jackson o Jamila. Solo finjo tenerlo todo bajo control. No dirijo una empresa emergente como tú ni gestiono una fundación como Mimi.

—Diablos, yo no tengo mi vida bajo control —dijo Mimi—. No

sé qué estoy haciendo. Era contadora antes de aceptar el trabajo en la fundación. Me paso la mitad del día buscando en Google cómo dirigir una fundación y la otra mitad haciéndolo.

—Nunca antes había dirigido una empresa —dijo Sam—. Me reúno con Cooper una vez a la semana para que me asesore.

—Pero... ¡pero ustedes dos son increíbles en sus trabajos!

—Algunos días sí, y otros definitivamente no —dijo Mimi.

—Nunca te he visto no ir a por lo que quieres —dijo Sam—. Te inventaste un trabajo en Jamilow y convenciste a Jamila para que te dejara hacerlo. ¿Por qué no podrías aplicar eso a una relación con Jamila?

—Eh... ¿porque es inapropiado? Es mi jefa, aunque no sea una empleada remunerada. Además, no está interesada en mí.

—¿Te devolvió el beso? —preguntó Mimi.

Intenté recordarlo, pero todo estaba borroso por el tequila.

—En ese momento pensé que sí, pero ¿quizás no? Había estado bebiendo.

—Deberías hablar con ella —dijo Sam.

—Es fácil para ti decirlo —dije con irritación—. No tienes que enfrentarte a ella.

—No, pero tú puedes hacerlo —dijo Sam—. Tú eres la valiente.

—¡Claro que no! —Le arrojé un cojín.

Ella lo devolvió.

—Claro que sí.

—Dejen de pelear, ustedes dos. Van a despertar a Bilbo. —Mimi me arrebató el cojín de la mano—. Nat, eres guapísima e inteligente. Jamila sería una tonta si no te quisiera. Mañana vas a marchar a la oficina y hablar con ella sobre ese beso.

Me crucé de brazos.

—Sería mucho más fácil renunciar.

—Pero entonces Jamila no tendría a su asesora de relaciones públicas para salvarla de este lío —dijo Sam con delicadeza—. Ella te necesita, y tú necesitas aclarar las cosas para que puedan trabajar juntas.

—Y *trabajar* juntas, si sabes a lo que me refiero. —Mimi me dio un codazo en el costado.

—Ustedes dos son lo peor —dije, pero no lo decía en serio. Quería decir todo lo contrario. Me habían dado suficiente esperanza para volver a Jamila.

No, no a Jamila. Quería decir volver a Jamilow… a mi trabajo.

13

—BUENAS NOTICIAS. —Forcé una sonrisa mientras me apoyaba en el umbral de la oficina de Jamila. Había cancelado nuestras reuniones diarias de Relaciones Públicas. Dije que era por la buena imagen que nos habíamos ganado con las publicaciones sobre el campamento de programación, pero la verdad era que todavía me daba demasiada vergüenza estar en la misma habitación que ella.

—¿Sí? —Sus ojos se detuvieron un segundo en la pantalla antes de dedicarme toda su atención.

—Sí. Te conseguí un artículo en *Buzz Bizz*. Quieren una entrevista y algunas fotos.

—Genial. Pídeles que me envíen las preguntas y les mando las respuestas. Felicia tiene mi foto de retrato. —Volvió a mirar la pantalla y reanudó la escritura.

Me aclaré la garganta. —No. Me refiero a una entrevista de verdad. O sea, sentada en la suite de un hotel hablando con un periodista, seguida de una sesión de fotos.

El teclado enmudeció. —¿No dijiste que eran *buenas* noticias? Eso suena a que voy a tener que hacerle un hueco en mi agenda a alguien, para que luego tergiverse lo que diga y termine peor que antes. Y además, fotos. Estar sentada quieta mucho tiempo me provoca tortícolis.

Lo hizo sonar terrible, pero verle el lado bueno a las cosas era uno de mis superpoderes. —La mejor noticia es que no tienes que negociar el horario. Ya lo hice por ti. La entrevista es mañana, sábado, seguida de la sesión de fotos. Solo estamos esperando una ubicación.

—Me agendaste un sábado. —Sus cejas se dispararon—. Qué autoritaria de tu parte. ¿Y si tengo planes?

Hice una mueca de dolor. Tal vez tenía una cita. —¿Los tienes?

—No. Aparte de una fiesta de baile con Quill.i.am.

—No le importará posponerlo. Esta es una oportunidad perfecta para que cuentes tu historia, para que la gente se centre en lo bueno que haces y en Jamilow. No en el error que cometiste.

—Créeme, no fue un error. Ese tipo se lo merecía.

—Entonces diles lo que dijo. —Todavía me preguntaba qué podría decir un periodista para hacerle perder los estribos a Jamila.

—No, gracias. No quiero darle ni un minuto más de la atención de nadie, incluida la mía.

—Les enviaré un correo electrónico diciendo que el incidente no se discutirá en la entrevista.

—Solo díselo cuando lleguemos —dijo ella.

¿Nosotras? —¿Quieres que esté allí?

—Eres mi especialista en Relaciones Públicas. Por supuesto que te quiero ahí.

Una calidez burbujeó en mi pecho y golpeé el marco de la puerta para disimular mi sonrojo. Me quería *a mí*. —De acuerdo.

———

JAMILA NOS HIZO un favor a todos y encontró un lugar para la entrevista y la sesión de fotos. Desafortunadamente, era un lugar con el que estaba incómodamente familiarizada, la mansión de

Billie Woods en Atherton. Aunque era el pueblo de al lado del de Jamila, el vecindario de Billie no podría haber sido más diferente. Era el tipo de lugar en el que esperaba que viviera Jamila: una casa enorme con un césped extenso y todo meticulosamente cuidado. Las casas estaban muy alejadas de la sinuosa calle, lo que haría imposibles las conversaciones sobre aguacates de porche a porche. No había bicicletas tiradas en las entradas de los autos ni perros jugando a buscar la pelota en el jardín. Un majestuoso Rolls-Royce negro pasó por la calle. No se veía ni un Ford ni un Toyota.

Al igual que la noche de la fiesta, había una nota adhesiva sobre el timbre que me indicaba que entrara. Pero cuando empujé la puerta para abrirla, tuve que volver a salir para comprobar la dirección.

La casa estaba vacía. Los muebles ya no estaban, al igual que los libros de las estanterías. Incluso las alfombras habían sido enrolladas y retiradas. Cuando vine a la fiesta, un centenar de personas habían llenado el espacio de planta abierta con su parloteo y sus risas. Ahora estaba en silencio.

—¿Hola? —llamé.

—Por aquí. —La voz flotó desde el fondo de la casa.

Seguí la voz, mis tacones repiqueteaban en las baldosas y hacían eco en las superficies duras y vacías.

Me encontré en un grandioso porche acristalado. Era tan grande como la sala de estar, con puertas de cristal de estilo garaje que podían levantarse para abrir la habitación a la zona de la piscina exterior. Los muebles elegantes también habían sido retirados de aquí, y se habían traído piezas que no combinaban entre sí, incluyendo una chaise longue blanca y algunas sillas de aspecto industrial. Unas vaporosas cortinas blancas danzaban con la brisa de las ventanas abiertas.

Cuando vi el equipo del fotógrafo ya instalado y a la maquilladora ajustando la luz en una mesa plegable, los músculos de mi estómago se relajaron. Todo parecía listo para Jamila. No le haría perder más de su valioso sábado de lo necesario.

Consulté con el asistente del fotógrafo los planes para la

sesión. Me mostró la sala de estar cercana que había designado como vestidor para Jamila. Un perchero con ropa estaba junto a un biombo. Mientras él bajaba las persianas de las ventanas exteriores, comprobé que los atuendos de Jamila hubieran llegado bien. Ella había enviado un par de trajes y un vestido tubo. Yo había añadido un par de jeans, una camiseta de su campamento de programación y una camisa de franela a cuadros para ponerle encima y resaltar su lado humano.

Todo estaba en orden.

Un lado de la habitación estaba preparado para las fotos. En el otro lado había una zona de asientos para la entrevista. Dos sofás de color canela se enfrentaban a través de una mesa de centro. Un par de sillones orejeros de color marrón oscuro anclaban los lados. El jarrón con las margaritas africanas que había encargado era la única nota de color en el espacio. Esperaba que fueran lo suficientemente similares a las que había visto en su porche para hacer que Jamila se sintiera más en casa.

Me presenté a la periodista, Nita D'Alessio. Ya había leído sus artículos antes. Aunque tenía un claro sesgo anticapitalista, sus artículos solían ser justos y presentaban a los titanes de la tecnología que entrevistaba como seres humanos.

—Recuerde, Jamila ha estipulado que no discutiremos el incidente de TikTok —dije—. Me ha pedido que interrumpa cualquier pregunta sobre ese tema.

—Eso es lo que todo el mundo quiere saber. —Nita se tocó la barbilla con un dedo—. Los lectores serían más comprensivos si supieran qué la hizo estallar.

Exactamente lo que yo había pensado. —No quiere darle a ese tipo más atención de la que ya ha recibido.

—Justo. Es un imbécil.

—¿De verdad? ¿Lo conoce?

—Claro. Es de los que te mantienes alejada en las fiestas, si sabe a lo que me refiero.

Fruncí el labio. —Qué asco.

—Exacto. ¿Y qué hay de su director de operaciones, Winslow

Keating-Ashworth? ¿Está prohibido hablar de él? —Echó un vistazo a la piscina—. Debió de ser un divorcio interesante.

¿Interesante? Había oído mencionarlo un par de veces, pero no podía imaginar que algo relacionado con Winslow fuera tan fascinante como Jamila. —Mantengámonos centrados en Jamila. Ella es la estrella de Jamilow.

—De acuerdo. —Nita se encogió de hombros—. Puede sentarse en este sofá. —Señaló el que no tenía la cámara apuntándole—. Jamila se sentará en el otro. Yo estaré en el sillón orejero.

—Entendido. Necesitamos aprobar cualquier video de la entrevista antes de que se publique.

—Claro. Es principalmente para fines de transcripción, pero le avisaremos si quisiéramos publicar algo. Le enviaré el archivo. Usted tendrá la aprobación final, por supuesto.

—Perfecto.

Los vellos de mi nuca se erizaron un segundo antes de que Nita dijera: —Ah, aquí está.

Cuando me di la vuelta, tuve que luchar para que mi cara no hiciera nada raro. Jamila caminó hacia nosotras como si fuera la dueña del lugar, vestida con unos pantalones de mezclilla de fin de semana —retaba a cualquiera a llamar jeans a los pantalones de pierna recta y planchados que llevaba—, una chaqueta de ante color canela, una blusa suave de color cáscara de huevo y tacones bajos. Nadie, ni siquiera yo, lucía la ropa de negocios como Jamila. Hacía que pareciera fácil, como si hubiera salido del útero vistiendo trajes a rayas.

Quería disfrutar de su brillo reflejado.

Me sacudí y puse una sonrisa. —Jamila, ella es Nita D'Alessio. Nita, te presento a Jamila Jallow.

Mientras las mujeres se daban la mano, Nita la evaluó. Cuando Jamila realizó su propio escrutinio de la periodista, los celos me apuñalaron las entrañas. Ojalá Jamila me prestara tanta atención a mí.

Nos acomodamos en nuestros asientos mientras el técnico realizaba la prueba de audio. Cuando terminó, Nita comenzó con algunas preguntas sobre el próximo lanzamiento de Jamilow que Jamila manejó con facilidad, sus ojos brillaban mientras hablaba de la genialidad de su equipo y bromeaba sobre el producto, evitando cuidadosamente revelar detalles reales sobre lo que hacía o la asociación que lo hacía posible.

Cambiando de tema, Nita dijo: —Cuénteme cómo empezó Jamilow.

—Todo el mundo sabe eso. —Jamila hizo un gesto displicente con la mano.

Nita se inclinó hacia adelante. —Complázcame.

Ojalá tuviera el valor de hacer eso. De hablar tan sugestivamente como lo había hecho Nita, de darle a Jamila un vistazo de su escote, aunque —me miré hacia abajo— no tenía tanto escote que mostrar. Crucé las piernas y mantuve la boca cerrada.

—La empecé en Stanford. —Jamila se recostó en los cojines del sofá—. Bueno, supongo que empecé la aplicación en mis descansos de Stanford. Cuando estuve en casa durante las vacaciones de invierno de mi primer año, fui a una fiesta con mis amigos de la preparatoria. Lo típico. —Guiñó un ojo.

Nita asintió y garabateó en su bloc de notas.

—Algunos de los chicos más jóvenes estaban allí, y me hicieron preguntas. No tanto sobre Stanford, sino sobre ir a la universidad en general. El proceso era abrumador para ellos. Me di cuenta de que algunos no tenían familiares que hubieran ido a la universidad. —Jamila se inclinó hacia adelante, con los codos en las rodillas—. Mi abuela fue a la universidad. Era maestra. Hizo todo lo que pudo para impulsarme. Así que les conté un poco sobre cómo lo había hecho y les di mi número.

—Luego, cuando volví a casa de mi abuela y hablaba con mis hermanos, me di cuenta de que ellos también estaban bastante perdidos. Jugaban al fútbol americano, y los iban a reclutar, pero no entendían cómo sopesar sus opciones. O qué harían académicamente una vez que llegaran allí. Después de hablar con ellos, me di cuenta de que podía ofrecer un servicio a chicos como ellos. Chicos como mis amigos.

Había oído la historia antes, pero ahora que había conocido a sus hermanos, entendía cómo los consejos de Jamila podrían haberlos llevado al éxito. Incliné la cabeza, ansiosa por captar cada palabra y examinarla bajo esa nueva luz.

—Así que programé una aplicación para responder a la mayoría de las preguntas que mis amigos tenían sobre ir a la universidad. —Un fuego ardía en los ojos de Jamila—. Exámenes estandarizados, calificaciones, ayuda financiera, solicitudes y formularios, becas. Solo pretendía que fuera útil para los chicos de mi antigua escuela. Pero luego, hablando con algunos de mis compañeros de clase como Winslow, que tenía todas las ventajas que yo no tenía, me di cuenta de que no solo los chicos como mis amigos de la preparatoria podían beneficiarse. Cualquiera podía. Así que la hice más grande. Le di una interfaz de inteligencia artificial para que pudiera tomar información de los chicos y proporcionar un plan y consejos personalizados.

—Se asoció con Winslow Keating-Ashworth —dijo Nita.

—Sí. No era tan bueno programando como yo, pero tenía ideas para el lado comercial. Contactos, también. Él fue quien dijo que deberíamos orientar la aplicación hacia el *coaching* de vida. Cosas fáciles como una rutina matutina, hacer listas, guardar el teléfono por la noche o defenderse ante los profesores.

—¿Y los *coaches* humanos? —incitó Nita.

Jamila se rio entre dientes. —Tomé una clase de psicología y aprendí que las personas pueden ser mucho más complicadas de lo que la inteligencia artificial puede manejar. Así que planeamos aumentar la IA con acceso a terapeutas, pero necesitábamos financiación para eso. Fue entonces cuando inscribimos la aplicación en un concurso. No ganamos, pero despertamos el interés de una de las juezas, y ella nos dio nuestro respaldo inicial.

—¿Y la compró unos años después? —dijo Nita.

Fruncí el ceño. No sabía eso.

—No quería que nadie más tomara las decisiones. Nunca quise... —Jamila miró por la ventana hacia la piscina resplandeciente por un momento.

—¿Qué es lo que no quería? —insistió Nita.

Jamila negó con la cabeza y finalmente dirigió su mirada hacia mí. —No quería contarle la historia de mi vida a una periodista. Preferiría centrarme en mi negocio.

Desearía poder liberarla de la entrevista. Era injusto que un imbécil pudiera incitarla a hacer un comentario imprudente y sin pensar, y que solo Jamila pagara la penitencia por ello. Pero así era la vida de una mujer en la tecnología. Jamila se había apuntado a ello. Aunque nunca podría haber predicho que quince años después, estaría aquí, en la mansión vacía de alguien, compartiendo detalles incómodos de su vida. Le dediqué una sonrisa comprensiva.

—Pero no ha rehuido otras asociaciones —dijo Nita—. Se ha asociado con *coaches*, terapeutas y servicios de preparación universitaria, entonces, ¿con quién colaborará ahora?

Jamila sonrió, satisfecha. —Vamos, Nita, sabe que no puedo comentar sobre eso.

Un calor me erizó la piel. Ser testigo de la química entre Jamila y Nita me hacía sentir como una voyerista. ¿El camarógrafo también se sentía incómodo? Miré al ventilador de techo, deseando poder encenderlo con la pura fuerza de mi voluntad.

—El artículo no se imprimirá hasta después de su lanzamiento —dijo Nita—. ¿Está segura de que no quiere hablar de ello?

—Llámeme después del lanzamiento. —Jamila guiñó un ojo—. Estaré encantada de hablar de ello entonces.

—Genial. Le pediré su número cuando terminemos.

Quería salir corriendo y saltar a las frías profundidades de la piscina. Donde no tendría que ver a Jamila seducir a la mujer que había traído para rescatar su reputación.

14

PERMANECÍ en silencio mientras Nita y Jamila me ignoraban.

No tenía derecho a estar celosa, me recordé con amargura. A Jamila no le importaba, al menos no de esa manera. La había besado sin molestarme en pedirle permiso, el que seguramente me habría negado. Tenía todo el derecho a coquetear con quien quisiera, donde quisiera.

Nita hizo otra pregunta que no oí y dejé que mi mirada se posara en la periodista. Tenía curvas de una forma que ni Jamila ni yo teníamos. Quizás a Jamila le gustaban las mujeres con más carne en los huesos. Como yo, tenía el pelo largo y abundante, pero el suyo era castaño chocolate, no rubio. Su piel tenía un tono oliváceo, no pálido como el mío. Sus ojos oscuros eran penetrantes y mostraban una inteligencia que intrigaba claramente a Jamila.

Además, tenía una confianza en sí misma que yo solo fingía tener. Sabía por mi investigación que llevaba más de diez años de periodista, escribiendo para publicaciones cada vez más impresionantes. Y ahora tenía un artículo principal para *Buzz Bizz* con una sesión de fotos personalizada. Estaba tan segura de lo que quería en la vida. Su carrera iba en ascenso y yo no podía elegir un campo, y mucho menos tener éxito en uno.

Nita era todo lo que yo no era. Con razón a Jamila le gustaba.

Jamila se movió para cruzar las piernas, lo que me alertó de que algo andaba mal. Normalmente, ocupaba todo el espacio posible, pero ahora parecía encogerse. Sacudiéndome la introspección, volví a prestar atención a la conversación.

—Todo el mundo sabe que Jamila Jallow fue una estrella en Stanford y que tuvo una aplicación de un millón de dólares menos de un año después de graduarse. Pero pocos saben que usted creció modestamente en Texas.

—No suelo hablar de eso. —Me lanzó una mirada.

Lo tomé como una señal de ayuda. —No tienes que hablar de nada que no quieras.

—Su trabajo con sus campamentos de programación ha causado mucho revuelo recientemente en las redes sociales —la presionó Nita—. ¿Qué hay detrás de su interés en ofrecer campamentos gratuitos a niñas desfavorecidas?

Jamila le dedicó una sonrisa peligrosa. —Quiero retribuir a la comunidad de Austin y ofrecer a los niños las oportunidades que desearía haber tenido.

—¿Oportunidades que desearía haber tenido? ¿No tuvo clases de programación en su escuela?

Jamila soltó una carcajada. —No. Mi preparatoria ni siquiera ofrecía clases de nivel avanzado. Conseguí un trabajo de verano para poder pagar la matrícula en un colegio comunitario local y así poder tomar las clases avanzadas de matemáticas y ciencias que mi escuela no ofrecía.

—¿Consideraría a su familia económicamente desfavorecida?

—No lo creo. —Jamila se cruzó de brazos—. Teníamos suficiente para comer y una familia y una comunidad que nos apoyaban. Teníamos todo lo que necesitábamos.

—Centrémonos en el presente, en lo que Jamila hace para retribuir —dije antes de que Nita pudiera hacer otra pregunta—. Jamila, ¿puedes hablar más sobre los campamentos? ¿Cuánto tiempo llevas organizándolos?

Los hombros de Jamila se relajaron mientras se lanzaba a contar la historia de los campamentos. Pero, al igual que Nita, yo me preguntaba sobre la vida de Jamila antes de Stanford. Había irrumpido en mi vida completamente formada como una estudiante universitaria motivada. Ella y sus hermanos tenían éxito ahora, y afirmaba que de pequeños habían tenido lo suficiente. Había mencionado su tensa relación con su abuela, pero no había dicho ni una palabra sobre sus padres. ¿Cuál *era* la historia de Jamila?

Era evidente que no quería contarla, y Nita dejó de insistir. Después de otra media hora, terminaron, intercambiaron números de teléfono y Nita se fue contoneándose, dejando que los técnicos empacaran. El fotógrafo llamó a Jamila. Tomó algunas fotos de prueba, ajustó la iluminación y volvió a probar. Cuando estuvo satisfecho, mandó a Jamila a cambiarse.

Salió del vestidor con un traje de Alexander McQueen de color amarillo mantequilla. La chaqueta era larga y esbelta. Casi me tragué la lengua cuando me di cuenta de que no llevaba nada debajo. El único botón estaba justo en la base de sus costillas, dándome a mí..., quiero decir, al fotógrafo y al mundo entero..., una larga vista en forma de V de su piel satinada.

—¿Qué te parece, Nat? —Levantó los brazos y giró, al estilo de la Mujer Maravilla, para mostrarme cómo la chaqueta se abría en la espalda justo por encima de su bien formado trasero enfundado en unos pantalones de corte ajustado.

—¡Guau! —Me agarré al brazo de la silla que había acercado para mirar—. Te ves... te ves fantástica —dije, lo suficientemente alto como para que se oyera por encima del ritmo palpitante de la música de antro que el fotógrafo había puesto.

—¿Eso crees? No lo habría dicho por tu expresión. —Me dedicó una sonrisita de suficiencia por encima del hombro.

Maldita sea, sabía exactamente lo mucho que me gustaba ese traje.

La maquilladora le dio un retoque y luego el fotógrafo la llamó. Le indicó a Jamila que se tumbara en la chaise longue blanca. Después de tomar una docena de fotos, le pidió que se sentara en la silla con los codos sobre las rodillas bien abiertas y que mirara directamente a la cámara con la misma sonrisita de suficiencia que me había dedicado a mí. Su expresión desafiaba a cualquiera a subestimarla.

Desde luego, yo no lo hice. Jamila era poderosa, segura de sí misma. No dudaría en actuar si sintiera que su empresa estaba amenazada. Y por eso había contratado al investigador. No era paranoica. Sabía que algo pasaba y nunca dejaría que una filtración pusiera en peligro su empresa.

—Nat.

Cuando levanté la vista, Jamila se cernía sobre mí. Se me había acercado sigilosamente como una ninja.

—Hola. —Parpadeé una docena de veces para ordenar mis pensamientos—. ¿Qué pasa?

—Voy a ponerme un vestido. ¿Puedes ayudarme con el cierre?

—Oh, eh… —A solas con Jamila, estaría tentada de hacer algo ridículo otra vez, algo que no debería. Como besarla. Miré a mi alrededor en busca de alguien más que pudiera ayudar. Pero mis rodillas traicioneras me levantaron. Supuse que haría cualquier cosa que me pidiera—. Por supuesto.

La seguí al vestidor. Tomó el vestido tubo del perchero y se fue detrás del biombo del rincón. Después de un minuto de incómoda espera al otro lado, me puse a hojear los otros conjuntos del perchero para distraerme.

—Siempre te gustó la ropa, ¿verdad?

Miré por encima de mi hombro. Jamila se asomó por el borde del biombo. La chaqueta y los pantalones amarillos estaban colgados sobre él. ¿Estaba desnuda?

Me aclaré la garganta. —Todavía me encanta la ropa. Déjame colgar eso por ti.

Me puse en el centro del biombo para evitar la tentación de mirar. Después de levantar el traje, todavía tibio por su cuerpo, me resistí a hundir la nariz en él e inhalar su aroma. Estiré una mano por encima. —¿Un gancho?

El gancho de madera se presionó contra mi palma, y me entretuve arreglando el traje.

—Lista. —Salió de detrás del biombo, presionándose una mano contra el pecho para evitar que el vestido se le cayera.

El vestido tubo era de un intenso color rojo amapola con una abertura alta en la parte delantera. El corsé con cuello barco dividido apenas se aferraba a sus hombros y revelaba una V de piel entre sus pechos. Profesional pero seductor, el vestido atraería todas las miradas en cualquier habitación en la que Jamila entrara. No podía apartar los míos de su esbelta silueta.

Se giró. —El cierre, por favor.

La abertura era muy pronunciada en la espalda, por debajo de los omóplatos. El cierre empezaba en el coxis, lo que me permitía entrever la cinturilla de encaje rosa pétalo de sus bragas. No había intentado subirlo en absoluto. Tampoco llevaba sujetador.

—¿Estás bien, Nat? —Volvió a mirar por encima del hombro y sonrió con suficiencia ante cualquier expresión tonta que estuviera poniendo.

—Eh, sí. —Me lancé hacia ella e intenté no dejar mis palmas sudorosas sobre la mezcla de lana y seda. El fotógrafo se quejaría si dejaba la marca de una mano. Pellizqué la tela en la parte inferior del cierre y, con la otra mano, subí lentamente el tirador por su espalda.

—Sabes —dijo—, si no te conociera, pensaría que te gusto.

Mis dedos resbalaron del cierre. —¿Qué... qué te hace pensar eso?

—Oh, no sé, solo la forma en que no puedes dejar de mirarme hoy. Luego está ese beso de la otra noche cuando estabas borracha, ¿o no te acuerdas de eso?

Me estaba dando una salida. Sería tan fácil decir que no me acordaba. Culpar de todo al tequila. Pero así no era yo. Quizás ocultaría la verdad durante un tiempo, como había hecho con mis padres cuando dejé la escuela de cocina y cuando perdí el auto, pero no era una mentirosa.

—Me acuerdo. Y lo siento.

—¿Lo sientes? —Esperó a que subiera el cierre del todo y luego giró con la gracia de una bailarina para mirarme de frente.

—Sí. Yo, eh, no te pregunté primero. Además, sé que no te gusto.

—¿Ah, sí? —Levantó las cejas—. Lo sabes a ciencia cierta.

—Yo... ¿sí? —¿Cómo demonios esperaba que respondiera a eso?

—¿Estás segura de que te gusto? —Con sus tacones beige, se alzaba sobre mí. Puso las manos en las caderas—. ¿No será que solo eres bicuriosa?

Me puse tan alta y recta como pude, y aun así solo le llegaba a la barbilla. —Soy bi, seguro. Tengo algo de experiencia. —Había besado a una chica en la universidad y, en las inmortales palabras de Katy Perry, me había gustado. Así que besé a algunas más.

—¿Ah, sí? —Su mirada se fijó en mis labios. Me los lamí. Llevaba un labial color borgoña brillante y besable, y me tambaleé hacia delante—. Interesante.

Dejando caer una mano a su costado mientras la otra seguía apoyada en su cadera, salió de la habitación contoneándose, con las caderas balanceándose.

Me quedé boquiabierta mirando la puerta. ¿Qué diablos acababa de pasar? ¿Significaba eso que Jamila Jallow estaba interesada en mí? ¿Estaba tomándome el pelo? Repasé la conversación. Nunca había dicho que yo le gustara. O que quisiera besarme.

¿O sí?

Como una zombi, salí a trompicones del vestidor y me hundí en una silla para ver la sesión. ¿Estaba interpretando demasiado la mirada intensa que de vez en cuando se dirigía hacia mí? ¿O el exagerado balanceo de sus caderas al girar por indicación del fotógrafo? ¿Y el descarado guiño que me lanzó cuando me sorprendió mirándola, boquiabierta?

Cuando el fotógrafo finalmente la dejó ir, me hizo una seña. La seguí hasta el improvisado vestidor. Me dio la espalda sin decir palabra, y yo bajé el cierre, deteniéndome en la parte inferior. Dejé mi dedo índice suspendido sobre la cinturilla de sus bragas, deseando atreverme a preguntar si podía tocarla.

Pero no lo hice.

—Creo que deberíamos celebrar —dijo, volviendo a ponerse detrás del biombo.

—¿Celebrar?

—Que esta cosa ridícula se ha acabado. Toma, agarra. —El vestido rojo flotó en un arco sobre el biombo y lo agarré.

Olía a su perfume floral, y fue todo lo que pude hacer para no enterrar la cara en él. Con cuidado, lo puse en un gancho y lo colgué en el perchero.

Salió vestida con los pantalones y la chaqueta que llevaba antes. —¿Cena de celebración? Invito yo.

—Eh, claro. —Aunque era una tontería por mi parte torturarme pasando aún más tiempo con ella, no pude resistirme.

Ella resopló. —No parezcas tan entusiasmada.

—Estoy entusiasmada —protesté—. ¿A dónde quieres ir?

—¿Te importa si pedimos comida para llevar en mi casa? Estoy deseando quitarme estos tacones y lavarme la cara.

Dios santo.

15

ESA NOCHE, estaba despatarrada en el sofá de Jamila. Los restos de los envases de comida china estaban esparcidos por la mesa de centro, y Quill.i.am olisqueaba una pelotita arrugada para gatos dentro de su hábitat. Un episodio clásico de *Star Trek* se reproducía en la televisión.

Pausó a Patrick Stewart en la pantalla, destruyendo mi falsa sensación de seguridad de un plumazo.

—Entonces… te gusto. —Se sentó en el suelo, con la espalda contra el sofá. Los *leggings* de esta noche eran de un rosa suave que me recordó incómodamente el vistazo que le di a sus pantis.

Puse ambos pies en el suelo y miré hacia Quill. Él apuntó su naricita rosada al aire, escuchando.

—Creo que lo sabes bien —dije con irritación.

—Interesante.

—Ya dijiste eso. —Todavía no sabía qué quería decir.

—¿Es por eso que me estás ayudando con las relaciones públicas?

—¡No! —Giré para mirarla—. Te estoy ayudando porque necesitas ayuda. Que me gustes… eso es aparte.

—¿Empecé a gustarte cuando viniste a trabajar a Jamilow?

—¿Por qué eres tú la que hace todas las preguntas? Quizás yo tenga preguntas.

—Quizás. Pero creo que ambas sabemos cómo funciona esto, nena.

Bajé la mirada a mi regazo. Por supuesto que sabía cómo funcionaba. Jamila siempre estaba al mando. Era una de las cosas que me ponían a mil.

—¿Desde cuándo? —Su voz era suave, pero la imposición en ella era de acero.

—Desde que tenía como catorce años. En realidad, fue solo cuando me di cuenta de que me gustabas de la misma forma en que me gustaba Harry Styles. Probablemente empezó antes.

—Espera. No habrás salido con Harry Styles de verdad, ¿o sí?

—Ay, Dios, ojalá. Aunque odiaría salir con alguien que tuviera mejor pelo que yo.

—No te preocupes por eso. —Se pasó una mano por sus rizos cortos. Deseé poder inclinarme y seguir su mano con la mía para mostrarle cuánto me gustaba.

—¿Tanto tiempo? —Me miró fijamente con sus ojos oscuros. La luz del televisor resaltaba sus pómulos.

—Sí, en ese entonces descubrí que era bisexual. Aunque pensé que solo era una parte inconveniente de mi personalidad. Una que podía ignorar. Así que solo he salido con chicos. Por mi madre. —Arrugué la nariz.

—¿Y qué diría Audrey si supiera que me besaste?

Resoplé. —Ya conoces a mi madre. Solo cree que valgo algo cuando estoy haciendo el papel de la pequeña *socialité* perfecta. Ya se rindió en que yo encuentre una carrera y quiere que siente cabeza y le dé más nietos. El trabajo de relaciones públicas que estoy haciendo para ti es lo único que evita que me empuje a algún tipo rico. ¿Quizás una mujer rica sería igual de bueno? —La miré de reojo.

Se rio, fuerte y descaradamente. —Quizás. Aunque son más difíciles de encontrar. Maldito patriarcado. No me va lo de las relaciones a largo plazo. Lo siento, nena.

Por supuesto que no le interesaba un para siempre y ciertamente no conmigo. Me veía como una chica ridícula con estrellas en los ojos. Debería tomar mi bolso e irme antes de humillarme más de lo que ya lo había hecho.

—Háblame de la experiencia que mencionaste antes. Solo sales con chicos, pero… —Alzó las cejas.

Se me encendieron las mejillas. —Yo, eh… Tuve algunas citas de estudio en la universidad, con chicas. Nos besamos y nos tocamos un poco.

—¿Acababan? —exigió.

—A veces. Luego, después de…

—¿Cuando estabas en la escuela de moda, o cuando tenías la florería?

—No sabía que habías seguido mi carrera tan de cerca. —Solté una risita—. Ninguna de las dos. Cuando hice esa pasantía en la empresa de planificación de eventos.

—¿Te enrollaste con una dama de honor? —Sus ojos se abrieron como platos.

—No. Los invitados estaban prohibidos.

—Y tú siempre sigues las reglas.

—Casi siempre. —Liberar a Larry había sido la excepción—. En fin, a veces el equipo salía después de los eventos, y algunas veces, me enrollé con alguien que conocí en el bar. A veces un chico. A veces una chica. ¿Y tú? Te he visto salir tanto con hombres como con mujeres. —De hecho, había ido a muchos eventos con Cooper Fallon. Eso fue antes de que él se comprometiera con su exasistente.

—Sí, siempre supe que era bisexual. Salí con más chicas que chicos en la preparatoria. Me gustaba el sexo —mucho—, pero lo último que quería era terminar embarazada y perder mi oportunidad de ir a la universidad. Las chicas eran más seguras.

—¿Lo eran? —pregunté. Lo había dicho con una amargura inesperada.

—Bueno, excepto por mi popularidad. Yo era la *nerd* lesbiana de la preparatoria. Eso fue divertido.

Traté de imaginar a una Jamila *nerd* en la preparatoria, pero no pude. Era tan segura, tan elegante. Me mordí el labio. Había conocido un poco de su historia en Austin, y luego otro poco hoy. Quería más.

—En Austin, hablaste de vivir con tu abuela y tus hermanos. ¿Cómo fue eso?

Se frotó la cara con una mano. —Gracias por aguantar a mis hermanos, por cierto. Sé que pueden ser bien intensos.

Sonreí. —Son divertidos. Y te idolatran. —*Igual que yo.*

Resopló. —No sé si tanto, pero siempre hemos sido unidos. Nuestro papá era camionero, y se iba por una semana a la vez. Mamá trabajaba a tiempo parcial, y nos dejaba con la vecina, que no era muy agradable. Ahora me doy cuenta de que cuidar a tres niños revoltosos era pedir mucho, pero era como nosotros contra el mundo, ¿sabes? Trataba de mantener a los chicos fuera de problemas, y los defendía cuando no podía.

Desvió la mirada. —En fin, papá murió cuando yo tenía seis años y los gemelos tres.

Puse una mano en su hombro. —Lo siento mucho.

Se encogió de hombros. —Fue hace mucho, mucho tiempo. —Miró hacia el televisor, pero yo sabía que no estaba viendo al Capitán Picard.

—Fue mucho para mi mamá —dijo—. No lo entendía entonces, pero ahora sí. Se convirtió en el único sostén para tres niños pequeños, dos de ellos aún no tenían edad para ir a la escuela. No podía pagar la hipoteca y la guardería también. No sin apoyo. Mamá estaba distanciada de sus padres desde que quedó embarazada de mí en la preparatoria.

Cuando hizo una pausa, Quill.i.am comenzó su ejercicio nocturno en su rueda chirriante.

—Ellos querían cosas más grandes para ella, ¿sabes? O sea, ella también las quería, pero los condones fallan. Estados Unidos podrá ser la tierra de las oportunidades para muchos, pero eso no incluye a las chicas que quedan embarazadas a los diecisiete.

Ahora entendía lo de las novias de Jamila en la preparatoria. Le apreté el hombro.

—Así que nos mudamos con la madre de papá, Nana. Tenía una opinión similar. Pensaba que deberían haber abortado e ido a la universidad como habían planeado y haber hecho algo de sus vidas. Probablemente tenía razón. Es lo que yo habría hecho. Pero entonces yo no estaría aquí, así que… —Se encogió de hombros.

—Me alegro de que te tuvieran.

Una sonrisa cruzó su rostro. —Mi nana criticaba a mamá por no tener un trabajo mejor —era mesera—, por no volver a estudiar y por tener más hijos de los que podía cuidar. Creo que también me guardaba un poco de rencor por arruinar los sueños que tenía para su hijo.

Me deslicé al suelo a su lado y pasé un brazo por sus hombros. —No fue tu culpa.

Acurrucó su hombro huesudo en mi pecho. —Sé que no lo fue, pero Nana y yo éramos como el agua y el aceite. Siempre.

—¿Y tu madre? ¿Eran unidas?

—No tanto. Siempre estaba trabajando. Decía que era por el dinero. Yo sospechaba que quería estar fuera de la casa y lejos de las quejas de Nana y lejos de nosotros, los niños, que le recordábamos a papá. Luego le surgió una oportunidad en Houston en un programa de capacitación para gerente de restaurante. Cuando se fue, dijo que volvería cuando terminara el programa y conseguiría un trabajo como gerente en Austin.

—Pero las cosas no salieron así. No sé si fue su elección o no. Yo tenía nueve años, y pensaba que los adultos podían hacer lo que quisieran. Por supuesto, pensé que ella lo había elegido. Se quedó allá y dijo que no podía llevarnos con ella ya que trabajaba todo el tiempo y no ganaba lo suficiente para cubrir el cuidado extraescolar y todo eso. Le enviaba dinero a Nana para nosotros. No mucho, pero siempre teníamos zapatillas nuevas para el inicio de clases y ropa para la iglesia los domingos.

—El dinero no es lo único que los niños necesitan. —Nosotros teníamos de sobra, pero aun así había un vacío en nuestra familia por la muerte de nuestro padre. Charles llenó parte de él, especialmente para mí, por ser la menor, pero había una parte de mi corazón que ni siquiera él podía alcanzar.

—Nana nos quería, pero no era la persona más cálida. Lo último que quería era que creciéramos viviendo al día como nuestros padres, así que nos presionaba mucho.

—Mirando hacia atrás, lo aprecio. No estaría donde estoy hoy sin su insistencia. Pero en ese entonces, estaba enojada. Siempre estaba protegiendo a J.J. y a Jevin de ella, cubriéndolos cuando metían la pata. Aprendí a falsificar su firma en las notas de la escuela. —Soltó una risita—. Siempre las recibían. Cuando la red de amigos de la iglesia de Nana le contaba lo que habían hecho, era yo quien les secaba las lágrimas y les decía que eran lo suficientemente buenos.

Traté de imaginar a Jamila como una madre sustituta. Era una fuerza tal en el trabajo, impulsando a todos a ser los mejores. Con Jackson y Cooper también era intensa, pero recordaba momentos en los que los animaba con una palmada en la espalda o cuando los consolaba con un abrazo. Podía imaginarla haciendo lo mismo con sus hermanos. Quizás por eso había formado un trío con Jackson y su compañero de cuarto de la universidad. Lejos de casa, necesitaba una familia sustituta y un par de chicos a los que mantener fuera de problemas.

Me permití atraerla más hacia mí para inhalar su aroma floral. Su hombro afilado se me clavó en un seno, pero no me importó. —Tenías razón. Les fue genial. A ti también.

—Nos fue bastante bien.

—Mejor que bastante bien. —Entonces le pregunté lo que me había estado preguntando desde que vi su casa—. ¿Es por eso que compraste esta casa? ¿Porque enviabas todo tu dinero a casa para mantener a tu familia?

—Eso es parte de ello. No crecí como tú. Mi nana vivió con austeridad toda su vida, y ya había pagado su casa para cuando nos mudamos. Su pensión y lo que mamá enviaba cubrían la comida, la ropa y los impuestos, pero nunca había nada extra. Vi lo precaria que podía ser la vida, así que elegí una casa que pudiera pagar en efectivo. Es cómoda, y es todo lo que necesito. Es más que suficiente. —Sus hombros se habían subido hacia sus orejas.

Le acaricié el brazo. —Por supuesto que lo es. Es una casa preciosa. Tu barrio también es agradable. Incluso tu vecina de los aguacates.

—Me metí en problemas por eso, ¿sabes? No me dijiste que la señora González necesitaba ayuda con su árbol. Me llevé un buen regaño la siguiente vez que la vi.

—Ups. —Cuando vi a Jamila con la sudadera resbalándosele por el hombro, me había olvidado de todo lo demás.

—Dijo algo sobre un Mercedes de lujo. ¿No es ese el carro de Audrey? ¿Qué le pasó al tuyo?

Hice una mueca. Ella me había contado su historia. Era hora de compartir la mía.

—Técnicamente, todavía tengo un carro —dije—. Te acuerdas. Mis padres me lo regalaron para mi decimoctavo cumpleaños. Es un precioso BMW coupé rojo.

—Claro que me acuerdo. Nunca creí que la gente le regalara a otra gente *carros* de verdad. ¿Dónde consiguen un lazo rosado tan grande?

—No lo sé. Pero todas mis amigas de la preparatoria recibieron un carro con un lazo.

Jamila murmuró algo y sacudió la cabeza. —¿Y qué pasó? ¿Lo chocaste?

Aspiré aire a pesar de la vergüenza que se sentaba en mis pulmones como un pisapapeles de cristal de plomo. —No. Conocí a esta mujer en mi primer día de la escuela de cocina. Llamémosla… Ruby. Empezamos como compañeras de estudio. Nos reuníamos en un café cerca de la escuela y repasábamos nuestros apuntes antes de los exámenes. Fui a su casa una vez para hacer tartas. No me salía bien la masa, y a ella se le daba de maravilla. Sus masas eran hojaldradas y tiernas y… mágicas. —Suspiré, recordando.

—Mi nana siempre hacía una buena masa para tarta —dijo Jamila—. Yo nunca le agarré el truco.

—Es difícil, ¿verdad? En fin, nos quedamos después a ver *The Great British Bake Off*. Todo el mundo hablaba de eso, y yo nunca lo había visto. Se burló de mí por eso, luego empezó a hacerme cosquillas, y de repente, nos estábamos besando. —Sabía a mantequilla, como su masa de tarta.

Jamila me acarició la rodilla.

Me alegré de que no pudiera ver mis mejillas encendidas en la oscuridad. —La semana siguiente, llegué tarde al café y me vio llegar en mi BMW. Ya sabes, no es muy sutil en el barrio de la universidad. Me preguntó por él, así que le conté cómo me lo habían regalado mis padres.

Jamila se incorporó. —No lo hiciste.

Extrañé su calor. —Fue ingenuo de mi parte. Ahora lo sé. Me preguntó si podía manejarlo y, por supuesto, le dije que sí. Dimos vueltas un par de horas. Incluso lo manejó por la 101. Después, terminamos en este restaurante junto a la playa. Pagué yo, por supuesto, y caminamos por la arena tomadas de la mano y luego nos besuqueamos contra el muelle. —Su pelo castaño rojizo alborotado por el viento se sentía suave contra mi mejilla.

—Ay, chica. —Jamila sacudió la cabeza.

—Mira, pensé que significaba algo, ¿de acuerdo? Así que ese viernes, después de clase, se veía muy triste, y le pregunté por qué. Dijo que necesitaba ir a Sacramento para ayudar a su madre con algunos mandados. Compras de Navidad y esas cosas. Dijo que su madre tenía cáncer. Y que su carro se había dañado. No podía permitirse arreglarlo en ese momento. Así que le dije: «toma prestado mi carro». O sea, cualquiera diría eso, ¿no?

—Nop.

Suspiré. —Bueno, yo sí. Estuve feliz todo el fin de semana por haberla ayudado a ella… y a su madre. Cuando volvió el lunes, estaba muy agradecida y dulce. Nos besuqueamos de nuevo ahí mismo en el pasillo de la escuela. Se le había olvidado traer las llaves, y yo estaba tan en las nubes que no lo pensé.

—Chica… —Esta vez, Jamila sonrió con indulgencia.

—Ya sé, ya sé. Suena ridículo ahora, pero no le di importancia. Estaba ayudando a mi novia. Llegó la semana de exámenes y la vida era una locura. Sabía que la suya también, y lo dejé pasar. Pensé que nos juntaríamos después de los exámenes y entonces me devolvería las llaves.

—Pero después de los exámenes, me *ghosteó*. Para cuando me di cuenta, ya era demasiado tarde. Fui a su casa y se había ido. El carro no estaba en el estacionamiento. Simplemente… había desaparecido. Y también Ruby. —Mi corazón se había desmoronado como la masa de su tarta cuando el casero dijo que se había mudado. No había espacio para la tristeza por el carro.

—¿Qué dijeron Audrey y Charles?

—¿Crees que se los conté?

—¿Cómo pudiste no hacerlo? Eso fue hace cinco meses.

Me encogí de hombros. —Cada vez que preguntan por él, pongo una excusa. No tengo ganas de manejar. Le presté mi carro a una amiga. Ambas cosas son verdad. Como siempre estoy haciendo cosas así, simplemente ponen los ojos en blanco y manejan. A veces les pido a mis hermanos que me lleven o pido un Uber.

—Dime que presentaste una denuncia a la policía.

Hice una mueca. —No. Supongo que esperaba que me devolviera las llamadas o los mensajes de texto. Pensé que cuando tocara renovar la matrícula, sería su problema, y entonces lo devolvería o me contactaría o algo así, pero nunca lo hizo.

Me cubrí la cara con una mano. Jamila nunca dejaría que le pasara algo así. Nadie lo intentaría siquiera. No con una mujer tan fuerte y segura. El tipo de mujer que yo nunca podría ser.

16

ME SENTÍ TAN ligera después de contarle a Jamila cómo me habían estafado que estaba flotando. No sentía la textura no del todo mullida de la alfombra de su sala.

—Nena, tienes el corazón demasiado blando —. Volviéndose hacia mí, Jamila tomó un mechón de mi cabello y lo enroscó en su dedo. Saboreé el suave tirón.

—Ruby necesitaba ayuda. Bueno, yo creía que sí.

—Siempre estás tratando de ayudar a la gente... incluso a mí.

—Ayudar a los demás me hace sentir bien.

Ella sonrió, pero su sonrisa era un poco triste. —¿Te hizo sentir bien?

—Sí. Le creí lo de su madre enferma. Espero que fuera verdad y que la haya ayudado.

—No, nena. ¿Te hizo *sentir* bien? —Me dio un tirón más fuerte en el cabello.

—Ah. *Ah.* Quieres decir, ¿que si me hizo acabar? No, solo nos besuqueamos.

Los dedos de Jamila se quedaron quietos. —Se puede acabar con solo besuquearse. Si lo haces bien.

Aún estaba procesando eso cuando preguntó: —¿Y qué tal con

tus encuentros sin expectativas después de la universidad? ¿Acababas con ellos?

Me removí sobre la alfombra. —Casi siempre. No siempre con los chicos. A veces me puede costar… eh, relajarme.

—Estabas bastante relajada cuando me besaste en Austin.

Me tapé la cara con las manos. —Uf, ojalá tuviera uno de esos neuralizadores de *Hombres de Negro*. Haría que te olvidaras de esa noche.

—¿Por qué querría olvidar esa noche? —Me quitó los dedos de la cara.

—Me da muchísima vergüenza, ¿sí? Y lo siento. Ni siquiera te pregunté antes de besarte.

—Cierto. Aunque eso no significa que esté enojada por ello.

—¡Pero te quedaste ahí sentada! ¡No te moviste!

—Me sorprendiste, eso es todo. No sabía que la hermanita de Jackson era bisexual y no sabía que te gustaba.

Una ligereza burbujeó en mi pecho y se detuvo en la base de mi garganta. Cuando hablé, mi voz salió entrecortada. —¿Y qué piensas de eso ahora?

—Intrigada —. Trazó un dedo por mi garganta y lo detuvo en el hueco entre mis clavículas, justo donde se habían alojado las burbujas—. Aunque hay algunas razones por las que debería mantenerlo como un interés puramente intelectual.

¡No! Mi corazón golpeó contra mis costillas. —¿Razones?

Se echó hacia atrás y las enumeró con los dedos. —Primero, eres mi empleada.

—Te estoy ayudando con las relaciones públicas —argumenté —. Entré a tu oficina y exigí que me dejaras ayudarte.

—Segundo, eres diez años menor que yo. Tenemos experiencias de vida muy diferentes.

—Los opuestos se atraen. ¿No es eso lo que dice Paula Abdul?

Jamila puso los ojos en blanco. —Ni habías nacido cuando salió esa canción. Además, hizo un video con un maldito gato de caricatura. ¿Qué diablos va a saber ella?

—Creo que tiene razón —. Me crucé de brazos.

Jamila trazó un dedo por mi brazo, pero sus palabras contradecían el toque sensual. —Tercero, y esto es lo que de verdad lo hace imposible: eres la hermana pequeña de mi amigo.

—¿Imposible? Jackson no es mi dueño. Él no tiene ni voz ni voto en mi vida amorosa.

Jamila hundió la mano en mi cabello y me rascó el cuero cabelludo con sus uñas cortas. —¿De verdad?

—Mmm —. La mano de Jamila sobre mí era el paraíso. Me atreví a llevarle un dedo a la mandíbula y recorrer la larga columna de su cuello como había querido hacer toda la tarde.

Se estremeció, y luego se apoyó en mi caricia. —Teniendo en cuenta todas las razones que di por las que esto no puede ser más que algo casual, de amigos con beneficios limitados, ¿qué te parecería volver a intentarlo?

Mi cerebro se paralizó. —¿Amigos con beneficios limitados?

—Te dije que no me van las relaciones a largo plazo. Y menos con los hermanos de mis amigos. Pero podemos quitarnos esta espinita que te traigo. Estaría dispuesta a añadir alguna sesión ocasional de besuqueo a nuestra amistad.

Un escalofrío recorrió mi cuerpo, hasta los dientes. Le quité la mano de un manotazo y entrelacé las mías en mi regazo. —¿Te estás burlando de mí, verdad?

—No, nena —. Apoyó la mano en el cojín del sofá detrás de mí —. Mira, me has ayudado mucho en las últimas dos semanas. Ya eres toda una mujer. Y tengo un poco de curiosidad por saber cómo sería.

—Tienes curiosidad —dije, inexpresiva—. Me besarías para satisfacer tu curiosidad.

—Si eso es lo que quieres sacar de lo que dije, bien —. Se encogió de hombros, pero su mirada ardía en mí, todo menos despreocupada.

Entrecerré los ojos hacia ella. —Yo también te gusto.

—No es lo que dije.

Fruncí los labios. Me estaba ofreciendo un beso, quizás un

poco de acción por encima de la ropa, como un experimento. Sin ataduras.

¿Era suficiente? No.

Pero tampoco podía rechazarlo.

—¿Por qué tienes que ser tan cretina? —pregunté antes de inclinarme y besarla, con fuerza.

Se quedó helada como lo había hecho en el coche el martes por la noche. Pero entonces sus labios se ablandaron. Presioné contra ella, lamiendo su mullido labio inferior.

Se abrió para mí, y yo me adentré, buscando, explorando, hambrienta.

Se apartó, dejándome sin aliento.

—Tranquila, nena. Yo me encargo.

Se inclinó hacia mí y posó sus labios sobre los míos, provocando, avanzando, retrocediendo. Cada vez que la perseguía, se echaba para atrás. Luego volvía a empezar, suavemente, dándome más poco a poco. Finalmente, aprendí que, si me relajaba, ella me daría todo lo que quería. Todo lo que necesitaba.

Su pecho se presionaba contra el mío. Ansiaba sentir su piel contra la mía.

Deslicé mi mano desde su cuello, por su hombro, hasta su pecho. Froté mi palma sobre la pequeña curva y sentí su pezón endurecido a través de su fina camiseta sin mangas. Dios, no llevaba brasier. Si lo hubiera sabido, no habría tenido un pensamiento coherente en toda la noche.

¿Me lo estaba imaginando, o se apretó contra mi palma, tan excitada como yo? No me había tocado en ningún sitio que mi ropa cubriera normalmente, pero cada parte de mí estaba encendida como el árbol de Navidad de Union Square. Froté mis muslos, trabajando la costura de mis jeans contra mi clítoris hinchado. Mi respiración se aceleró.

Todavía tenía su mano en mi pelo, y tiró de las raíces. Un rastro de chispas salió disparado desde mi cuero cabelludo por mi columna, enroscándose en mi vientre. ¿Iba a acabar con esto? No quería. No quería acabar hasta que tocara mi piel.

Arranqué mis labios de los suyos y la besé cruzando su mejilla hasta su oreja, donde su perfume floral chocó con el coco de su producto para el pelo, y me encontré en un jardín tropical con el deseo de mi corazón. —Jamila, te deseo —susurré.

Gimió en mi oído. —No, nena. Esta noche no.

—¿Qué? —Le lamí el lóbulo de la oreja—. ¿Estás segura?

—Vamos a ir despacio con esto. ¿No quieres guardar algunos beneficios para más tarde? —Sus dedos se deslizaron por mi nuca, enviando cosquillas por mi columna.

—No —. La palabra salió como un puchero.

—Bueno, yo sí —. Se apartó, y su mano dejó mi piel.

—¿Por qué? —me quejé.

—No quiero gastarlo todo de una vez. Quiero que sigas viniendo por más.

—Parece que eres una gran provocadora —. Hice un mohín con el labio inferior.

Se inclinó y le dio un ligero beso. —Podemos terminarlo ahora mismo.

—¡No!

—Pareces alguien que no está acostumbrada a oír la palabra «no».

Tenía razón. Era uno de los muchos privilegios de ser una Jones. —No muy a menudo, supongo.

—Lo oirás mucho de mí. Haremos las cosas a mi manera. Hoy, mi manera es que te vayas a casa. De hecho, te voy a pedir un transporte ahora mismo —. Tomó su celular de la mesa auxiliar y lo tecleó.

—¿Cuándo te volveré a ver?

—El lunes en el trabajo —. Cuando levantó la vista de la pantalla, su expresión era inocente, pero sus ojos tenían un brillo pícaro.

—Pero no me besarás en el trabajo.

—Eso ni lo dudes. Pero te invitaré a tomar algo después.

—¿Lo harás? —La esperanza se encendió en mi corazón.

—Prometido —. Se inclinó para darme un último beso suave,

sellando el acuerdo—. Ahora, vámonos. Tu transporte llegará en cinco minutos —. Se levantó y me ayudó a levantarme del suelo.

—En cinco minutos, puedo ayudarte a limpiar todo esto —. Hice un gesto hacia los envases de comida para llevar.

—Está bien —. Recogió unos cuantos, y yo agarré el resto y la seguí a la cocina.

Cuando su teléfono sonó, me acompañó a la puerta principal y pasó el pulgar por mis labios hinchados por los besos. —Buenas noches, nena. Nos vemos el lunes.

17

EL VIERNES SIGUIENTE, mientras programaba publicaciones para redes sociales, Hannah soltó un chillido.

—Revisa tu correo —dijo—. Ahora mismo.

—¿Fue un chillido de alegría o uno de pánico? —pregunté, cambiando de ventana en mi laptop.

—¡Mira, mira, mira! —correteó alrededor de mi escritorio y se inclinó sobre mi hombro, señalando un correo sin leer—. Es el artículo de *Buzz Bizz* y las fotos. ¡Ábrelo, ábrelo, ábrelo!

Hice clic en el correo y abrí los archivos adjuntos. Le di una ojeada al artículo. Las palabras *serena, segura de sí misma, racional* y *directa* saltaban a la vista. Todas eran buenas señales. Tendría que volver a leerlo más tarde.

—Mira las fotos. —Hannah me arrebató el mouse e hizo clic para abrirlas.

Jamila llenó mi pantalla; se veía sofisticada y elegante, pero también con los pies en la tierra. O tan con los pies en la tierra como puede parecerlo alguien con un vestido de mil dólares. —¿Se ve genial, verdad?

—Fabulosa. —La sonrisa de Hannah mostró sus dientes perfectos.

—¿Y el artículo? ¿Lo leíste?

—La pinta como una diosa en la tierra. Totalmente lo contrario a cómo se veía en ese clip de TikTok. Hiciste un buen trabajo, jefa.

La emoción burbujeó en mi estómago. —Preguntaré si podemos conseguir el video de la entrevista para poder poner algunos clips en TikTok. Ahogaremos todo lo malo.

—Ya lo pedí. Será un éxito total.

Me levanté y extendí los brazos para darle un abrazo. —Hicimos un buen trabajo. Gracias.

Me estrujó, arrugando mi camisa almidonada. —Creo que tienes futuro en relaciones públicas.

Nunca me había sentido así en ninguno de mis otros trabajos. Ni siquiera cuando había hecho una masa de pay que no fuera un completo desastre. —Tal vez tengas razón.

Alguien se aclaró la garganta en el umbral. Felicia estaba allí con un sobre en la mano.

Solté a Hannah y rodeé mi escritorio. Felicia me entregó el sobre.

—¿Qué es esto? —pregunté, deslizando un dedo bajo la solapa.

—Cheque de pago. —Se dio la vuelta para irse.

—¿Y el de Hannah? —«¿Cómo era que yo tenía un cheque y ella no?».

—Yo configuré el depósito directo —dijo Hannah. Como la miré sin entender, continuó—: Mi sueldo va directamente a mi cuenta bancaria. ¿Nunca lo has hecho?

Arrugué la cara. —Nunca antes había tenido un trabajo remunerado. Solo cosas de voluntariado y pasantías no pagadas. Mi padrastro se encargaba de las finanzas de la florería.

Ella soltó una risita. —Qué bien por ti.

Felicia dejó ver su desdén en una mueca de su labio. —Debe ser.

Sentí que se me subían los colores a la cara. —Yo... yo... —No podía aceptar el dinero de Jamila. Lo único que quería era ayudarla. Tampoco podía ser la niña rica y consentida frente a estas dos mujeres trabajadoras—. Necesito verla.

Sosteniendo el sobre entre mis dedos, marché a la oficina de Jamila, toqué la puerta con los nudillos y la abrí de un empujón.

Winslow estaba sentado en la silla frente a Jamila. Su postura era relajada, con un tobillo sobre la otra rodilla. El pantalón rosa baya revelaba los lunares de colores pastel increíblemente brillantes de sus calcetines, que no combinaban en absoluto con sus zapatos tipo *brogue* de dos tonos. Dijo con voz pausada: —¿Qué emergencia de relaciones públicas ha surgido ahora?

Jamila levantó las manos, con las palmas hacia afuera. —Te lo juro, no hice nada. Hice esa entrevista tal como me dijiste. Y he estado trabajando como una mula toda la semana.

El lunes por la noche, Jamila me había invitado a tomar algo como lo había prometido, pero no había dejado de mirar su teléfono, que explotaba con mensajes. El equipo de control de calidad había encontrado otro problema en el código, y el equipo de desarrollo se apresuraba a depurarlo. Era como el juego del topo: tan pronto como arreglaban un problema, surgía otro. Aún parecía que alguien estaba trabajando en su contra, pero no Rhiannon. Eso ya lo sabía.

Después de una copa, me apiadé de ella y le dije que volviera a la oficina. Todo lo que obtuve fue un beso fugaz en la mejilla. Jamila había saltado a ayudar a los programadores, y no hubo más besos después de ese. Tuve que reciclar los del viernes en su casa para alimentar mi banco de fantasías.

No es que me quejara. Esos besos en su casa habían sido incendiarios.

—No es algo de RR. PP. —Me crucé de brazos—. Es algo de RR. HH.

—Uh-oh. —Winslow soltó una risita—. Las dejaré que lo resuelvan.

—RR. HH. es competencia de operaciones. —Jamila levantó una ceja.

—No cuando involucra casos especiales. —Levantó un dedo—. No tuve nada que ver con su contratación. Fue cosa tuya.

—Me parece recordar que estabas a favor de contratar a una especialista en RR. PP. —dijo ella.

Él fingió pensar. —Nop. No recuerdo nada de eso. —Pasó a mi lado con aire despreocupado y cerró la puerta tras de sí.

—¿Qué pasa, Natalie? —Jamila apoyó la barbilla en la mano. Unas sombras se acumulaban debajo de sus ojos.

Sentí una punzada en el pecho. Casi me doy la vuelta y sigo a Winslow para darle a Jamila unos momentos de paz, pero esto era importante. Nos afectaba a nosotras y a la extraña situación de amigas con beneficios que había establecido.

Levanté el sobre. —Te dije que no quería que me pagaras.

Ella puso los ojos en blanco. —Y *yo* te dije que estás haciendo un trabajo para mí. A la gente que trabaja se le paga. Le estoy pagando a Hannah, aunque, técnicamente, nadie la contrató.

—Yo la contraté. La necesitas.

—Entonces, *ipso facto*, eres mi empleada. No permito que personas que no son empleadas contraten a gente para trabajar en Jamilow.

Mierda. Eso tenía sentido.

—Pero… pero ¿qué significa eso?

Una sonrisa se curvó en sus labios, aunque sus ojos seguían apagados por el agotamiento. —Bueno, nena, ser empleada significa que recibes un cheque cada dos semanas, el gobierno le cobra impuestos y te damos prestaciones, así que si te enfermas, puedes ir al hospital.

—No necesito prestaciones ni un sueldo. No si eso significa que tú y yo…

—¿No podemos tener los otros beneficios?

—¿Alguna vez has tenido beneficios con una empleada?

—Claro.

Agité el cheque y la ventanita de plástico traqueteó. —¿Con una empleada *tuya*?

—Demonios, no.

—Entonces voy a… —Pellizqué la parte superior del sobre para romperlo.

—¡No!

Me quedé helada.

—Nat, te necesito. Para que trabajes aquí. Las cosas están mucho más tranquilas ahora. —Miró por la ventana—. No más camionetas de noticias. Gracias a ti. No quiero que renuncies.

—Pero yo quiero esto. —Hice un gesto entre nosotras, sin saber todavía qué era *esto*, pero decidida a aferrarme a ello con ambas manos.

—Entonces lo intentaremos. No puedo prometer nada más que algo casual. Si alguna de las dos decide que no está funcionando, podemos cancelarlo. Borrón y cuenta nueva. Seguiremos siendo amigas. ¿De acuerdo?

Sus dientes rozaron su labio besable. Su mirada era fría, como si no le importara, pero ese único gesto me dio la esperanza de que tal vez esto le importaba tanto como a mí.

—¿Y somos exclusivas? —pregunté.

Ella resopló. —Caray, nena, ¿crees que tengo tiempo para andar de picaflor?

No era una gran oferta, pero era lo mejor que iba a conseguir. —De acuerdo.

Una sonrisa se dibujó en su rostro. —De acuerdo.

—¿Y ahora qué? —Doblé el cheque y me lo guardé en el bolsillo—. ¿Nos damos la mano? ¿Nos besamos?

—No nos vamos a besar en mi oficina. Hay límites para esto. Ese es uno de ellos.

—Entendido. ¿Unas copas esta noche?

—El equipo se está esforzando por cumplir un plazo. No puedo irme de aquí mientras ellos siguen trabajando.

—Claro. —Su trabajo era más importante que cualquier cosa casual que estuviéramos haciendo—. Supongo que…

—Mañana —se apresuró a decir—. Te invitaré a salir. Además, te tengo un regalo.

—¿Un regalo? —sonreí—. Me encantan los regalos.

—Ven aquí. —Tomó algo de su escritorio y luego caminó hacia

la ventana que daba a un trozo del estacionamiento. Me entregó el objeto de plástico negro.

—¿Un llavero electrónico?

—Es un fastidio venir desde San Francisco todos los días sin auto. Apriétalo.

Apreté el botón de desbloqueo y se oyó un leve pitido. Lo hice de nuevo, concentrándome esta vez. Un Porsche convertible rojo caramelo encendió sus faros.

Miré a Jamila, boquiabierta. Lo del BMW de mis padres había sido una cosa. No conocía a nadie que le regalara un auto a una amiga. Ni siquiera las amigas con beneficios hacían eso.

—No los fabrican en rosa —dijo—. Pregunté. Y les dije que podían ahorrarse el lazo gigante.

—No puedes regalarme un auto. Eso no es lo que las a… —Tuve que reprimir la palabra *novias*—. Eso no es lo que las amigas hacen.

—Los empleadores lo hacen todo el tiempo. Está en *leasing*. Tómalo como un auto de la empresa.

—Pero… —No sabía cuál era la política de Jamilow sobre los autos de empresa, pero sospechaba que las especialistas en relaciones públicas que se contrataban a sí mismas no los recibían con menos de un mes de trabajo.

—Manéjalo hasta mi casa mañana. Tendremos una cita.

Una cita. Una cita de verdad. En un regalo exagerado.

—De acuerdo. —Cerré el puño alrededor del llavero—. Normalmente, aquí es donde te besaría.

Sus ojos marrones me quemaron por dentro y su voz salió ronca. —Guárdatelo para mañana.

No supe cómo salí de la oficina de Jamila, pero floté de vuelta por el pasillo hasta la oficina que compartía con Hannah.

—¿Todo arreglado? —preguntó Hannah.

—¿Qué? —Lo que había arreglado era cualquier cosa menos convencional.

—Tu cheque de pago.

—Ah, claro. —Aturdida, lo saqué de mi bolsillo.

¿Y qué diablos hacía una con un cheque?

18

TUVE la audacia de empacar un pequeño bolso de viaje para mi cita con Jamila, pero no fui tan audaz cuando me lo colgué al hombro y bajé las escaleras de puntillas. Esperaba que mamá y Charles durmieran hasta tarde después de su llegada de París anoche, pero mientras pasaba sigilosamente por el comedor, mamá me llamó:

—Natalie, cariño. Estamos aquí.

Con un suspiro, dejé mi bolso en el pasillo y entré en el comedor. Mamá estaba sentada en la cabecera, Charles a su derecha y Sam a su izquierda. Mi hermana le pasaba una rodaja de plátano por debajo de la mesa a su pequeño monstruo destructor de bolsos.

—¿Buen viaje? —pregunté, inclinándome para besar la mejilla de mamá.

—Maravilloso —dijo con un suave suspiro dirigido a Charles—. Tan romántico. Siéntate y te lo contamos todo.

—Puaj, no, gracias. —Era fácil adoptar el papel de la pequeña malcriada de la familia—. Ya me voy.

—¿A dónde vas? —Mamá dejó su taza de café en el platillo con un tintineo.

—A casa de Jamila. Y puede que me quede a dormir en su casa.

—¿A dormir? —Las cejas de mamá se alzaron—. ¿Jamila te está haciendo trabajar demasiado?

Yo esperaba que me diera duro esta noche, hasta estrellarme contra su cabecera. Me metí la fresa en la boca para no tener que responder.

Sam levantó la vista de su teléfono.

—Nat ha estado trabajando mucho últimamente. Apenas la vi mientras ustedes no estaban.

La fulminé con la mirada. Traidora.

—Jamila es una excelente influencia —dijo Charles—. Puede darte la dirección que necesitas.

—Seguro que da dirección —murmuró Sam. Ella estaba picando algo en la cocina el sábado pasado por la noche cuando volví de casa de Jamila, con el pelo alborotado y el labial corrido hasta la barbilla.

—¿Cuándo volverá a estar listo tu apartamento? —le exigí.

—No peleen, niñas —dijo nuestra madre con cansancio. Esa frase debía de haberle hecho un surco en la garganta de tanto repetirla—. Natalie, estábamos hablando de la influencia de Jamila en ti.

Me ardieron las mejillas. Debían de estar tan rojas como las fresas de la mesa.

—Está contenta con mi trabajo hasta ahora. Le conseguí un reportaje increíble en *Buzz Bizz*.

—Cariño, nadie duda de tu afán por el éxito. Solo necesitas enfocarte. —Charles me dedicó una sonrisa amable—. Jamila tiene eso de sobra. Esperamos que se te pegue algo de ella.

Contuve un chillido. Yo esperaba que nos frotáramos la una a la otra mutuamente, en la cama.

Riendo por lo bajo, Sam se dio la vuelta para darle un arándano a Bilbo Bolsón.

—Bueno, me voy —dije—. Les escribiré si me quedo a dormir. Puede que me pierda el *brunch* de mañana.

—Antes de que te vayas —dijo mamá—, tenemos que hablar del pícnic del próximo fin de semana.

—¿Pícnic? —Me quedé helada en el umbral.

—El pícnic anual del Día de los Caídos del representante Crawford. Iremos y aprovecharemos la oportunidad para hablarle de nuestro programa de alfabetización.

—Nop —dijo Sam.

Ojalá pudiera ignorar a mamá así, pero nunca he tenido tanta fuerza.

—Natalie, querida, ¿a quién vas a llevar? —preguntó mamá.

Parpadeé. El año pasado, había ido con Daniel van der Poel. A menudo íbamos a eventos como amigos, pero la gente estaba empezando a unir nuestros nombres de una manera más seria. Normalmente, no me lo habría pensado dos veces antes de aparecer en el pícnic con él, pero no quería alterar el delicado equilibrio de lo que fuera que tenía con Jamila, especialmente después del desastre de la fiesta de Navidad de Billie Woods.

—Yo… no lo sé. Lo había olvidado.

—¿Lo habías olvidado? Eso no es típico de ti. Lleva a Daniel. Llamaré a su madre.

—¡No! —Hice una mueca en cuanto lo dije. Estas cosas requerían sutileza y yo había sido completamente inoportuna.

—¿Qué? No están peleados, ¿o sí?

—No. Es que… no nos hemos visto mucho últimamente.

—¿Está saliendo con alguien?

—No lo sé.

—Acaba de romper con Bella Waddingworth —dijo Charles.

Ambas nos volvimos hacia él con los ojos muy abiertos.

—¿Qué? Me entero de cosas. Bob Waddingworth y yo jugamos al golf el sábado pasado.

—Entonces es un momento perfecto para que salgas con él —dijo mamá—. Necesitas sentar cabeza. Daniel es una buena elección.

—¿Sentar cabeza? ¡Solo tengo veintiséis años!

—Yo solo era un año mayor que tú cuando tuve a Jackson.

—Ugh. Eran otros tiempos, mamá. No estoy lista para sentar cabeza con nadie. —Ciertamente no con Daniel van der Poel, a quien le importaba más su cartera de inversiones que cualquiera de las personas con las que lo había visto salir.

—Un novio estable te daría el enfoque que necesitas.

Dejé que las palabras de mamá se quedaran sobre la mesa como el plato de tocino, con la grasa cuajándose sobre su fría superficie.

Tras una pausa, dije:

—Dejaste que Jackson, Andrew y Sam tuvieran carreras antes de presionarlos para que salieran con alguien.

—Natalie. —Los ojos de mamá se suavizaron—. Quizás tengas más éxito como compañera que como profesional. Como yo.

Claro, me gustaba ayudar a la gente. Pero eso no significaba que hubiera renunciado a encontrar una carrera. Pero mi madre había renunciado a mí, y eso dolió.

—Adiós, mamá. Tengo que reunirme con Jamila.

—Piensa en lo que te dije —me gritó—. Llamaré a la madre de Daniel.

—No, gracias —le grité desde el pasillo, mientras agarraba mi bolso.

Después de ese beso mágico con Jamila, la idea de ir a cualquier parte con alguien como Daniel me repugnaba. Incluso si nunca pudiera llevar a Jamila a un pícnic político, preferiría convertirme en una ermitaña como mi hermana antes que volver a ponerme mi máscara de *socialite*.

———

SOLO NOS QUEDAMOS en casa de Jamila el tiempo suficiente para que ella metiera una cesta de pícnic en la parte trasera del descapotable rojo y se sujetara a Quill.i.am cómodamente sobre su cuerpo en una suave bolsa portabebés. Cuando él se acurrucó entre sus pechos y cerró los ojos, lo envidié un poco. Luego nos pusimos en camino, con Jamila al volante.

Durante la hora de viaje hacia el sur, hablamos de su semana en el trabajo. Ojalá hubiera prestado atención a la jerga de programación de mis hermanos para poder haber entendido el problema que Jamila describía. Le había ocupado las noches de toda la semana, pero habían encontrado una solución a última hora del viernes por la tarde que la tenía eufóricamente optimista sobre la fecha de lanzamiento, a escasas tres semanas. Tamborileaba en el volante al ritmo de una canción de Lizzo que sonaba en la radio.

—¿Vamos a Santa Cruz? —pregunté finalmente cuando tomamos la salida.

—Sip. —Sonrió. En un semáforo, pulsó un botón y el techo se plegó en un compartimento en la parte trasera del coche.

Respiré hondo el aire salado.

—¿A la playa?

—Sip.

—Deberías habérmelo dicho. Habría traído un traje de baño.

—Más bien un traje de neopreno. —Se estremeció—. El agua está helada. Además —dijo con una sonrisa pícara—, me gusta ese vestido que llevas.

—¿Este? —Pestañeé y lo miré como si no supiera exactamente lo que llevaba puesto, un minivestido rosa intenso tan corto que apenas podía sentarme sin enseñar de más. Tenía un recorte insinuante justo debajo de mis pechos que, esperaba, tentara a los dedos de Jamila a trazarlo.

—Sabes que sí. —Volvió la vista a la carretera.

—No es que fuera a nadar hoy. El traje de baño sería para tomar el sol. —Como una flor, incliné mi cara hacia el sol.

—Hmm. Quizá debería haberte dicho que trajeras un traje —ronroneó.

Sí, por favor.

—Podría pedirte prestado uno de los tuyos.

—Eso podría arreglarse. —Mantuvo los ojos en la carretera y las manos en el volante mientras navegábamos por la ciudad.

Nos detuvimos frente a una casa de dos pisos que era enorme en comparación con su casa en Menlo Park. En el estrecho espacio entre ella y su vecina, vislumbré una playa de arena y agua azul más allá. Este era el tipo de casa que esperaba que tuviera. Pero ahora que la conocía mejor, entendía su necesidad de no deberle nunca nada a nadie. Respetaba su modesta casa en Menlo Park. Y me maravillaba de esta casa en la playa. Jamila debía de haber gastado varios millones, en efectivo.

Sonriendo, Jamila me dejó admirarla un momento, pavoneándose ante mi expresión de asombro, antes de abrir la puerta. Agarró la cesta de pícnic con una mano y mis dedos con la otra y tiró de mí hacia dentro.

La opulenta casa, una de varias agrupadas alrededor de un tramo de playa de arena, tenía una planta abierta salpicada de muebles bajos y ofrecía una magnífica vista del océano. La luz del sol brillaba sobre el agua azul, y la arena dorada estaba salpicada de las sombrillas y toallas de playa de las familias que habían venido a jugar en la arena y las olas.

—¿Comer primero o playa primero? —preguntó, dejando la cesta en la isla de la cocina.

—¿Podemos hacer las dos cosas? Si tienes una manta de playa, podemos llevar nuestro almuerzo fuera.

—Claro. —Fue a un armario y sacó una. De otro armario, sacó un retal de tela de color lila. Señaló una puerta—. Puedes cambiarte ahí.

Llevando el traje de baño al tocador, me quité el vestido de verano y me puse el bikini. Desearía tener menos celulitis en los muslos y haber pensado en hacerme un bronceado artificial. Al menos me había depilado todo con la esperanza de tener un momento a solas con Jamila. Me miré a los ojos en el espejo. Con el traje de Jamila, intenté canalizar un poco de su confianza. *Vas a salir de aquí —no, a marchar de aquí— y actuar como si te la merecieras*. Asintiendo a mi reflejo, salí con paso firme.

Jamila ya estaba en la cocina con un dos piezas blanco mucho más recatado que el bikini que me había dado. Su tersa extensión de piel me secó la boca como la arena de fuera. Quería tocarla por todas partes y ver si su piel se sentía tan sedosa como parecía.

Se aclaró la garganta y yo clavé la mirada en su cara. ¿Los amigos con quizás beneficios se miran con deseo? Necesitaba un manual de reglas para esto.

Pero ella también me estaba mirando fijamente. Específicamente, a mis pechos.

—Deberías quedarte con ese traje —dijo, con la voz ronca—. A mí no me queda así.

El bikini lila tenía copas en forma de triángulo, y parte de mi piel se desbordaba por donde cubría el elastano. Audazmente, miré su parte de arriba. Sus pechos eran aproximadamente una talla de copa más pequeños que los míos, pero se acomodaban perfectamente en el top halter. Sus pezones estaban erizados y quise frotar mis palmas sobre ellos.

Se aclaró la garganta de nuevo.

—¿Vamos?

—¿Dónde está Quill? ¿Viene con nosotras?

—No, lo puse en su hábitat para que duerma la siesta. Tiene la piel sensible. Hablando de eso... —Agarró un bote de protector solar y me lo entregó—. Embadúrnate, Emperatriz Caminante Diurna. Pareces uno de esos vampiros de Crepúsculo.

Le dirigí una mirada inexpresiva.

—Qué graciosa.

Aun así, hice lo que me dijo y me froté el protector solar desde el cuello hasta los dedos de los pies.

—¿Y tu cara? —preguntó.

—Mi maquillaje tiene FPS.

—Date la vuelta. Yo te pongo en la espalda.

Me di la vuelta, apretando los glúteos para intentar que parecieran tan firmes como los suyos. En el segundo en que sus dedos tocaron la nuca, me estremecí.

—¿Frío?

—Sí —mentí. Claramente, nuestro contacto piel con piel no la estaba afectando de la misma manera que a mí. Mi piel vibraba mientras continuaba desde mi cuello, bajando por mi columna hasta el lazo trasero del bikini, y luego sobre cada omóplato.

Entonces, ¡cielos!, metió los dedos bajo el lazo y deslizó las manos por mi espalda, hasta el punto sensible en la base de mi columna.

—Un poquito bajo la cinturilla —dijo, deslizando dos dedos dentro. Eran solo las yemas de sus dedos deslizándose por la parte más alta de mi trasero, pero no pude evitarlo. Cada vello de mi cuerpo se erizó—. No querría que te quemaras. —Me estremecí de nuevo y tuve que contener un gemido.

De repente, sus labios estaban en mi oído. —Más tarde. Primero, a disfrutar de la playa. Y el almuerzo.

Me apreté contra ella, sintiendo el calor de su piel contra mi espalda. —¿Y si quiero otra cosa primero?

—Pasamos cinco minutos con el protector solar. Vamos a tomar un poco de sol.

—¿Y tú? —Me di la vuelta y le tendí la mano para tomar la botella—. Todo el mundo necesita protección UV.

—Estoy cubierta. —Tomó una prenda del mostrador y se la pasó por la cabeza. La salida de baño era de una gasa blanca con mangas largas que ocultaba sus tentadoras curvas y terminaba a mitad de sus muslos—. Literalmente. Vamos.

Ella recogió la canasta de pícnic y yo agarré la manta. Al salir, se echó a la cabeza un sombrero de sol gigante y luego me encasquetó otro a mí. —Ahora las dos estamos cubiertas.

Salimos a la terraza de madera y bajamos una escalera hasta la arena. Encontramos un lugar a varios metros de las familias con una vista despejada de la playa.

Sacudí la manta y Jamila desempacó la canasta. Sacó una botella de agua con gas, quesos, galletas saladas, uvas y fresas. Seleccionando cuidadosamente una muestra de todo, la puso en un plato de melamina que me entregó antes de repetir la operación con su propio plato. Sirvió agua en dos vasos de acrílico transparente.

—Qué elegante —la molesté.

—¿Qué esperabas? ¿Comida prehecha? Yo te invité a salir.

Abrí los ojos como platos. —¿Así que esto es comida de cita? ¿No comida de amigas?

—Comida de cita. —Ojalá pudiera verle los ojos detrás de sus lentes de aviador de espejo—. Si no fuera por la política de no beber en la playa, te habría traído vino espumoso, princesa.

Mordisqueé una galleta, saboreándola por el gesto romántico que era.

—¿Te gusta?

—Sí. Me gusta. —Puse una mano en su rodilla, que estaba extendida hacia mí sobre la manta. Era tan sedosa como parecía.

Me levantó la mano de la pierna y la sostuvo brevemente antes de dejarla sobre la manta. —Prefiero no hacer eso aquí. — Suavizó las palabras con una sonrisa, pero sentí un pinchazo en el pecho.

—¿Por qué no? Esos chicos de allí se están besuqueando. — Señalé con la barbilla a un chico y una chica adolescentes. Se habían echado una toalla por encima, pero cualquiera podía ver que él tenía la mano bajo la parte de arriba de su bikini—. Pensé que no lo ocultabas.

—Mi bisexualidad no es un secreto, pero intento que no sea asunto de nadie más que mío. Además, si mal no recuerdo, tú no has salido del clóset. No con tu familia.

Hice una mueca, pensando en la guerra nuclear que se desataría si llevaba a una mujer al pícnic político del Día de los Caídos. —No exactamente.

—Es mejor mantener un perfil bajo. Recuerda, soy una mujer negra en el mundo de la tecnología. Todos los ojos están puestos en mí. ¿No es eso lo que me diría mi asesora de relaciones públicas? —Guiñó un ojo.

Gemí. —Supongo. Aunque esperaba no ser tu persona de relaciones públicas hoy, sino simplemente ser… —respiré hondo— tu persona.

Me sostuvo la mirada y sus labios se curvaron juguetonamente. Había deseado esto durante tanto tiempo, ser el centro de atención de Jamila Jallow. A pesar del calor del día, el vello se me erizó sobre la piel expuesta. Me froté los brazos por la piel de gallina.

Rompiendo nuestra mirada, Jamila metió la mano en la canasta. —Prueba esto. Son brochetas de ensalada caprese.

Saqué una brocheta corta de bolitas de mozzarella, tomates cherry y hojas de albahaca, rociada con glaseado balsámico. Le di un mordisco. —Mmm —dije.

—Son buenas, ¿verdad? Fue lo primero que aprendí a hacer para las fiestas después de darme cuenta de que el dip de Rotel y el caviar de Texas no serían suficientes en el norte de California. Ni siquiera de la forma en que mi nana solía hacerlo, con un poco de chorizo picante.

—¿Dip de Rotel?

—Por Dios, ni siquiera sabes lo que es.

—Qué triste que tuvieras que renunciar a tus comidas favoritas cuando te mudaste aquí.

Se encogió de hombros. —Tuve que renunciar a muchas cosas. Valió la pena. Tengo mi propia empresa y ni siquiera Pavel Thakor puede detenerme. Vamos a patearle el trasero a Moo-Lah con esta nueva aplicación. Estoy a punto de restregársela en su cara condescendiente. A menos que no hayamos detenido la filtración y él esté a punto de restregármela en la mía. —Frunció el ceño y dejó su plato.

—¿Crees que podrían ganarte y salir al mercado primero?

—Estamos muy cerca, pero estos fallos nos siguen retrasando. Ojalá supiera qué tan cerca están ellos del lanzamiento.

—¿No crees que hay espacio para ambos en el mercado?

—No lo sé. Si nos ganan por unos días, probablemente no sea gran cosa, aunque odiaría que se llevara toda la cobertura de la prensa y nos hiciera parecer unos imitadores. Si son semanas… —Levantó las manos—. Podrían afianzarse. Sería difícil recuperar la cuota de mercado.

—¿Por qué decidiste lanzar una aplicación de asesoramiento de vida?

Se encogió de hombros. —Era mi sueño.

Resoplé. —¿Soñabas con crear una aplicación para que la gente averiguara qué porcentaje de su sueldo poner en un plan 401(k)?

—No. —Trazó un dibujo en la manta de playa—. Al crecer, todo lo que quería era un hogar donde me sintiera bienvenida.

Mi cuerpo se quedó helado. —¿No te sentías bienvenida en casa?

—Nana no nos quería. Lo dejó claro. Digo, nos quería, pero yo siempre estaba estorbando. ¿Y mis hermanos? —Soltó una risa sombría—. Siempre estaban en problemas, ¿sabes?

—Sí. —Jackson había sido un buscapleitos. Solo podía imaginar las catástrofes en las que se habrían metido un par como él.

—Así que ideé formas de irme por mi cuenta. Nana siempre hablaba de la universidad y yo sabía que ese era el camino. Pero las cosas eran muy diferentes de como habían sido cuando ella fue. Mis profesores de secundaria no eran mucho mejores. Habían ido a universidades locales. ¿Yo? Yo quería algo más grande.

—Claro que sí. —Quería tocarla y quitarle la amargura que curvaba su labio.

—Me maté trabajando para sacar buenas notas y tomé las clases más difíciles que pude. Mi consejero estudiantil se dio cuenta. Me habló de Stanford, pero nadie de mi escuela había ido nunca. Dijo que tenía más posibilidades de entrar si iba a la preparatoria privada del centro. Ofrecían clases de nivel avanzado y algunos de los chicos incluso habían sido aceptados en universidades de la Ivy League.

—Pero Nana no podía permitirse la colegiatura privada. Así que concerté una cita con el diácono de mi iglesia. Era amigo de Nana y, según yo, amigo mío. La iglesia siempre estaba recaudando para comunidades en África. Supuse que ayudarían a una chica de su propia comunidad. Fui a su oficina y le pregunté si podía conseguirme una beca. —Miró hacia el agua como si el diácono estuviera ahí de pie en el oleaje.

Esperé a que continuara, pero no lo hizo. Simplemente se quedó mirando el océano. Le toqué ligeramente el pie. —¿Qué dijo el diácono?

Se sobresaltó como si hubiera olvidado que yo estaba allí. —

No querrás oírme hablar sin parar de lo que pasó cuando tenía quince años.

—Sí, quiero. Me importas y quiero saber qué te trajo hasta esta playa desde Texas.

Apretó la mandíbula. —Dijo que claro que podía ayudar. Luego me preguntó qué le daría a cambio. Empecé a hablarle de cómo le pagaría a la iglesia cuando consiguiera un trabajo, pero no era eso lo que quería. Cuando me tocó, no supe qué hacer. No fue hasta que deslizó su mano dentro de mi blusa que se la quité de un manotazo y salí corriendo de su oficina. —Se sacudió y giró los hombros—. Te das cuenta de cuánta terapia me ha costado contar esta historia, ¿verdad?

Tragué saliva para deshacer el nudo que tenía en la garganta. —Ay, Dios mío, Jamila. Lo siento mucho. ¿Qué dijo tu nana?

—Ella… ella no me creyó. Dijo que el diácono nunca haría eso y que debía de haberme equivocado.

Me quedé sin aliento. —¡No!

—Sí. Ella y yo no hablamos mucho después de eso. Y nunca se lo conté a nadie más. Ni a mis hermanos ni a mi consejero. A nadie en la iglesia. Pensé que podía confiar en el diácono, o al menos en Nana, pero no pude. La única persona a la que se lo conté fue a mi terapeuta. Y ahora a ti.

Me quedé un momento sentada con el regalo de su confianza. Jamás le contaría a nadie, ni siquiera a Jackson, que probablemente iría a darle una paliza a ese diácono, o al menos se aseguraría de que sus datos personales se filtraran en la red oscura.

—¿Encontraste la forma de ir a la preparatoria privada?

—No. Me quedé donde estaba, matándome a trabajar en la escuela, y cuando tuve edad suficiente, en un trabajo después de clases en uno de esos sitios de tecnología, ya sabes, donde te arreglan el teléfono cuando se te rompe la pantalla. Me encantaba ser la genio en la trastienda que podía resolver los problemas difíciles.

—Pero eso es hardware. ¿Cómo te metiste en el software?

—Recuerda, soy un poco mayor que tú, y las aplicaciones ni

siquiera eran una cosa, en realidad, cuando yo estaba en la preparatoria. Puse mis manos en uno de los primeros teléfonos inteligentes en el taller de reparaciones y vi las posibilidades. Programé un juego para entretener a mis hermanos, y les gustó, así que lo subí a la tienda de aplicaciones. Tuvo éxito, y cuando puse eso en mi solicitud de Stanford, se fijaron en mí.

Todo lo que necesité para entrar a la universidad fue el apellido de mi familia y unas notas decentes. Y luego había desechado la oportunidad. Junto con tantas otras que me habían dado. Dejé mi plato. Mi voz tembló cuando pregunté: —¿Fue Stanford todo lo que esperabas?

—Bueno, sí. Era mucho más difícil que mi preparatoria, pero me encantó el reto. Desarrollé una red de contactos. Fue donde conocí a Winslow y, a través de él, a Billie, y me hice amiga de Jackson y Cooper. Tu familia me acogió de una forma que nunca había sentido en Austin.

—¿Y nunca miraste atrás?

—Más o menos. —Inclinó la cabeza de un lado a otro, su enorme sombrero se movía con ella.

—Espera, ¿qué hiciste?

Se mordió el labio como si quisiera contenerse, pero luego se inclinó hacia adelante. —Ojalá hubiera habido una forma de que mamá encontrara una vivienda que pudiera pagar para que no hubiera tenido que rogarle a Nana un lugar donde quedarse. Esa fue mi idea original, ¿sabes? Crear un lugar para reunir a la gente que tenía dificultades. Alguien que no podía pagar la hipoteca, pero tenía una habitación, y alguien que necesitaba una habitación, pero no podía permitirse un apartamento entero.

—¿Por qué lo cambiaste?

—Sabía programar, pero no entendía mucho de negocios, no cuando tenía veinte años. Fue entonces cuando me asocié con Winslow. Era un estudiante de primer año con cabeza para los negocios. Me mostró estudios de mercado y me convenció de que orientara la aplicación hacia los alquileres a corto plazo. Consideramos aceptar publicidad de complejos de apartamentos y cadenas hoteleras nacionales, pero terminamos vendiendo la aplicación. Un año después, se convirtió en esa aplicación para alquilar tu casa que todo el mundo usa. Usamos el dinero para desarrollar In the Know, que fue nuestra primera aplicación como Jamilow.

Me atreví a entrelazar mis dedos con los suyos sobre la manta, y no me detuvo. —Creo que tu visión original era hermosa. ¿Crees que alguna vez harías algo con ella?

—Oh, ahí está. Creé una nueva versión que la gente puede usar gratis. La llamamos KnowHome. Solo tienes que saber dónde buscar. Suficiente gente la usa para alquilar habitaciones y cosas así que estoy satisfecha.

—¿De verdad? No tenía ni idea.

—No la promocionamos. Se ha corrido la voz lo suficiente en las comunidades adecuadas, así que la gente que la necesita suele encontrarla.

—Eso es increíble. —Jamila se esforzaba tanto por parecer dura por fuera que me sentí honrada de que me hubiera dejado ver un atisbo de su lado tierno.

—Las otras cosas nos mantienen a flote. Las proyecciones de Winslow para esta aplicación de asesoramiento financiero están por las nubes. Aunque si Moo-Lah nos gana, se llevarán gran parte de esos ingresos. KnowHome estará en peligro. Como es un servicio que no genera ingresos, es lo primero que la junta directiva querrá cortar.

—Moo-Lah no les ganará. No dejaremos que lo hagan.

Me apretó los dedos y luego los soltó. —No, no lo haré.

Arrugué la nariz por cómo había cambiado mi *nosotras* por *yo*, pero lo olvidé en cuanto dijo las palabras que me aceleraron el corazón.

—Creo que es hora de entrar y quitarte ese protector solar.

19

TAN PRONTO COMO ENTRAMOS, tiré el sombrero al suelo y me pegué a Jamila. Dejó que la acorralara contra la puerta y la besara, un suave roce de labios antes de deslizar mi lengua en su boca para saborear su fuego.

Un momento después, ella giró y me presionó contra la puerta. Me acunó el rostro con ambas manos y me devolvió el beso con la misma intensidad, explorando mi boca. Gemí ante la dulce invasión.

—Recuerda quién está a cargo aquí, nena —murmuró en mi oído.

Jadeé cuando deslizó una mano por mi costado hasta mi trasero y pasó un dedo por la cinturilla de la parte de abajo de mi bikini.

—Estás un poco sensible aquí.

Me estremecí por completo.

Ella se rio entre dientes—. Quizás muy sensible. Ya llegaremos a eso en un minuto. Primero, vamos a quitarnos el protector solar en la ducha.

Dejando los restos del pícnic y la manta llena de arena junto a la puerta trasera, me guio por el pasillo hasta un gran dormitorio. Bajo un ventilador de techo que giraba perezosamente, una enorme cama con armazón de metal estaba hecha con sábanas blancas.

Sin detenerse, Jamila me llevó al baño privado. Era de buen tamaño, casi como el de la casa de mis padres, todo de azulejos blancos con detalles en gris. Había una enorme bañera en una esquina y una ducha a ras de suelo en la otra. Encendió el rociador de techo y volvió a salir.

—Mira hacia el espejo.

Obedecí, dándole la espalda y temblando de anticipación.

—¿Estás de acuerdo con esto? —preguntó, observando mi cara en el espejo.

—Sí. —Mis pupilas estaban enormes. Sus ojos eran tan oscuros que no podía saber en el espejo si los suyos también lo estaban, pero la forma en que su mirada recorría mi cuerpo me decía que estaba muy, muy interesada en lo que había debajo de mi bikini.

Desató los cordones de la espalda, luego los de mi cuello, y la parte de arriba cayó al suelo.

—Uy, nena. Te faltó un lugar.

Tenía razón. No me había puesto protector debajo del traje de baño como ella lo hizo en la espalda, y los costados de mis senos tenían una franja rosada donde la parte de arriba del bikini se había movido.

—Te pondré un poco de aloe para eso después de que te duches.

—¿Después de que me duche? —Intenté encontrar su mirada en el espejo, pero la suya estaba fija en mi cuerpo. Esperaba que pudiera ignorar mi quemadura de sol y se concentrara en las partes de mí que quería tocar—. Pensé que nos ducharíamos juntas.

Su mirada se clavó en la mía—. ¿Qué diría Jackson si hiciéramos eso?

—Te dije que Jackson no tiene voz ni voto en mi vida amorosa. Ni tampoco mi madre —agregué, más para mí que para ella—. Además, no hablo con él sobre eso. No saldría el tema.

—¿Quieres decir que ojos que no ven, corazón que no siente?

—Exacto.

Se mordió el labio, de la forma en que yo quería hacerlo. No, de la forma en que lo haría. Me di la vuelta, me estiré de puntillas y la besé con toda el hambre que se había acumulado en la playa, explorando el dulce sabor de la reducción de balsámico en su lengua. Luego le mordisqueé el carnoso labio inferior.

Ella gimió—. Desnúdate. Te alcanzo en la ducha.

—Esperaré. —Me quité la parte de abajo del bikini y salí de ella.

Me escaneó de pies a cabeza y luego se lamió los labios. Agarró el borde de su pareo y se lo quitó por la cabeza. Tomé una foto mental de ella en el bikini blanco, memorizando cada curva, incluida la forma en que sus caderas se ensanchaban ligeramente sobre la braga de talle alto.

—Date la vuelta —dije, con la voz ronca—. Yo me encargo de los broches.

Solté el gancho superior, luego el del medio de su espalda y lo tiré al suelo. Puse mis manos en sus caderas—. ¿Puedo?

—Sí.

Enganché mis pulgares en la mitad inferior de su traje y lo deslicé por sus piernas. Respirando hondo, volví a ponerme frente a ella. Contemplé los pezones marrones que coronaban sus pequeños senos, la línea impecable de su tenso estómago y el triángulo de vello recortado sobre su sexo. Quería explorar cada centímetro de su piel desnuda.

—Vamos —dijo—. A quitarnos todo ese protector solar en la ducha.

—Y la arena. No olvides la arena. —¿Por qué diablos estaba hablando de arena cuando tenía a una Jamila desnuda haciéndome señas para que entrara en su enorme y humeante ducha?

—No te preocupes, nena. Sacaré cada grano de entre tus dedos. Oye, ¿tienes una pinza o algo para el pelo?

—En mi bolso… —Parecía muy lejos, en la entrada de la casa.

—Está bien. Ya verás. —Sacó un gorro de ducha de un gancho

en la pared, luego me recogió el pelo en una cola de caballo y lo enrolló en mi cabeza. Tiró un poco y me quejé.

—Lo siento, se te enredó el pelo con el viento. Te lo desenredaré más tarde. —Me puso el gorro sobre el pelo y lo ajustó detrás de mis orejas.

Tomándome de la mano, me llevó a la ducha. Le di la espalda al rociador principal para poder mirarla de frente. Hizo un ajuste y los chorros corporales se activaron, fríos al principio pero calentándose rápidamente. Sacó una esponja marina y un bote de gel de baño de un estante.

—Espera. Yo, eh… —Bajé la mirada a la esponja.

—¿Es otra situación como la de la langosta? En serio, estas cosas se cosechan de forma sostenible. Son más como plantas que como Bob Esponja.

Arrugué la nariz.

—No hay problema. —Volvió a poner la esponja en el estante—. Usaré mis manos.

Vertió el líquido sin perfume en su mano e hizo espuma. Comenzó con largas caricias por mi cuello. Me estremecí ante la ligera presión.

—¿Te gusta eso? —preguntó.

—No lo sé. Nunca antes me había gustado. —Una o dos veces, un chico me había puesto la mano en la garganta, pero la había apartado de un manotazo, segura de que no era fan de la asfixia sexual. Pero las manos de Jamila eran diferentes, más suaves, confiables—. Tal vez podría gustarme. ¿A ti te gusta?

—En realidad, no. Pero podríamos intentarlo más tarde.

Me gustó cómo sonaba ese *más tarde*. Contenía la promesa de que lo casual con Jamila no se limitaría a una o dos veces como habían sido todos mis otros ligues.

Deslizó sus manos sobre mi hombro derecho y bajó por mi brazo, hasta la punta de mis dedos. Luego repitió el movimiento en mi hombro y brazo izquierdo. Su suave toque se sentía como el sol, como la lluvia, como el vaivén de las cálidas olas del océano.

No era suficiente, y sin embargo, era demasiado, todo al mismo tiempo.

Contuve la respiración mientras sus manos enjabonadas se cernían sobre mi pecho.

—Date la vuelta —dijo.

Arrastré los pies hasta que el agua me golpeó el pecho, dejando que el chorro lavara la espuma de mis brazos. De nuevo, comenzó en mi cuello, no simplemente quitando el protector solar, sino amasando los músculos hasta que me sentí sin huesos, como si fuera a irme por el desagüe junto con el agua jabonosa. Luego, lavó la parte superior de mi espalda, masajeando de nuevo mis hombros y omóplatos. Continuó por la columna de mi espalda con una presión deliciosa.

Cuando llegó a la parte baja de mi espalda, frotó un círculo en la base de mi columna. Me estremecí.

—Ese es el punto —dijo—. Eres como un gato.

—¿Un gato?

—Les gusta que les rasquen justo encima de la cola. Cuando era pequeña, sacábamos comida a escondidas para los gatos callejeros en nuestro porche trasero. Ese era su lugar favorito.

Meneé el trasero para aprovechar al máximo la sensación—. Ya veo por qué.

Deslizó ambas manos por mis glúteos y jadeé.

—Ajá. Eres de las que les gusta que les toquen el trasero. No lo habría pensado. Quizás te gusten unas nalgadas con tus juegos de respiración.

—¿Nalgadas? —Eso sonaba bastante degradante—. No creo que…

Plas. No me golpeó fuerte, pero el sonido retumbó en los azulejos y el cristal. Pequeñas ondas de choque resonaron en mi columna. Jadeé.

—Ah, ¿no lo crees? —preguntó casualmente.

Ya no era solo agua lo que se deslizaba entre mis piernas. Apreté los músculos de mi suelo pélvico—. Quizás.

Ella se rio entre dientes—. Date la vuelta.

Giré tan rápido que resbalé, pero Jamila me agarró del codo—. Cuidado, nena.

Volvió a llenar su palma con jabón y luego lo extendió sobre mis clavículas, sobre mi pecho y luego, saltándose mis senos, sobre mi estómago. Lo metí, deseando que estuviera tan tonificado como el suyo.

—Nada de eso —dijo—. Me gusta lo suave que eres. Relájate.

Lo hice, disfrutando del golpeteo del agua en los músculos de la espalda que Jamila había masajeado.

Pasó la punta de un dedo alrededor de mi seno—. ¿Duele?

—¿Qué?

—Tu quemadura de sol. —Deslizó un dedo por el costado de mi seno.

—No. Se siente bien.

Trazó el contorno de mi seno con dos dedos. Luego, finalmente, finalmente, rozó mis pezones con sus pulgares. Gemí.

Repitió el movimiento, con más firmeza. La sensación se disparó hasta mi centro, poniéndolo en alerta máxima. Mis músculos se contrajeron. Volvió a jugar con mis pezones.

La busqué, agarrándola por la parte baja de la espalda y atrayéndola hacia mí. Desesperadamente, estiré el cuello para besarla, pero solo pude alcanzar su mandíbula. Si me ponía de puntillas, volvería a resbalar y nos caeríamos las dos. Una visita a la sala de emergencias no sería nada sexy.

Al fin, inclinó la cabeza y me besó, metiendo su lengua en mi boca mientras continuaba pellizcando mis pezones. La presión se acumuló entre mis piernas. Como si pudiera sentirlo, se apartó.

—Todavía no, nena. Este es mi orgasmo.

—Pero aún no te he tocado. —¿Podía correrse solo tocándome, mirándome?

—Tu orgasmo es mío. Yo estoy a cargo de él. Te vienes cuando yo esté lista.

Oh. Ohh. —Oh.

Volvió a mis pezones, girando, pellizcando, hasta que apreté los ojos para saborear el éxtasis. De repente, sus manos desaparecieron.

Abrí los ojos.

Se arrodilló. Sonriendo con malicia, dijo: —Olvidé lavar tus piernas.

Hizo un espectáculo al verter más gel de baño en su mano, luego lo deslizó sobre mi cadera derecha, luego mi muslo, por delante y por detrás. Rozó mi rodilla, mi pantorrilla, mi espinilla, mi tobillo. Mis piernas temblaban.

—No podemos olvidar estos dedos llenos de arena —dijo—. Agárrate de mi hombro.

Me agarré de su hombro mientras levantaba mi pie para limpiar entre mis dedos. Lo bajó y luego levantó el otro pie. Frotó entre mis dedos, luego la planta de mi pie, luego el empeine. Un cosquilleo subió por mi pierna y se cernió en la unión de mis muslos.

Dejando mi pie de nuevo en el azulejo, comenzó un ascenso lento y sensual por mi tobillo, mi pierna, mi rodilla. Encontró el punto cosquilloso detrás de mi rodilla y se rio entre dientes cuando me moví—. Volveré a eso, más tarde.

Otro *más tarde*. El cosquilleo se intensificó.

Pero cuando subió por mi muslo, recorriendo la cara interna con sus dedos, me olvidé por completo del más tarde. Todo era ahora, ahora, ahora, con mi atención centrada en donde sus dedos se encontraban con mi piel. Largos y ágiles, sus dedos presionaban mi piel, danzando hacia arriba, golpeando de nuevo. Mis respiraciones se volvieron cortas y superficiales.

Al fin encontró el punto sensible en mi muslo, justo debajo de mi sexo. Su toque fue ligero como una pluma, no lo suficientemente fuerte.

—¿Sí? —preguntó.

—Sí. ¡Sí! Más. *Por favor.*

Riéndose, rozó mis labios inferiores. El fuego abrasó mi pelvis. Más. Necesitaba más.

—Muévete un poco a la derecha —dijo. Cuando lo hice, el

chorro me golpeó la parte baja de la espalda, encendiéndola y haciéndome gemir.

—Esa es mi chica. —Entonces, al fin, me lo dio. Cuando movió sus dedos hasta mi clítoris, mis rodillas temblaron.

—Agárrate —ordenó.

Me agarré a sus hombros. Aumentó la presión en mi clítoris, rodeando la punta hinchada. Mi orgasmo se acercaba a toda velocidad.

—¿Puedo… puedo correrme?

—Buena chica —dijo. Sus palabras de elogio me hicieron sentir como si me hubiera tragado el sol. La luz y el calor ardían a través de cada poro—. Sí. Córrete.

Mientras frotaba más rápido, me solté. Me permití sentirlo todo: el agua golpeando mi espalda y goteando por mis piernas, su aliento caliente en mi sexo y sus dedos, esos dedos mágicos, exprimiendo el orgasmo de mí. Grité, y luego gemí mientras mantenía el movimiento, prolongando mi orgasmo hasta que me sentí como una boya a merced de las olas del océano.

Al fin, gimoteé—. Basta.

—Por ahora —dijo. Pero sus dedos se detuvieron y se apartaron de mi cuerpo—. ¿Puedes mantenerte en pie por tu cuenta?

Todavía estaba agarrada a sus hombros—. Lo siento. —La solté y me puse de pie. Mis rodillas aguantaron. Apenas.

—Todo está bien, nena. —Su tono me tranquilizó.

Se levantó y echó más gel de baño en su mano. Se lavó eficientemente.

—Espera —dije cuando pasó una mano por su pecho—. ¿Puedo hacer eso?

—Esta vez no. Se me está arrugando la piel. Necesito un poco de crema, y luego llevaremos esto a la cama.

—Yo te pongo la crema —dije, haciéndoseme la boca agua al pensar en deslizarla sobre su piel.

—No, nena. —Cerró el agua—. La quiero en la cama.

———

JAMILA RETIRÓ las sábanas de la enorme cama, revelando unas impecables sábanas blancas. Se acostó en el lado más alejado y palmeó el espacio a su lado.

Me arrodillé en la cama, no tanto porque no estuviera segura de qué hacer a continuación, sino porque era una mejor posición para admirarla. Su piel tenía un brillo de la crema que se había aplicado. Olía tan increíble que yo también había tomado un poco y me lo había frotado en brazos y piernas.

Ahora estaba desnuda, con los dedos de los pies estirados hacia el pie de la cama, los brazos extendidos en forma de T. Sus curvas eran sutiles en su cuerpo esbelto, sus senos se aplanaban un poco cuando se acostaba de espaldas. Bajo el aroma floral, persistía un olor terrenal a excitación, el mío y el suyo. Cerré los ojos y lo inhalé.

—¿Lo estás pensando mejor? —preguntó.

Mis párpados se abrieron de golpe—. No, solo... estoy saboreando.

—¿Estás segura? Todavía hay tiempo para volver a ser amigos sin derechos.

—No, estoy lista. Separa las piernas.

Su único movimiento fue levantar las cejas.

—¿No estoy yo a cargo ahora? —pregunté—. ¿Como tú estuviste a cargo de mi orgasmo?

Se rio entre dientes—. Puede que esta vez sea yo la que reciba placer, pero yo siempre estoy a cargo, nena. No lo olvides.

Tragué saliva y esperé sus instrucciones.

—Buena chica.

Ahí estaba de nuevo. Esa sensación de placer, iluminándome.

—Puedes tocarme. Empieza por mis senos.

No tuvo que decírmelo dos veces. Tracé una línea desde su clavícula hasta su esternón, luego dibujé un círculo alrededor de su seno derecho.

—No tan suave. Usa más fuerza —dijo.

—Entendido, jefa. —Me preparé para apretar.

—No me gusta que seas insolente. Usa esa boca descarada en mí.

No me atreví a responder, ni siquiera con un «sí, por favor». Apretando la base de su seno, lamí la punta con mi lengua. Jugué con su pezón y luego repetí la acción con su seno izquierdo antes de volver a su seno derecho para rodearlo con mi lengua. Lo succioné, observando su reacción. Cuando arqueó la espalda, supe que la había complacido. La satisfacción me calentó hasta los dedos de los pies.

No me detuve. Mantuve mi boca y mis manos llenas de ella, embriagada por su sabor floral.

Su respiración se acortó hasta que su pecho se agitó debajo de mí.

—Bien, buena chica —dijo al fin—. Pon esa boca entre mis piernas. Primero mi coño, luego mi clítoris.

Obedecí, besando su estómago hasta donde su aroma florecía. Me posicioné entre sus piernas abiertas y me tomé un segundo para mirar sus labios oscuros rodeando su brillante centro rosado.

Me incliné para probarla, comenzando en el centro y moviéndome en espiral por sus labios, manteniéndome alejada de su clítoris como me había indicado.

—Más fuerte —exigió.

Usé más fuerza para acariciarla con mi lengua como lo haría con un helado muy frío. Pero Jamila era cualquier cosa menos fría. Era calor, y seda, y dulzura en mi lengua. Nunca quise irme.

—Así es, nena. Justo así.

Mientras me arrodillaba entre sus piernas, el aire fresco golpeó mi coño mojado. Estaba tan excitada como ella. Sus suaves gruñidos me decían que le encantaba lo que estaba haciendo. Hice incursiones con la punta de mi lengua dentro de ella, luego la deslicé hacia arriba casi hasta su clítoris, y luego de vuelta hacia abajo.

Cuando jadeó, enterré mi cara en ella, queriendo prolongar su placer y el momento tanto como pudiera.

—Cambia de posición —dijo, con la voz tensa—. Rodillas junto a mi pecho. El trasero aquí arriba.

Hice lo que me ordenó. Estábamos en paralelo, no exactamente un sesenta y nueve, y ella tenía una vista completa de mi trasero. La humedad goteaba por mi muslo interno.

—Vuelve al trabajo. En mi clítoris ahora.

Apoyando un codo en la cama junto a su cadera, pasé mi otro brazo por encima de ella. Con mis pulgares, la abrí de par en par, revelando su clítoris hinchado. Empecé suavemente, recordando lo sensible que se volvía mi propio clítoris, pero ella dijo entre dientes: —Más fuerte —con una palmada en mi nalga.

—¿Estás segura de que quieres hacer eso con mi boca en tu clítoris? Hay, como, un trillón de nervios aquí abajo.

—Eres una buena chica —dijo, trazando una línea desde mi mejilla ardiente hasta un par de centímetros de mi centro—. No me harás daño.

Eché un vistazo por encima de mi hombro. Me observaba desde la almohada, con los ojos entrecerrados de placer.

—Nunca. —Volví al trabajo, rodeando su clítoris una vez con mi lengua antes de cerrar mis labios alrededor de él y succionar con todas mis fuerzas. Ella puso su mano donde yo la necesitaba, no frotando esta vez, sino presionando, un recordatorio de que ella estaba a cargo, pero también una seguridad de que cuidaría de mí. Hundí las mejillas.

Sus caderas se arquearon hacia arriba—. Joder, chica. ¡Sí!

Mientras succionaba, ella frotó mi coño y luego deslizó un dedo entre mis piernas para tocar mi clítoris. Chispas corrieron por mi columna vertebral. Madre mía. Estaba tan cerca como ella.

Seguí adelante.

Alterné succión y lamidas hasta que gritó, sus piernas se pusieron rígidas. Su mano se detuvo sobre mí. La ayudé a bajar del orgasmo con lamidas y besos más suaves hasta que se relajó. Esperando con ansias un abrazo —si me lo permitía—, puse una mano en la cama para incorporarme.

—Para —graznó—. No hemos terminado.

—Pero… —Mi protesta murió cuando empezó a frotarme rápido, y mi orgasmo rugió acercándose. Apoyé mi mejilla en su muslo y miré el desastre húmedo que había hecho de su bonito coño mientras ella acariciaba, pellizcaba y tocaba hasta que mis piernas temblaron y todo se contrajo. Gemí de alivio.

—Esa es una buena chica —dijo mientras mis rodillas cedían y caía de costado en la cama.

Miré su sonrisa perezosa—. ¿Por qué fue eso tan excitante? ¿Qué me pasa?

—No te pasa nada, nena. Estás programada para complacer a la gente. Por eso te gusta tanto.

—Supongo que eso tiene sentido. ¿Y tú estás programada para estar a cargo?

—Absolutamente, joder.

—Debe ser agradable. —¿Cómo sería excitarse dando órdenes a la gente y que te obedecieran?

Ella resopló—. Excepto cuando me mete en problemas.

—¿Te refieres a lo de esa reportera?

Acarició mi cadera como acariciaba a Quill—. Sí, eso… y una vez en la cama.

Realmente no quería pensar en Jamila en la cama con nadie más, no con mi centro todavía vibrando por su toque, pero Jamila nunca se abría sobre nada personal. Aceptaría todo lo que quisiera darme—. ¿En serio? ¿Qué pasó?

Miró hacia el techo y contuve la respiración. Era tan reservada.

—Fue otra situación de amigos con derechos, pero con un chico. Él es tan mandón como yo.

—Difícil de imaginar —bromeé.

—Lo sé, ¿verdad? —Trazó una larga línea por mi muslo—. Estábamos follando… era uno de esos polvos por aburrimiento, ¿sabes? Habíamos estado pasando el rato, viendo alguna película antigua ridícula. *Singin' in the Rain*, creo.

Todo el calor se drenó de mí y fue reemplazado por hielo. Tenía que estar hablando de Cooper Fallon. Esa era su película favorita.

—En fin, él dijo: «Somos buenos juntos, Mila». Y yo dije: «Sí, somos buenos amigos». Luego dijo: «¿Y si fuéramos más?», y fue entonces cuando empecé a perder la cabeza.

—Empezó a hablar de combinar nuestras empresas, sinergias y esas cosas, él también era empresario. No me gustó eso. Jamilow era mío. Y de Winslow, por supuesto. Luego, mientras yo seguía sentada allí con la boca abierta, dijo: «Deberíamos casarnos. Entonces todo sería cincuenta-cincuenta y estarías protegida».

Parpadeé, con los ojos muy abiertos—. ¿Protegida?

Me señaló—. ¡Exacto! Así que le dije: «¿Protegida de qué, exactamente?», y empezó con esa sarta de tonterías sobre cómo compartiríamos el riesgo y bla, bla, bla. Mirando hacia atrás, estoy segura de que buscaba mi bien, pero todo lo que oí fue que yo no podía lograrlo por mi cuenta. Que necesitaba su protección del fracaso. Que yo querría algún tipo de matrimonio de conveniencia a la antigua. Que no sabía lo que era el amor verdadero, ni lo quería. —Se quedó mirando a lo lejos.

Ella creía en el amor. Podía presentar un caparazón grueso, pero por dentro era vulnerable y romántica como yo. Un cosquilleo recorrió mi piel.

—¿Qué pasó entonces? —pregunté.

Volvió a centrarse en mí—. Lo eché de mi apartamento, no le hablé durante semanas.

Recordé esa extraña época justo después de que se graduaran de la universidad, cuando las cosas habían estado frías con Cooper. Jackson no podía invitar a ambos al mismo tiempo. Intentó sacarles la historia a cada uno, pero guardaron silencio. Intentó forzarlos a juntarse, pero ninguno de los dos cedió.

—Me dejó como mil mensajes de voz y de texto de disculpa. Me envió una habitación llena de flores. Fue antes de que ninguno de los dos hubiera ganado dinero, así que no tenía idea de dónde sacó el efectivo. —Hizo una pausa, recordando.

—¿Y entonces? —¿Todavía eran amigos con derechos? No, no podían serlo. Cooper estaba comprometido ahora. Aun así, contuve la respiración.

—Finalmente me di cuenta de lo difícil que fue para él disculparse y cuánto extrañaba su amistad. Hablamos y lo arreglamos, pero nunca volvimos a follar. Y nunca volvió a decir una palabra sobre una fusión, incluida la de tipo matrimonial.

Mi pecho se relajó. Al menos no tenía que competir por su afecto con Cooper Fallon, que era inteligente y seguro de sí mismo y todo lo que Jamila tendría que querer en una pareja. Nunca estaría a su altura. Me sentí lo suficientemente magnánima como para decir: —Me alegro de que se hayan reconciliado.

—Yo también. No quiero que nada vuelva a joder nuestra amistad. —Se rio entre dientes—. Ahora ven aquí arriba y duerme una siesta. Ese sol me ha dejado agotada.

Gracias a Dios que a Jamila le gustaban los abrazos. Necesitaba sus brazos a mi alrededor después de la historia de un amigo con derechos que salió mal.

20

—¿QUÉ estás haciendo? —Jamila entró arrastrando los pies en la cocina con un par de pantuflas forradas de lana y una bata de seda con estampado de dragones que cubría todos los lugares secretos que había adorado la noche anterior.

—Haciéndote el desayuno —dije, echando las cebollas y los pimientos perfectamente cortados en cubitos a la sartén. La cocina de la casa de playa de Jamila estaba completamente surtida, lo cual descubrí mientras deambulaba por ella poco después del amanecer.

—No desayuno. —¿No desayunaba? Me desanimé. Se acercó a la cafetera y gruñó cuando encontró la jarra llena de café caliente. Después de elegir una taza del estante, la llenó y bebió un sorbo sin soplar primero.

Revolví las verduras en la sartén. Se perdería mi perfecta destreza con los cuchillos —al menos en eso había sacado la máxima calificación— y la magnífica tortilla que le estaba preparando. No nos habían enseñado a hacerlas en la escuela de cocina, pero había visto a Telma suficientes veces como para saber cómo se hacía.

De repente, se inclinó sobre mi hombro, su aliento a café

amargo en mi mejilla. —Te veré comer. Disfruté eso anoche... mucho.

Mi cara se puso tan caliente como la sartén. Ni siquiera había pensado en mi aspecto anoche. A la mayoría de los chicos no les importaba. Todo lo contrario: parecían pensar que cuanto más desordenado, mejor. Mi experiencia con las mujeres era que siempre nos estábamos midiendo, comparándonos, juzgándonos. Jamila era la persona más talentosa y compuesta que conocía. —¿De verdad te gustó?

—Sí. —Deslizó una mano bajo mi camiseta y me acarició el estómago—. Se sintió increíble. Y tu trasero es adorable. —Me lo apretó por encima de los shorts.

Gimoteé y me apreté contra su mano. *Adorable.* Viniendo de una belleza como Jamila, eso significaba algo.

Olfateó. —Cuidado con eso. Se está quemando un poco. — Miré la sartén. Los bordes de las cebollas habían comenzado a ennegrecerse.

—Uy. —La aparté del fuego rápidamente y las pasé a un plato. La mayoría eran rescatables. Vertí los huevos que había batido previamente y empecé a moverlos por la sartén mientras se cocinaban—. ¿Segura que no quieres una?

—No, pienso mejor con el estómago vacío.

—Está bien. —La alegría de cocinar se había desvanecido. Me había imaginado deslizando una tortilla perfectamente esponjosa en un plato frente a ella y que sus ojos marrones se iluminaran ante el festín que había preparado. Ahora iba a verme comer. Eso era definitivamente menos atractivo.

Igual que la tortilla. ¿Por qué se veía tan grumosa? Las de Telma nunca se veían así. Esperando un milagro culinario, esparcí las cebollas y los pimientos por el centro, quitando los quemados. Dejé que se asentara un minuto mientras los bordes se despegaban, señal de que estaban demasiado cocidos.

Cuando la deslicé en el plato, no se dobló por la mitad como siempre lo hacían las de Telma. Se desparramó. Luego se partió.

No había hecho un semicírculo perfecto de delicias esponjosas, sino un desastre medio quemado y medio crudo.

—¿Eso es lo que te enseñaron en la escuela de cocina?

Jamila había observado todo el desastre. Por supuesto.

—Quizás habrían cubierto las tortillas el próximo semestre. Si no hubiera abandonado. —Miré fijamente los huevos revueltos poco apetitosos en mi plato por un momento, luego los tiré a la basura—. Comeré fruta en su lugar.

Jamila pasó un brazo por mi hombro. —Está bien. Yo ni siquiera puedo cortar una cebolla sin rebanarme el pulgar. Mi chef me deja comidas listas para calentar al comienzo de cada semana. Al menos lo intentaste.

—Tampoco cocinaba nunca en casa. Quizás por eso no di la talla en la escuela de cocina.

—Oye. Oye. —Esperó hasta que la miré—. Dejaste la escuela de cocina por tu corazón blando y amante de los animales.

—Supongo. —Miré la superficie fría y lechosa de mi café—. ¿Quieres que llevemos el café al patio?

—Eh. Mejor quedémonos adentro. Salir a la playa ayer fue un riesgo. No quisiera tentar a la suerte.

—¿Un riesgo? Solo me quemé un poco con el sol.

—No, nena. Quiero decir, es una playa pública. Alguien podría vernos. Juntas.

—Pero estamos juntas. ¿Verdad?

—Nena. —Su boca se curvó hacia abajo—. Yo no tengo relaciones serias. Además, ¿qué diría mi asesor de relaciones públicas si mi cara apareciera por todo Instagram junto a la tuya? No es que tengas un perfil bajo precisamente. Volveríamos al punto de partida, con la atención puesta en mi vida privada y no en la empresa, que es donde debe estar.

—Tienes razón. Por supuesto que tienes razón. —Decirlo, incluso dos veces, no me hizo sentir mejor. Me había despertado a su lado sin poder creer que había conseguido exactamente lo que quería y llena de esperanza de poder conservarlo. Pero no era así como Jamila lo veía. Yo era una aventura, no valía el riesgo de relaciones públicas.

Jamila se estiró a mi alrededor para tomar un par de arándanos del tazón de fruta. Se metió uno en la boca. —Vamos. Puedes darle uno de estos a Quill. Es super adorable verlo roerlos.

Tomando mi mano, me llevó al dormitorio donde estaba instalado el hábitat de Quill.i.am.

Era terriblemente adorable de ver. Y cuando Jamila me besó mientras yo reía, pareció que todo podría salir bien.

—MALAS NOTICIAS —dijo Hannah mientras yo entraba flotando a la oficina el lunes.

—¿Qué pasa? —Dejé mi maletín del portátil, mi atención se agudizó. El sábado y el domingo por la mañana con Jamila fueron fantásticos, pero tenía un trabajo que hacer. Solo quedaban un par de semanas para el lanzamiento, y tenía que mantener todo en orden hasta entonces.

—Fotos. —Tocó su teléfono y el mío zumbó en mi bolso. Me había enviado un enlace por mensaje. Ignoré mis muchas notificaciones de redes sociales e hice clic en el enlace.

—¿Fotos de Jamila? —El estómago se me hizo un nudo de hielo. La primera imagen la mostraba arrodillada en nuestra manta de pícnic en la playa. La siguiente me mostraba sentada a su lado, pero el sombrero de ala ancha me ocultaba la cara. Vaya, no me había dado cuenta de cómo ese bikini exhibía los rollitos de mi cintura. Jamila no había dicho ni una palabra.

Horrorizada, pasé el resto de las imágenes. Afortunadamente, a quienquiera que tomó las fotos no le había importado sacar mi cara. En cada una, o mi sombrero o el de Jamila la ocultaban. Pero en la última foto, habían capturado mi mano sobre su rodilla. No había forma de confundir la sexualidad de la pose. Hannah frunció los labios y me lanzó una mirada inquisitiva. No admití nada—. No es para tanto. La bisexualidad de Jamila no es un secreto. Y mira, tiene un montón de «me gusta».

—Los «me gusta» le dan más visibilidad, no prueba social. —Antes de que pudiera siquiera analizarlos, Hannah dijo—: Los comentarios son una mezcla. A algunas personas les encanta que Jamila esté viviendo su mejor vida bisexual, otros lo condenan en una playa familiar…

—¡No estábamos haciendo nada! —espeté. Luego me encogí.

—No pongas esa cara —dijo Hannah—. Estás orgullosa de tu bisexualidad al igual que ella. Quizás en el futuro, no dejes que a Jamila la fotografíen en una pose coqueta con su empleada, ¿vale?

Orgullosa de mi bisexualidad era un poco más de con lo que me sentía cómoda. ¿Qué diría mi madre si viera esto? Me reconocería incluso sin que se me viera la cara. Definitivamente reconocería el anillo de rubí que brillaba en mi dedo mientras descansaba sobre la rodilla de Jamila. Giré la sortija.

—Por supuesto que no —dije—. Lo siento.

—Estará bien, siempre y cuando… mierda.

—¿Qué? —Miré mi teléfono y vi que Pavel Thakor, el CEO de Moo-Lah, a quien había empezado a seguir, había comentado. Hice clic para leerlo.

Qué alegría ver a la señorita Jallow divirtiéndose. Mientras tanto, en @moo-lah_corp, estamos trabajando duro en una aplicación revolucionaria. #trabajandoparati #mejorMásRápidoMásFuerte

Mi teléfono vibró con una notificación. Otro enlace de Hannah. Hice clic.

El video se reprodujo en silencio con subtítulos. Era Jamila, más temprano ese día si juzgaba bien la luz, con sus hermosos labios curvados en una mueca de desdén. El subtítulo decía: *Lárguense. Mis fines de semana son asunto mío y de nadie más.*

—Espera, ¿qué?

—Los subtítulos están censurados. Jamila mandó al diablo a otro periodista que preguntó por las fotos.

Eché la cabeza hacia atrás y miré el techo de baldosas acústicas de nuestra oficina. —¿Por qué? —gemí.

—No mostraron la pregunta. Debe haberla enfurecido.

Vi el video de nuevo. Esta vez, mi corazón sintió una punzada. *Mis fines de semana son mi maldito asunto.* Como si yo fuera su entretenimiento de fin de semana, sin valor para ser mencionada por mi nombre. Ciertamente no con la palabra *novia.*

Pero ella había dicho que lo nuestro era casual. Me había recordado que debíamos permanecer ocultas. Justo cuando se tomó la foto. No me estaba protegiendo a mí. Se estaba protegiendo a sí misma *demí.*

—Supongo que tenemos que ir a hablar con ella. —Deslicé el video para cerrarlo y miré la hora—. Podemos entrar justo antes de la reunión diaria de los desarrolladores.

—Yo me mantendré al margen en esta ocasión —dijo Hannah —. Estará de mal humor.

—Cobarde —dije suavemente.

—Además, está con Winslow ahora.

—¿Por qué? Se reúne con él los miércoles.

—Están planeando una cena para mañana por la noche con ese tipo del socio financiero. Y luego Winslow se toma libre el resto de la semana.

—¿Se van a reunir con Kenneth Royal de First Arbiter? —Jamila no había dicho ni una palabra ayer.

—Sí, en La Colombe Bleue.

—¿Dijiste que Winslow se va a tomar unos días libres? La aplicación se lanza en dos semanas. ¿No deberíamos estar todos manos a la obra hasta entonces?

—Es el fin de semana del Día de los Caídos. —Hannah se encogió de hombros—. Supongo que tiene planes.

—Aun así, parece un pésimo momento para irse de vacaciones. Apuesto a que los de Moo-Lah no... —Bajé la vista a la pantalla, donde había abierto el perfil de Pavel Thakor. Su publicación más reciente era una foto de él sentado al aire libre hablando con un grupo de hombres. La foto estaba tan recortada que no podía distinguir nada en el fondo. Podrían haber estado en un club de campo o en la terraza de un restaurante o incluso fuera de su edificio. Se le veía relajado, echando la cabeza hacia atrás en una carcajada. Entrecerré los ojos, luego hice zoom en la imagen. Detrás de Thakor estaba la parte inferior de unos pantalones ajustados color frambuesa. Hice más zoom, pero la imagen se pixeló. ¿Eran esos unos zapatos brogue de dos tonos, azul marino y marrón?

Tenía la ligera sospecha de que sabía a quién pertenecían.

—¿Estás bien? —preguntó Hannah—. Nunca te había visto tan quieta.

—Estoy bien. —Tomé una captura de pantalla—. Ya vuelvo.

Agarrando mi teléfono, caminé por el pasillo hasta la oficina de Jamila. Me detuve en el escritorio de Felicia.

—¿Está Winslow ahí con ella? —pregunté.

—Sí. Pero saldrá en un minuto. —Señaló con la cabeza a Rhiannon, que marchaba hacia la oficina de Jamila seguida por su equipo. Con su camisa azul, parecía un pájaro azul enfadado guiando a su bandada.

—¿Por qué siento que soy la única que hace su maldito trabajo? —Me miró de arriba abajo. Su mirada se detuvo en mi mano—. ¿Y que no está empeorando las cosas?

El fuego me subió de las mejillas a la frente. —Lo estoy manejando.

—Sí, claro que lo estás. —Levantó la nariz con un gesto cortante digno de mi madre.

Un calor intenso me recorrió el pecho, pero me salvé de una respuesta impensada cuando la puerta de Jamila se abrió y Winslow salió con sus zapatos brogue de dos tonos. Hoy, sus pantalones eran de color azul claro con pequeñas banderas americanas bordadas. Volví a mirar la foto en mi pantalla. Ojalá pudiera saber si los zapatos de la foto eran azul marino y marrón, negros y marrón o marrones con una sombra extraña.

No confiaba en mí misma para decirle nada a Jamila, especialmente con público.

—Winslow, ¿podemos hablar un momento? —Incliné la cabeza

hacia la pequeña sala de conferencias a unas cuantas puertas de la oficina de Jamila.

Él sonrió con suficiencia. —Claro.

Herví por dentro por su sonrisa de suficiencia y esperé a haber cerrado la puerta de la sala de conferencias para hablar.

Giré mi teléfono para que pudiera ver la foto. —¿Qué hacía, hablando con la competencia?

Él entrecerró los ojos ante la pantalla. —Yo no estoy en esa foto.

Hice zoom en los pantalones y la parte superior de los zapatos y se lo mostré. —¿Está seguro?

—Todo el mundo usa pantalones y zapatos como esos. ¿Por qué pensaría que soy yo?

—No da buena imagen hablar con un competidor cuando todo el mundo sabe que hay una filtración.

—He estado con Jamila desde el primer día. Desde antes de que fundara la empresa. ¿Qué está insinuando exactamente? —Se cruzó de brazos.

Una punzada de duda comenzó en la parte posterior de mi cerebro. Tenía razón en que no era el único niño rico del mundo de la tecnología que usaba pantalones ridículos y zapatos caros. Había muchos niños de papá de colegio privado en el Área de la Bahía. (Debería saberlo; había salido con unos cuantos). Pero no podía permitirme otro error como el que cometí cuando acusé a Rhiannon. Jamila se enfurecería conmigo como lo hizo con ese periodista.

—Hablando de fotos incriminatorias, veo que ha estado haciendo un trabajo estelar de relaciones públicas. —Alzó las cejas —. Este es un intento bastante débil de desviar la atención de haber sido sorprendida con las manos en la masa.

—No sé de qué me habla. —Quité la captura de pantalla de la vista.

—Mire, es usted una buena chica, así que le daré un consejo amistoso —dijo—. Conozco a Jamila desde hace mucho tiempo. Se estresa y se desfoga, si sabe a lo que me refiero. Parece que usted es su último desahogo.

Arranqué una pelusa de la manga de mi chaqueta. —No sé por qué me dice esto.

—Parece el tipo de chica que se toma las cosas a pecho. Jamila no. Sus pequeñas aventuras no significan nada. Pregúntele a Cooper Fallon.

No pude evitarlo. Me le quedé mirando, con la boca abierta.

Él se rio entre dientes. —Sí, he estado por aquí todo ese tiempo. Vi las consecuencias. A Jamila solo le va lo casual. Nunca confiará en nadie lo suficiente como para que sea algo más serio que eso.

¿Cuántas veces me había recordado que no buscaba nada serio? Más de las que me gustaría recordar.

Pasó a mi lado y puso la mano en el pomo de la puerta. Pero antes de girarlo, me miró de nuevo—. Le daré este consejo: mantenga el enfoque en sus propias responsabilidades. Y no se moleste en pensar que Jamila será alguna vez algo más que un rollo de una noche. Ella no es ese tipo de mujer.

Abrió la puerta y se fue, dejándome de pie en la sala de conferencias, desinflada.

Tenía razón. Ella misma me lo había advertido. ¿Por qué me había permitido esperar que se enamorara de mí? Yo solo era la linda pero fastidiosa hermanita de Jackson. Nunca sería la indicada para ella.

No como ella lo era para mí.

21

—¿YA te vas? —preguntó Hannah mientras se colgaba el bolso de la computadora del hombro el martes por la noche.

Parpadeando, desvié la mirada de la puerta abierta de nuestra oficina a su rostro. —Sí. Solo quiero hablar cinco minutos con Jamila antes.

Era la noche de la cena con Kenneth Royal, el director ejecutivo de First Arbiter, y estaba nerviosa por ella. No habíamos hablado desde que las fotos aparecieron en los medios el día anterior. Hannah y yo habíamos hecho todo lo posible para inundar las redes sociales con fotos del campamento de Jamila, fragmentos de video de la entrevista de Nita y cualquier cosa que pudiéramos encontrar para distraer, pero la historia seguía creciendo sin control.

Todo el mundo quería saber la identidad de la misteriosa novia de Jamila. Yo había espiado a Jamila en las redes sociales el tiempo suficiente como para saber que estas cosas seguían un patrón: una vez que la identificaran, investigarían su pasado, la seguirían durante unos días, publicarían algunas fotos poco favorecedoras de ella comiendo o sudando después de entrenar, y luego la dejarían tan rápido como lo hacía Jamila. Revelar que era la novia de Jamila no la ayudaría en lo más mínimo. Sin mencionar lo que diría mi madre.

No, gracias.

Había pasado más tiempo del que debía en las redes sociales, incluso para ser una asesora de RR. PP., revisando los comentarios en busca de alguna pista de que la chica de la playa de Jamila era yo. Hasta ahora, nada. Pero cada notificación, cada número rojo que subía, me retorcía más el estómago.

—Buena suerte —dijo Hannah—. Nos vemos mañana.

—Que tengas una buena noche. —Fingí mirar mi pantalla.

Un minuto después de que Hannah saliera por la puerta, vi un destello de color lavanda. Jamila estaba en movimiento, caminando a grandes zancadas por el pasillo. Corrí a la puerta de la oficina y la alcancé cuando pasaba.

—Oye, Jamila. —Troté para seguir sus largas zancadas.

—Natalie. —No había suavidad en su forma de decirlo.

—¿El desarrollo va bien?

—De hecho, no. Nos encontramos con otro problema. Necesito quedarme para ayudar, pero tenemos esta maldita reunión esta noche. —Entró empujando la puerta de seguridad hacia el pasillo principal.

Aceleré para alcanzarla. —¿Con el… socio? —Lo dije en voz baja, ya que estábamos fuera del área de seguridad.

—Sí, y va a ser un puto desastre. No sé si está más cabreado por las fotos o por el posible retraso en el cronograma. —Murmuró las dos últimas palabras mientras entraba empujando la puerta del baño. Se acercó al espejo para revisar su labial.

—¿Puedo ayudar?

—No, a menos que tengas una varita mágica que haga desaparecer los errores de mi código.

—Lo siento, no puedo ayudar con eso. Pero puedo ayudar con el ángulo de relaciones públicas. Puedo hablarle sobre el artículo de *Buzz Bizz* y nuestros otros esfuerzos de RR. PP.

Me frunció el ceño en el espejo. —¿Estás libre esta noche? —Mirando hacia los cubículos, añadió—: ¿Para reunirte con él?

—Sí, sí, por supuesto. Lo que necesites. —Mi estómago burbujeó como champán. Quizás también me dejaría quedarme a dormir. Volveríamos a conectar. No me sentiría tan abandonada y necesitada.

—De acuerdo, entonces. —Volvió a tapar el tubo de labial—. Vámonos.

EN EL TRAYECTO A LA CIUDAD, Winslow se sentó en el asiento delantero de la camioneta de ella y le informó quién cubriría sus diversas actividades mientras él visitaba a su abuela hospitalizada. Cuando me enteré de su ataque al corazón, me sentí un poco mal por criticarlo por irse.

Mientras tanto, yo estaba sentada en silencio en la parte de atrás. Hablaban de cosas que sonaban importantes, como cadenas de suministro y campañas de marketing. Mi trabajo, con sus publicaciones en redes sociales, sus me gusta y sus sesiones de fotos, sonaba frívolo en comparación.

Cuando se detuvo en el puesto del valet frente a La Colombe Bleue, finalmente me sentí en mi elemento. Había estado en el elegante restaurante docenas de veces con mis padres y algunas veces con citas. El valet abrió la puerta, salí y me alisé las arrugas de la falda de tubo. Me erguí, alta y recta, y me dirigí a la puerta, sin molestarme en hacer una pausa porque confiaba en que el portero la abriría a tiempo.

En el podio del anfitrión, Frankie me saludó. —Señorita Natalie. No la esperaba esta noche. ¿El señor y la señora Hayes la acompañarán?

—No, esta noche ceno con la señorita Jallow. Nos encontrará una buena mesa, ¿verdad? Algo privado. Tenemos una reunión importante que requiere discreción.

—Por supuesto, por supuesto. —Frankie anotó algo en el diagrama de mesas.

Jamila puso los ojos en blanco. —¿En serio?

—No querrías agasajar a nuestro invitado junto a la cocina —dije—. Además, no creo que su asociación sea de conocimiento público. No quisiéramos sentarnos en el ventanal y dar a la gente un motivo para especular.

—Esa es una buena idea, en realidad —dijo Winslow.

—¿En realidad? —dije—. Tengo montones de buenas ideas.

Ahora él puso los ojos en blanco.

Frankie nos condujo a una mesa en un reservado privado donde no nos observarían.

—Esto es perfecto —dije mientras Frankie colocaba mi servilleta sobre mi regazo y me entregaba un menú—. Gracias, Frankie.

Jamila no esperó a Frankie. Extendió su servilleta en su regazo y tendió la mano para tomar la carta de vinos. —Lo que daría por un whisky.

Frankie preguntó: —¿Le puedo traer algo del bar?

—No, gracias. Tengo que volver a la oficina esta noche.

Ahí se fue mi esperanza de repetir lo del fin de semana pasado. Ahora deseaba haber manejado el convertible para no tener que tomar un Uber de regreso a la oficina por la mañana.

—Su camarero estará con ustedes en un momento. —Frankie hizo una reverencia y se fue.

—¿Qué piensas, Winslow, cabernet o pinot noir? —preguntó Jamila.

Me quedé sentada, incrédula. ¿Por qué no me había preguntado a mí sobre el vino? Prácticamente me había criado en este restaurante. Podría haberle dicho que los cabernets no tenían nada de especial y que le iría mejor con un malbec. Pero no me había preguntado. Retorcí mi servilleta en mi regazo.

Mientras debatían la elección del vino, vi a un hombre que reconocí. Las sienes plateadas de Kenneth Royal, su traje gris, su corbata azul y sus mocasines negros le anunciaban al mundo que era un ejecutivo bancario. Aquí había una manera en que podía hacerme útil.

Me puse de pie. —Señor Royal, bienvenido. No sé si se

acuerda de mí. Soy Natalie Jones, y usted conoce a Jamila Jallow y Winslow Keating-Ashworth.

Jamila parecía irritada, pero había estado irritada toda la noche. No podía decir si todavía estaba pensando en el error o si esto era una nueva molestia. —Buenas noches, Kenneth. Gracias por reunirte con nosotros. —Su «gracias» sonó como vidrio molido en su garganta.

—Tenemos que hablar sobre la salud de nuestra sociedad. —Se sentó frente a Jamila, pero giró la cabeza para evaluarme—. Eres la hijastra de Charles Hayes.

—Así es. Nos hemos visto en las fiestas de mis padres.

—Charles es un hombre inteligente. —Me miró de arriba abajo. —Tú no eres la que tiene una compañía de software. Eres la socialité.

Apretando los dientes, me enderecé. —Estoy a cargo de las relaciones públicas de Jamila.

—Ya veo. ¿Publicaciones en redes sociales y esas cosas? —Lo dijo como si tuviera la boca llena de brócoli demasiado cocido.

—Sí, y...

Jamila me interrumpió. —Kenneth, centrémonos en tus preocupaciones.

Me recliné en mi silla. ¿Por qué me había traído aquí si me iba a ignorar?

—No estoy seguro de que Jamilow sea una buena pareja para FA con todo este alboroto —dijo Royal—. Ha sido una cosa tras otra. Primero, fue el escandaloso matrimonio de Winslow y luego su sórdido divorcio. Tú golpeaste a ese periodista y te dejaste fotografiar en la playa con una rubia tonta en bikini. Ahora has tenido otro altercado con un reportero. Jamilow parece más una telenovela que una compañía de software a la que nuestra augusta institución financiera quiera atar su reputación.

Se echó hacia atrás, dejando que la metralla de esa granada volara.

¿Rubia tonta en bikini? ¿Me había traído Jamila aquí para disculparse?

La expresión de Jamila era de piedra. —Jamilow es una compañía innovadora que genera más ideas creativas en una mañana que tu rancio banco en todo un año. Por eso te asocias con nosotros. ¿Y qué si hay un poco de drama? Si juntas a un grupo de artistas, va a haber algo de teatro. Sin embargo, puedo prometer que no habrá más histeria mediática antes del lanzamiento.

Me miró fijamente.

Ahora entendía por qué estaba aquí. Esta era su manera de mostrarme lo que estaba en juego en su vida. No tenía espacio para una relación pública conmigo ni para la inevitable atención que traería. Mi trabajo era suavizar todo para el consumo público y hacer que Jamilow pareciera un socio adecuado para una insípida empresa de servicios financieros.

Bueno, yo sabía todo sobre suavizar las cosas. Para esto me habían criado. Levanté las cejas y nuestro camarero se deslizó hasta nuestra mesa.

—Nos gustaría una botella del Nicolás Catena Zapata, por favor. Y para mí, un vodka tonic.

—¿En serio, Nat? —murmuró Jamila—. Esta es mi reunión.

Mostrándole mi sonrisa más deslumbrante, dije: —Que sea doble.

Una vez que el vodka llegó a mi torrente sanguíneo, fue fácil volver a ser lo que todos, especialmente Kenneth Royal, esperaban de mí. Me aseguré de que la copa de todos estuviera llena. Cuando hablaba, agitaba las manos para recordar a todos que estaba allí como adorno y que no me tomaran demasiado en serio. Me reía tontamente de lo que decían cuando era remotamente divertido. Le di una palmadita en el brazo al señor Royal y le ofrecí mis sonrisas más encantadoras. Poco a poco, se ablandó como la mantequilla dejada a temperatura ambiente en mi mesa de trabajo de la escuela de cocina.

Mi comportamiento tuvo el efecto contrario en Jamila. No necesité rellenar su copa porque apenas tocó el vino. Se volvió más quebradiza a medida que avanzaba la noche, como un ganache de chocolate en el refrigerador.

Finalmente, la cena terminó. El señor Royal y su augusta institución financiera fueron conquistados. Le dio la mano a Winslow, prometiendo llamarlo la próxima vez que necesitara completar un cuarteto. Invitó a Jamila a tomar una copa en su club social. Me dio un abrazo prolongado y se ofreció a llevarme a casa en su coche de ciudad. Decliné cortésmente y pedí un viaje compartido.

Winslow salió con el señor Royal, y esperaba que Jamila se fuera con ellos, pero ella me agarró la muñeca como un grillete y me arrastró detrás de una planta en maceta en el vestíbulo. Mi corazón palpitó con esperanza. ¿Me daría un abrazo para erradicar la sensación grasienta del señor Royal? ¿O al menos me diría que era una buena chica por hacer que todo saliera tan bien?

Pero no hizo ninguna de esas cosas. En cambio, me siseó: —¿Qué carajo fue eso?

—¿Qué?

—No me vengas con esos ojos de cordero degollado y finjas que no sabes de qué estoy hablando. ¿Por qué te hiciste la tonta?

—¿Hacerme la tonta? Estaba tratando de ayudar.

—Necesitaba que fueras mi competente asesora de RR. PP., no una Barbie.

¿Barbie? El vodka en mi estómago se revolvió. —Entonces deberías haberme presentado como tu asesora. Me ignoraste y no sabía lo que querías. Actué de la manera que pensé que necesitabas.

—No quise ignorarte. —La rigidez abandonó su columna vertebral—. Es solo que… no sabía qué hacer contigo una vez que estuviste aquí. Es un momento delicado en mi negocio con esta asociación en juego. —Se frotó el espacio entre las cejas—. Siento no ser mejor en esta mierda.

Quise acercarme y atraerla a un abrazo. Probablemente nos hubiéramos salido con la nuestra con un abrazo amistoso, pero no podíamos arriesgarnos. No después de las fotos. No cuando el lanzamiento del nuevo producto de Jamila estaba en juego. Así que traté de poner todo mi afecto en mi mirada mientras decía: —Está bien. Siento haberte decepcionado.

—Puedes ser tú misma cuando estás conmigo, ¿sabes? —dijo—. La próxima vez, llámame la atención. No tienes que usar esa máscara. Aunque tal vez no directamente frente a Kenneth. Espera hasta después del lanzamiento.

La primera sonrisa genuina de la noche apareció en mi rostro. —Haré lo mejor que pueda.

—Yo también lo haré. Para compensar este desastre de cena, me gustaría que vinieras de excursión conmigo este fin de semana.

—¿De excursión en el fin de semana del Día de los Caídos? ¿Podría incluir una pijamada?

—Absolutamente, carajo. Trae una maleta de fin de semana y un traje de baño, no es necesario el pijama.

Contuve un gritito. Un fin de semana largo con Jamila sonaba como el paraíso. Me compraría unas botas de montaña bonitas y me recogería el pelo con un pañuelo. Me estremecí al imaginar el chasquido cuando ella me lo quitara y me empujara contra la áspera corteza de un árbol.

—Sí, señora —dije.

Sus ojos se volvieron de metal fundido. —Me gusta cómo suena eso.

Insuficientemente oculta por una planta en maceta o no, me incliné hacia ella, pero me congelé cuando mi teléfono vibró en mi mano.

Jamila se lamió los labios, provocándome. —Supongo que será mejor que te vayas —susurró, con la voz ronca.

—Nos vemos mañana en el trabajo, jefa. —Con un movimiento de mi cabello, salí contoneándome del restaurante y me deslicé en un Toyota que olía a desodorante Axe y esperanza.

22

—¿A dónde va?

Si hubiera sido treinta segundos más rápida, mi madre no me habría sorprendido con la mano en el picaporte de la puerta principal el sábado por la mañana.

Me giré lentamente. —¿A la calle?

Me bajé los shorts de senderismo de alta tecnología que había comprado en mi hora de almuerzo del día anterior. Me los había subido, con la esperanza de que, cuando Jamila viera mis muslos al descubierto, no tuviéramos que pasar por el pretexto de una caminata y el único ejercicio que hiciéramos fuera en su cama.

—¿Con eso puesto?

Ella no era quién para hablar. Llevaba una bata de cachemira color borgoña sobre su pijama de seda.

Maldije la tela ruidosa que debió de haber alertado a mi madre de que estaba saliendo a escondidas. Sin embargo, me gustaba mi blusa. Se adhería a mis curvas de una forma que esperaba que Jamila apreciara antes de arrancármela. Incluso tenía broches de presión en lugar de botones.

Mi madre se aclaró la garganta.

—Vamos a hacer senderismo.

Enarcó una ceja. —¿Y el pícnic del representante Crawford?

—Oh. Eh… —forcé una sonrisa—. No creo que vaya a poder ir.

—¿Y con quién va a hacer senderismo?

—Con una… una amiga.

—¿Una «amiga»? —Mi madre se cruzó de brazos—. Después de que su hermana se fue de viaje con un *amigo,* la echaron de la universidad. Pero usted no es como Samantha. No habría pensado que andaría a escondidas de esta manera. Siempre ha sido mi niña buena.

Sabía cómo darme justo en el corazón. Me latió con fuerza por la acusación que me había lanzado. —Lo sigo siendo, madre. Hago todo lo que me pide. Solo que hoy no. Es un día precioso para estar al aire libre. —Señalé con un gesto el tragaluz, donde el sol se cernía a un palmo sobre el horizonte, tiñendo aún de rosa las nubes de la madrugada—. Y nunca he hecho senderismo.

—Le pedí que asistiera al pícnic y hablara con el representante Crawford sobre nuestro programa de alfabetización.

—Lo sé, madre. Pero voy a eventos sociales como ese todo el tiempo. Hoy quiero hacer algo diferente.

Me miró fijamente durante un largo momento, sus ojos azules clavados en los míos. Luego, echó un vistazo por el tragaluz. —Hablando de diferente, ¿de quién es ese carro?

Debí haber estacionado el Porsche calle abajo, pero estaba tan cansada al volver del trabajo ayer que lo metí en la entrada para el carro.

—Es un carro de la empresa. Para el trayecto a Jamilow.

—¿Por qué necesita un carro de la empresa cuando tiene uno perfectamente bueno…?

—Madre —la interrumpí—. Voy a llegar tarde.

Frunció los labios. —Aunque agradezco lo que está haciendo por Jamila, me alegraré cuando termine esta tontería de las relaciones públicas y pueda volver a sus deberes familiares.

¿Tontería? Se me revolvió el estómago vacío.

—Le daré sus saludos a Daniel. Cuando termine con Jamila, ustedes dos deberían considerar hacerlo oficial.

—¿Oficial?

—Su compromiso. Daniel llegará lejos con usted a su lado.

El aroma de su Chanel N.º 5 me abrumó. —Tengo que irme. — Abrí la puerta y salí.

—Todavía no me ha dado las gracias. Por las fotos.

—¿Las… fotos? —Un peso se instaló en mi vientre.

—Las que tomaron en la playa con Jamila. Compré las que mostraban su rostro.

¡Santo cielo! —¿Había fotos de mi cara?

—Por supuesto que las había. Es usted una Jones.

Me quedé boquiabierta. —¿Por qué no las compró todas?

—Se lo pedí, pero no quiso venderlas todas. O la historia de Jamila es demasiado grande, o alguien más le pagó más para que las publicara. Así que, si Jamila es la amiga con la que va a hacer senderismo, sea discreta. No creo que ella pueda permitirse otro escándalo como ese.

—Eh… gracias. —Mi cara estaba más caliente que el cilindro de mi rizador de pelo. ¿Acaso mi madre entendía mi relación con Jamila? ¿Incluidas las partes sensuales? Con razón me estaba empujando hacia Daniel.

—Ojalá hubiera podido conseguirlas todas. Jamila siempre me ha caído bien.

—¿Le cae bien? —Contuve la respiración. Quizá no se enfadaría conmigo por enamorarme de Jamila.

¿A quién quería engañar? Una cosa era que te cayera bien una mujer; otra muy distinta era que te gustara la idea de que tu hija estuviera con ella, sobre todo en una extraña situación de amigas/jefa con beneficios.

—Por supuesto que me cae bien. Es prácticamente otra hija para mí. Jamila es tan ambiciosa como siempre las he animado a ustedes a ser. Me recuerda a mí.

Ahí estaba.

Deseaba que la brillante y ambiciosa Jamila fuera su hija y no la desorientada Natalie, que iba a la deriva con cualquier brisa que soplara.

—Tengo que irme, madre. —Cerré la puerta y bajé las escaleras con paso pesado hacia el convertible alquilado.

———

CUANDO LLEGAMOS a la parte donde el sendero escarpado —el que usaban los linces y, al parecer, Jamila Jallow— se cruzaba con el más llano, me incliné con las manos en las rodillas para recuperar el aliento.

Por mucho que me doliera, resoplé: —¡Espera!

—¿Qué? —Jamila regresó desde donde ya había empezado a subir de nuevo. Mis botas de montaña nuevas me habían hecho una ampolla en el talón que arruinó mi admiración por sus bien formados isquiotibiales y glúteos en sus shorts de senderismo.

Sacó su cantimplora de su diminuta mochila de montaña y desenroscó la tapa. —Ah, sí, una vista estupenda.

Cierto. La vista. La que no podía ver por el sudor que me goteaba en los ojos. Me enderecé y me apreté la mano en la punzada del costado. Hacer senderismo, al menos con Jamila, era más difícil de lo que parecía y no tan elegante como me lo había imaginado cuando elegí el par de botas más bonito de la tienda de deportes.

Se había negado a seguir el camino más o menos llano que subía gradualmente por la montaña, el que usaba todo el mundo. No. Ella se abría paso, siguiendo unas marcas, que me había dicho que eran para «abrir camino», por senderos que yo habría pensado que solo los ciervos más seguros podrían seguir. Sus largas piernas escalaban con facilidad las rocas y las raíces de los árboles expuestas que usábamos para ascender por la ladera. Mis isquiotibiales me suplicaban que diera media vuelta. Pero Jamila nunca se rendiría hasta haber escalado la montaña y haberla sometido.

—Bebe un poco de agua —dijo—. Ya casi llegamos. Solo falta como media hora más.

—¿Media hora? —jadeé. Media hora no era gran cosa en la

caminadora. Pero esto era más como la elíptica. Una elíptica con clavos oxidados martillados en los pedales para pincharme los talones a cada paso.

—Oye. —Puso una mano en mi hombro sudoroso—. ¿Estás bien?

Antes de hoy, no sabía que me podían sudar los hombros. Desenganché mi nueva y elegante cantimplora del cinturón y tomé un trago. —Estoy bien.

—La vista desde la cima es increíble. Vale totalmente la pena. —La punta de sus dedos danzó sobre mi pecho hasta el cinturón de mis shorts de senderismo.

Me estremecí a su contacto. —Me merezco algo más que una vista panorámica si llego a la cima. ¿Cuál es mi recompensa por sobrevivir a esta marcha fúnebre?

—¿Marcha fúnebre? Solo está catalogado como moderadamente extenuante.

Resoplé. —Para una cabra montesa.

—No hay cabras montesas en California. Solo borregos cimarrones.

—Bueno. Este camino es más adecuado para borregos cimarrones que para humanos.

—Los borregos cimarrones no andan por aquí abajo. Si quieres verlos, tienes que escalar aquella. —Señaló una montaña más alta en la distancia.

—Quizás la próxima vez. —Eso era mentira. Si quería ver una oveja, iría al zoológico. Donde los caminos eran llanos y más propicios para ir de la mano.

—Supongo que el senderismo no es lo tuyo. Gracias por tomártelo con humor, nena. —Cuando me atrajo más hacia ella, no me importaron las ampollas ni lo roja que pudiera estar mi cara. Me concentré en sus labios, suaves y besables.

—Quizás necesite algo de motivación para seguir —murmuré.

—Tengo una mezcla de frutos secos en mi mochila. —Me acarició la sien con la nariz.

—A menos que así llames a tu vibrador, no es el tipo de premio que tenía en mente.

—¡A su izquierda! —gritó una voz a unos metros de distancia.

Habíamos oído esa llamada de excursionistas y ciclistas más rápidos toda la mañana, pero esta voz sonaba terriblemente familiar.

En lugar de esconder mi cara en el pecho de Jamila como debería haber hecho, me aparté de ella de un salto y me enfrenté a la amenaza. El corazón se me detuvo cuando vi a mi hermano, Jackson, de pie sobre los pedales de su bicicleta de montaña, seguido por su hijo adoptivo, Noah, en una bicicleta similar.

Rayos y centellas.

—¿Nat? —Levantó una mano para indicar que se detuvieran.

—¿Jackson? ¿Qué haces aquí? —Apenas pude articular las palabras con el corazón rebotándome en el pecho. De todos los lugares en los que podía estar un sábado de mayo, tenía que estar aquí, en la misma montaña, en el mismo sendero que Jamila y yo.

—Solo recorriendo mi sendero favorito —dijo—. Creo que tú eres la que debería explicar qué haces *tú* aquí. ¿No pasas normalmente el fin de semana del Día de los Caídos ayudando a mamá a codearse con los políticos?

—También es mi sendero favorito —dijo Jamila. Su voz era suave como la seda—. Yo la invité.

La miré boquiabierta. Con todo lo que hablaba de algo casual y secreto, ¿de verdad le iba a contar a Jackson lo nuestro? El corazón se me aceleró y me hormiguearon las yemas de los dedos.

—Hola, Jamila. —Se rio entre dientes—. Primero, viene a trabajar para ti, ¿y ahora salen juntas el fin de semana? Lo de las relaciones públicas debe de ir bien.

—Sí —dijo ella—. Natalie realmente me salvó el pellejo. Le pedí que viniera conmigo como agradecimiento.

Mi corazón dio un único latido mientras todas mis esperanzas y sueños caían —*plaf*— sobre la tierra.

—Eso es fantástico. Quizás te hubiera gustado una recompensa menos agotadora, ¿eh, Nat? Como un viaje al spa. —Soltó una carcajada.

—Qué grosero —resoplé—. La estaba pasando de maravilla hasta que llegaste.

Dándoles la espalda tanto a mi hermano como a Jamila, me acerqué cojeando a Noah y lo abracé. Como yo, estaba acalorado y sudoroso, y su casco chocó contra mi cabeza.

—¿Te estás divirtiendo? —le pregunté.

—Sí. —Su voz de trece años salió como un gruñido ronco. Se aclaró la garganta—. ¿Y tú?

Miré por encima de mi hombro. Jamila y Jackson no prestaban atención, demasiado concentrados en su propia conversación despreocupada. —Normal.

—Deberías venir a montar con Jay y conmigo la próxima vez. La subida es un poco dura, pero en la bajada, volamos. Es genial.

—¿Alicia sabe lo de volar? —Mi cuñada era una de las personas más precavidas que conocía. Ella y mi hermano eran el epítome de que los opuestos se atraen.

Entrecerró un ojo. —Lo mantenemos en secreto. Además —se golpeó el casco—, somos precavidos.

Precavido no era una palabra que asociara con mi hermano. Sin embargo, se había rodeado de gente cuidadosa como Alicia y Cooper. Jamila, en cambio, era de todo menos precavida. ¿Le estaría diciendo la verdad a mi hermano? ¿Que habíamos estado a punto de besarnos cuando aparecieron detrás de nosotros? Por la forma en que Jackson se reía, lo dudaba.

—¿Qué es tan gracioso? —pregunté con irritación.

—Nada, Nat. —Se acercó a mí y extendió uno de sus largos brazos para alborotarme el pelo.

Me aparté de un salto. —¡Déjame en paz! —Me quité la liga del pelo y me desenredé con los dedos los enredos que me había hecho. Luego, me lo recogí de nuevo en una nueva cola de caballo y la apreté bien. Cuando levanté la vista, Jamila me miraba con hambre en los ojos.

Quizás aún podríamos salvar nuestra caminata... y mi recompensa.

—Noah dice que está ansioso por llegar a la cima —dije—. Supongo que deberían ponerse en marcha.

—Sí, vámonos, hombrecito. —Jackson recogió su bicicleta y se montó en ella—. Nat, nos perderemos el almuerzo de mañana. Te veo el próximo fin de semana. Nos vemos, Mila. —Arrancó y se puso de pie sobre los pedales para subir la pendiente. Noah hizo lo mismo, y pronto desaparecieron al doblar la curva.

Jamila negó con la cabeza. —Estuvo cerca.

De repente, la energía se me escapó, y no era solo por el agotamiento de nuestra caminata. —¿Supongo que no le contaste lo nuestro?

Abrió los ojos de par en par. —¿Lo *nuestro?* —Bajó la voz—. ¿Te refieres a si le dije que me estoy cogiendo casualmente a su hermanita?

Sus palabras me destrozaron el corazón como cuchillos de carne sin filo. No estaba cien por ciento segura de que mi enamoramiento se hubiera convertido en amor, pero mis sentimientos hacia ella eran de todo menos casuales. —Bueno, cuando lo pones así...

—Mira. —Se acercó, no tanto como habíamos estado antes de que Jackson nos interrumpiera, pero sí a mi espacio personal. Con un nudillo bajo mi barbilla, me levantó la cabeza hasta que la miré a los ojos—. Esto es muy nuevo. Creo que es razonable ver cómo van las cosas antes de ir contándole al mundo lo nuestro.

Su razonamiento era... razonable, pero mis sentimientos no lo eran. —Jackson es uno de tus amigos más cercanos. ¿No le contarías sobre alguien con quien estuvieras saliendo?

—Normalmente, sí. Pero esta no es una situación normal. —Se giró bruscamente, se quitó la gorra y se pasó los dedos por el pelo corto—. Eres su hermana pequeña.

Masculló sus siguientes palabras, pero entendí cada una de ellas.

—No deberíamos estar haciendo esto.

Los cuchillos en mi corazón se retorcieron. Quizás tenía razón. Si no le importaba lo suficiente como para hablar con mi hermano, *no deberíamos* estar haciéndolo.

—Vamos. —Pero en lugar de guiarme hacia la cima de la montaña, se dio la vuelta para bajar.

—¿No vamos a ir a la cima? —pregunté.

—No. Estás cansada. Ya te he presionado demasiado.

Bajó la montaña con paso pesado, sin mirar atrás ni una sola vez.

23

CUANDO ENTRAMOS en casa de Jamila, se agachó para desatarse las botas de montaña y habló por primera vez en casi una hora. —¿Quieres darte una ducha?

No me entusiasmaba la idea de sudar por todo el Porsche rentado de camino a San Francisco. Además, habíamos vuelto lo suficientemente temprano como para que mi madre todavía estuviera en casa cuando yo llegara, y ella era la última persona que quería ver con mi pésimo humor.

—Claro. —Me quité las botas, agarré mi bolso de viaje y me dirigí hacia el baño de visitas.

Me agarró de la muñeca. —¿Conmigo?

—Pero yo… yo pensé… —Inhalé profundamente—. No dijiste ni una palabra en el camino de vuelta desde el sendero.

—Tenía que pensar. Y ya terminé de pensar. Quiero hacer otra cosa. —Me acercó a ella y hundió la nariz en mi cuello.

Me aparté. —¿Qué estamos haciendo, Jamila? No puedo ser tu sucio secreto. No necesito un auto ni un sueldo de tu empresa. Lo que necesito es a alguien que no se avergüence de estar conmigo en público o frente a mi familia.

—Lo sé. —Pasó el extremo de mi cola de caballo por su dedo

—. Siento lo de antes con tu hermano. No estaba preparada y no supe qué decir.

Mis hombros se relajaron un poco. —¿Qué le dirías si lo vieras ahora?

Hizo una pausa por un momento. —Le diría que ya no eres una niñita con coletas. —Tiró de mi cola de caballo, provocándome un hormigueo en el cuero cabelludo—. Eres toda una mujer. Una mujer sexi y adulta. Y estoy muy, muy interesada en ti.

—¿Muy interesada? ¿Qué significa eso? —Mi corazón latía con fuerza.

—Significa que quiero follarte. Y seguir haciéndolo por un tiempo.

Aunque estaba totalmente de acuerdo con el sexo, follar durante *un tiempo* no satisfacía mi corazón romántico. —¿Un tiempo?

—Un tiempo. Con mis parejas anteriores, eso no me interesaba. Mira, necesito algo de tiempo para resolver mis asuntos. Soy pésima para hablar de sentimientos. Esto es lo mejor que puedo ofrecerte por ahora.

¿Era una súplica lo que veía en sus ojos? Eran suaves y cálidos como el chocolate derretido.

Quería ahogarme en ellos.

—Lo acepto. —La besé suavemente en los labios—. Por ahora.

Sus brazos me rodearon y el beso se volvió sucio. Sucio porque olía mi propio sudor asqueroso.

Me aparté. —Vamos a tu sexi ducha. Tengo la mitad del sendero pegado en la cara.

—Me gustas sucia —dijo, depositando un beso en mis labios—. También me gusta limpiarte. Vamos.

Dejamos nuestras botas y calcetines polvorientos en su lavadero, y luego me llevó de la mano a su baño. No era tan espacioso como el de su casa de la playa, pero la ducha era lo suficientemente grande para dos. Abrió el cabezal tipo lluvia y se volvió hacia mí. —Desnúdate.

Era justo como la fantasía lasciva que había tenido esta mañana mientras me vestía. Puse los dedos en la abertura del cuello de mi camisa de montaña y separé los lados con un chasquido. Sus labios se entreabrieron. Dejando que una sonrisa asomara en mis labios, repetí la acción deliberada con cada broche de mi camisa. Los iris de Jamila se volvían más fundidos con cada sonido de los cierres. Me la quité de los hombros y la dejé caer al suelo.

Me había puesto mi sostén deportivo más sexi —si es que algún sostén deportivo puede llamarse sexi—, el que tenía copas que no ocultaban mi figura. Los broches en la espalda significaban que no tendría que luchar para quitármelo estando húmedo. Solté los ganchos y arrojé el sostén sobre mi camisa. Ella se quedó mirando mis pechos mientras el vapor salía de la ducha a su alrededor. Desabroché la hebilla de mis shorts y bajé lentamente el cierre.

Me había olvidado de mi cantimplora, y su peso hizo que los shorts cayeran al piso de baldosas con un golpe metálico.

—*Ups* —dije, sonriendo con picardía.

—*Ups* —repitió—. Déjalo ahí.

Finalmente, me deslicé para quitarme las bragas de algodón. Mordiéndome el labio, giré para que mi trasero quedara frente a ella y me agaché a recoger mi ropa. —¿Dónde pongo esto?

—En el cesto de la ropa sucia. —Su voz sonaba forzada.

Caminé de puntillas sobre las baldosas calientes, luego regresé para pararme, desnuda, frente a ella. Metió la mano en mi cabello para quitar la liga que sujetaba mi cola de caballo. Sacudí mi melena sobre mis hombros.

Tomó un mechón para enredarlo entre sus dedos. —Me gusta tu pelo.

—A mí también me gusta el tuyo. —Levanté la mano para acariciar sus rizos cortos y elásticos—. ¿Puedo lavártelo?

—Ya veremos. Puede que no tenga la paciencia para ello.

Hice un puchero. —¿Me lavarás el mío entonces?

—Mis productos para chicas con rizos podrían no funcionar en tu pelo.

—No importa. Puedo lavármelo de nuevo en la mañana. Quiero tus manos en mi pelo.

—Concedido, nena. Ahora, métete y lávate.

—¿No vienes?

—Quiero mirarte.

Si ella quería mirar, yo le daría un espectáculo. Lentamente, me di la vuelta y abrí la puerta de la ducha. Di un paso exagerado hacia adentro, lo que estiró mis cuádriceps, isquiotibiales y glúteos, sobrecargados de trabajo. Me moví debajo del cabezal de la ducha tipo lluvia, levantando la cara hacia él y pasando los dedos por mi cabello, peinando los mechones húmedos hacia la nuca.

Cuando me giré para espiarla, sonrió como un lobo. —Lávate, nena. Te quiero bien limpia cuando entre ahí.

Tomé su gel de baño, vertí un poco en mi mano y lo froté hasta hacer espuma. Lo pasé por mi cuello, sobre mis hombros y por mis brazos. Me froté el vientre y las piernas mientras ella observaba. —¿Vienes a lavarme la espalda? —pregunté.

—En un minuto. Todavía no te has lavado los pechos. Ni entre las piernas.

—Esperaba que te encargaras de eso. —Le dediqué mi sonrisa más seductora.

—Quiero verte hacerlo.

Sentí un cosquilleo de anticipación. Tomé mis pechos con las manos y los apreté, pasando los pulgares sobre los pezones.

—Más despacio —dijo—. Tenemos toda la tarde. No olvides el teléfono de la ducha.

—¿El teléfono de la ducha? —Lo vi en la pared. Lo saqué de su soporte y lo encendí—. ¡Fría! —chillé cuando las gotas heladas golpearon mi piel.

Ella se rio entre dientes. —Ya se calentará.

Después de unos segundos, lo hizo. Acaricié mi pezón con una mano mientras dirigía el cabezal de la ducha entre mis piernas. Se sentía bien, pero—. ¿Esto tiene una función de masaje?

Cuando su mano se cerró sobre la mía, mis ojos se abrieron de golpe. El agua brillaba sobre su piel desnuda.

—Si quieres que algo se haga bien, tienes que hacerlo tú misma —murmuró. Pero no se molestó en reprimir su sonrisa.

Pulsó el botón del cabezal de la ducha y este palpitó como yo lo necesitaba, un patrón de presión que se sentía como una mano entre mis muslos. Lo dirigió hacia mis labios vaginales, que se hincharon y se abrieron mientras mi centro se contraía. Mis respiraciones se entrecortaban en mi pecho de la misma manera que lo habían hecho en la montaña. Ahora que tenía ambas manos libres, trabajé mis pezones, jadeando ante la sensación.

Manteniendo el chorro apuntado a mi sexo, me exploró con su mano, punteando mi clítoris hasta que gemí.

—Eso es, nena. Dámelo. —Punteó más rápido, disparando la sensación a mi centro.

Y lo hice.

No podía negarle nada de lo que me pedía. Mi orgasmo me atenazó como un puño, exprimiendo el placer de mí en oleadas. Mientras bajaba, mis rodillas se debilitaron, pero Jamila me sujetó con un brazo alrededor de mi cintura.

—Te tengo, nena —arrulló en mi oído.

Gimiendo algo que ni siquiera yo pude entender, pasé mis brazos alrededor de su cintura y apoyé mi mejilla en su hombro. Me sentí segura en su abrazo mientras el agua tibia caía sobre nosotras. La ducha era mi capullo, y no quería salir de él nunca.

—¿Puedes mantenerte en pie? —preguntó al fin.

—Sí.

Retiró su brazo de mi cintura, y mis piernas me sostuvieron. —Date la vuelta. Te lavaré el pelo.

Las yemas de sus dedos contra mi cuero cabelludo me hicieron sentir ingrávida y sin huesos. Era exactamente el cuidado que necesitaba después de esa caminata por la montaña y el aplastante encuentro con mi hermano. Escurrió mi cabello y tomó el acondicionador. Frotó una porción en su propio pelo, pasando sus dedos por sus rizos apretados.

Con los brazos levantados, sus pechos eran demasiado tentadores para resistirse. Los tomé con las manos y lamí un pezón. Su mano se posó en la nuca y me mantuvo allí.

—Sí, nena. Así.

Metí mi otra mano entre sus piernas, acariciando suavemente y luego punteando su clítoris hinchado como ella había hecho conmigo. Su respiración se entrecortó.

Succioné su pezón en mi boca, aferrándome y moviendo mi lengua sobre él. Ella se estremeció y me sujetó con más fuerza.

—No pares.

No lo hice. Punteé con más fuerza, luego más suave, probando la presión hasta que arqueó las caderas contra mi mano, frotándose contra mi palma. Después de unos segundos más, se quedó quieta, gimiendo.

Con una última lamida, solté su pecho y subí besando su cuello. No quería que mi boca se apartara nunca de su piel. ¿Cuánto tiempo podríamos quedarnos aquí, en el paraíso de su ducha?

Se inclinó para capturar mis labios, un beso deliciosamente desordenado con el agua cayendo sobre nosotras. Con ambas manos presionadas en mi espalda, me mantuvo cerca. Cuando soltó mis labios, murmuró: —Joder —y sacudió la cabeza.

—¿Qué?

—Solo… que eso estuvo bien. ¿Quién iba a pensar que la princesita sería tan explosiva en la cama?

—Querrás decir, en la ducha.

—Quiero decir, dondequiera que te quiera, nena.

Me estremecí incluso bajo el chorro de agua tibia.

—Salgamos antes de que nos arruguemos. —Cerró la ducha y me envolvió en una de sus toallas mullidas.

Nos secamos y luego usamos su loción con aroma a jazmín para hidratarnos. Chasqueó la lengua al ver las ampollas en mis talones y encontró un par de curitas para ellas, que insistió en aplicar mientras se arrodillaba detrás de mí.

Cuando nos dejamos caer juntas en su enorme cama, limpias y agotadas, estaba completamente satisfecha. Y cautelosamente feliz.

Tracé un círculo alrededor de su ombligo. —¿Así que hablarás con mi hermano sobre lo nuestro?

—¿Es eso lo que quieres? ¿Decírselo ahora mismo?

—Bueno, no *ahora* ahora. —Hundí la lengua en el hoyuelo—. Hay otras cosas que preferiría hacer ahora. —Besé una línea por su estómago y me detuve en su hueso púbico—. No quiero que lo nuestro sea un secreto. No quiero andar a escondidas.

—Claro, con Jackson, pero no voy a decírselo a Audrey. Esa mujer es aterradora.

—Yo me encargaré de mi madre. Después de que le hayas dicho a Jackson y él acepte apoyarme.

—Admítelo. A ti también te aterra.

—Es mi madre. No le tengo miedo. Aunque odio cuando se enoja conmigo.

—Aun así, tendremos que mantener un perfil bajo en el trabajo. No necesito otro escándalo.

Haciendo una mueca, apoyé la barbilla en el hueso de su cadera. —Noticia de última hora: todos en el trabajo lo saben.

—¡Mierda! ¿En serio?

—Sí. Winslow y Hannah seguro. Sospecho que Felicia y Rhiannon también.

—No me jodas. —Puso los ojos en blanco hacia el techo—. Tenía la esperanza de mantener un poco de profesionalismo.

—Seremos profesionales en el trabajo. Mantendremos los límites allí. Siempre y cuando pueda cruzarlos en casa. —Le rocé el pezón con el pulgar y ella se estremeció.

—Eso me parece bien —dijo, con voz ronca.

—¿Pero hablarás con Jackson?

—Sí, le enviaré un mensaje ahora mismo. —Alcanzó su teléfono.

—Ahora no. —Aparté su teléfono de un manotazo—. ¿No ves que estoy tratando de excitarte?

—Entonces, ponte a ello, princesita. Menos charla y más comerme el coño. —Se deslizó hacia abajo para darme mejor acceso.

—Será un placer.

24

A LA MAÑANA SIGUIENTE, me desperté con el aroma del café. Cuando abrí los ojos, Jamila estaba sentada en el borde de la cama, sosteniendo una taza frente a mi cara.

—Levántate. Te voy a llevar a desayunar.

Me senté y le quité la taza. Lo había preparado como a mí me gustaba: dulce y con leche de avena. Saboreé el primer sorbo celestial. Entonces recordé qué día era.

—Es domingo. Mi madre me espera para el *brunch* hoy.

Hizo una mueca. —Lo olvidé. ¿Tienes que ir?

—Podrías venir conmigo —dije, con el corazón en la garganta.

Me acarició la clavícula con la punta de su dedo. —No creo que esté lista para un *brunch* con Audrey. No mientras todavía estamos viendo qué onda con esto. Y no hasta que haya hablado con Jackson.

—Lo oíste ayer. Él no va a estar allí.

—Cierto, pero no creo que podría sentarme allí en la mesa de tu madre y desayunar como si no quisiera subir a mi chica a mi regazo.

—¿Así que ahora soy tu chica? —Mi corazón latía con fuerza, como si estuviera en una clase de spinning después de tomarme un espresso doble.

Fingió mirar alrededor del dormitorio. —No veo a nadie más aquí.

Le di un empujoncito en el hombro. —Sabes a lo que me refiero.

—Soy nueva en esto, ¿de acuerdo? No estoy segura de cómo se supone que deba sentirse. Pero cuando me desperté esta mañana contigo durmiendo a mi lado, mi primer pensamiento no fue: «¿Cómo saco a esta tipa de mi casa para poder trabajar un poco?». Así que supongo que eso significa que eres mi chica.

Pestañeé. —Sabes exactamente qué decir para hacer feliz a una mujer.

—*Ahora sí me* estoy preguntando cómo sacarte de mi casa.

—No es cierto. —Me incliné hacia delante—. Te gusto. —La besé, un suave roce de nuestros labios.

—Quizás sí. —Enrolló un mechón rebelde de mi pelo en su dedo.

—De acuerdo. Le enviaré un mensaje a mi madre diciéndole que cambié de planes. —Pasar más tiempo con Jamila así, en nuestra burbuja de felicidad, valía la pena el riesgo de decepcionar a mi madre.

—¿Lo harás? —Se inclinó y me dio un beso prolongado en los labios.

—Sí. Como es fin de semana largo, ¿podemos volver aquí después y pasar el rato?

—Cuenta con ello. Nos relajaremos con Quill.

—O… —me acurruqué entre las cálidas sábanas—. Podríamos saltarnos el desayuno y quedarnos en la cama.

—Nop. Levántate. A mi chica le gusta desayunar. El lugar al que vamos se llena mucho si llegas demasiado tarde.

—Está bien. Pero necesitaré un minuto para arreglarme el pelo.

—Solo un minuto. Sabes que no me importa todo eso.

Eso era mentira. Sabía que a Jamila le importaban las apariencias. Me alegré de haber empacado un vestido. Cuando entré en la cocina media hora después, me chifló.

—¿Te gusta? —di una vuelta, dejando que la falda se abriera alrededor de mis muslos.

—Me encanta. Aunque podría sentir la tentación de arremangártelo en el restaurante.

—¿En el desayuno? ¡No te atreverías! —Aunque la idea de que me tocara en público —demonios, la idea de ser la novia de Jamila Jallow en público— hacía que mi corazón se acelerara.

—Nah. No lo haría. Pero en el camino a casa, no prometo nada. —Me tiró de la trenza. Me había hecho una larga que me caía por la espalda como una alusión irónica a lo que había dicho ayer sobre las dos coletas—. Tampoco puedo garantizar que no te jalaré de esto mientras te meto los dedos.

—Sí, por favor —dije, con la voz entrecortada.

—Entonces, vámonos.

El viaje en auto fue más largo de lo que esperaba, casi hasta San Francisco. Jamila estacionó cerca de un edificio independiente en el estacionamiento de un centro comercial en los suburbios del sur.

—Debe ser un desayuno de cinco estrellas para que valga la pena este viaje —dije.

—Cooper lo recomendó. Solo lo mejor para mi chica. —Se inclinó y me besó la sien. Al mencionar el nombre de Cooper, el café de antes me quemó en el estómago vacío. Mi amistad con Jamila no era tan fuerte como la de ella con Cooper. ¿Sobreviviríamos a una ruptura incómoda?

—¿Qué pasa? —preguntó Jamila, levantándome la barbilla.

La miré a los ojos, suavizados por la preocupación. ¿Por qué me preocupaba? Salvo por un pequeño error, yo había dado un giro a su imagen pública. No paraba de llamarme su chica, y eso estaba a medio paso de llamarme su novia. Tuvimos sexo fabuloso dos fines de semana seguidos. Y ahora me estaba llevando a salir en público como yo le había pedido. Como a una novia.

—Nada. Todo bien. —Le di un beso rápido en los labios—. Voy a pedir la torre más grande de panqueques de arándanos que me den. —Una mirada por la ventana me mostró mesas muy juntas, con los meseros moviéndose de un lado a otro con jarras de café y bandejas de comida.

Se rio entre dientes. La seguí al interior del restaurante, donde inhalé los olores a mantequilla, café y miel de maple. Mi estómago gruñó.

Tenía razón sobre la multitud. La gente se sentaba en bancos que bordeaban el pequeño vestíbulo, y la anfitriona tenía dos o tres lápices de grasa asomando por su moño. Sonriéndole al hombre de pelo rizado que tenía delante, sacó uno de sus lápices e hizo una nota en la lista de asientos.

Concentrada en la pizarra que anunciaba los especiales del día, choqué con la espalda de Jamila cuando se detuvo en seco.

—¿Qué pa...? —Pero vi lo que pasaba. Como si lo hubiéramos invocado al decir su nombre, Cooper Fallon estaba de pie junto al hombre en el puesto de la anfitriona. El hombre de pelo oscuro era su novio, Ben. Y de pie junto a ellos estaban mi hermano y su esposa.

—Mierda —murmuré.

Pero era demasiado tarde para dar marcha atrás. Nos habían visto, gracias a la inconfundible altura de Jamila.

—¡Mila! —llamó Cooper. Mi estómago volvió a arder al oír el apodo. No me había pedido que la llamara así. Yo no había sido lo bastante valiente como para intentarlo, todavía no. Era otra prueba de mi lugar en la jerarquía de los afectos de Jamila.

Soltando mi mano, se abrió paso entre los demás clientes hacia ellos. Yo la seguí.

—¿Podemos añadir una silla más? —le preguntó Cooper a la anfitriona, que sostenía un puñado de menús.

—Dos, cariño —dijo Ben.

—¿Qué? —Por fin, Cooper me vio—. ¡Natalie! Qué sorpresa. Por supuesto. —A la anfitriona, le dijo—: ¿Puede prepararla para seis?

Mientras la anfitriona tomaba más menús, Jackson me abrazó.

—¿Qué estás haciendo aquí?

Miré a Jamila. Por la sorpresa en su cara, me di cuenta de

que no estaba preparada para hablar con mi hermano sobre nosotras. Aun así, era la mujer más segura de sí misma que conocía, así que esperaba que cumpliera su promesa y encontrara la manera de decirle que estábamos juntas. Ella lo haría pensar que era la mejor idea que había oído en su vida. Entonces, cuando le dijera a mamá que estaba saliendo con una mujer y que nunca, jamás, me casaría con Daniel van der Poel, él me apoyaría.

Le dediqué mi sonrisa más alentadora y le rocé la mano con las yemas de los dedos. *Podemos hacerlo.*

Se estremeció ante mi contacto y se cruzó de brazos. —Estamos en un desayuno de trabajo.

Mi piel se heló como si alguien hubiera activado los rociadores contra incendios.

—¿Trabajando en un fin de semana largo? Usted sí que es una jefa exigente —dijo Jackson—. O tal vez la jefa exigente es Nat. —Me dio un coscorrón en la cabeza, deshaciendo mi trenza francesa.

Le aparté la mano de un manotazo. —Basta.

—Solo te muestro un poco de afecto fraternal.

—Pues, para. No me gusta.

Sus ojos se abrieron como platos. —¿No?

—Ya no tengo doce años.

—Cierto. Lo siento. —Levantó las manos.

Intenté volver a meter mi cabello en la trenza, pero era inútil sin un espejo. Rindiéndome, abracé a Alicia. —Buenos días. ¿Te sientes bien?

—Sí. —Se frotó la incipiente barriguita de embarazada—. Estaremos mejor una vez que haya consumido algunos carbohidratos.

Jackson le pasó un brazo por la cintura. —Te traeremos unas galletas saladas en un minuto.

Ella sonrió, con los ojos azules rebosantes de amor. —Gracias.

Miré a Jamila, pero había apretado la mandíbula igual que ayer después de que nos encontráramos a Jackson y a Noah en el sendero. Sus ojos tenían un brillo duro como el cuarzo ahumado. Cooper se llevó a Jamila y, con una mano en su espalda, siguió a la anfitriona hacia el interior del restaurante. Yo iba detrás de mi hermano y su esposa.

La mesa redonda habría sido perfecta para cuatro, pero era estrecha para seis. Me apretujé entre Cooper y Jamila. Mi hermano se sentó frente a mí.

—Y bien. ¿Qué hacen ustedes tan lejos por aquí? —Me sequé la sien sudorosa con la servilleta. Todos ellos eran del norte de San Francisco, no de los suburbios del sur.

Ben se inclinó hacia delante. —Encontramos este lugar en un viaje de fin de semana a la playa. Sus panqueques son para morirse. Y a este de aquí le gusta su omelet de claras de huevo, aunque las claras le quitan toda la gracia al desayuno. —Le dio un codazo a su prometido—. Así que ahora, cada vez que tenemos tiempo, venimos. Además, Cooper y Jackson tenían que hablar de algunas cosas de padrinos.

—¿Cosas de padrinos? —preguntó mi hermano—. ¿Eso significa que me estás pidiendo a *mí* que sea tu padrino de boda? ¿Y Mateo?

Cooper le lanzó a su prometido una mirada fulminante. Ben puso los ojos en blanco.

—Sí. —Cooper se aclaró la garganta agresivamente—. ¿Quieres ser mi padrino de boda? Mateo está en el cortejo nupcial, pero yo... yo quiero que mi mejor amigo esté a mi lado.

—¡Coop! —A Jackson se le quebró la voz y sus ojos brillaron—. Sería un honor.

—Ay. —Ben juntó las manos bajo la barbilla—. Ustedes son demasiado tiernos. Ahora que eso está resuelto —tomó su menú—, voy a atiborrarme de carbohidratos.

Miré a Jamila. ¿Cómo se sentía al ser excluida de este *bromance*? Por la forma en que miraba su menú, no muy bien.

—Mila, yo... —Cooper se aclaró la garganta de nuevo—. Iba a invitarte a salir también, pero ya que estás aquí, ¿tú también me acompañarías en el altar?

Ella le sonrió, desapareciendo todo rastro de su anterior frialdad. —Por supuesto. ¿Todavía planean que sea en la isla en otoño?

—Dios mío, va a ser precioso —dijo Ben—. Habrá una jupá en la playa, y Cooper nos encontró un rabino en la isla. Y luego cena y baile en el restaurante. Tenemos todo el resort para nosotros.

—No recuerdo haber estado de acuerdo con lo del baile —refunfuñó Cooper.

Mientras discutían sobre si se le exigiría a Cooper bailar en público o no, le eché un vistazo a Jamila. Ella los observaba discutir, con una expresión de desconcierto en su rostro.

—Oye. —Le toqué el muslo por debajo de la mesa, y ella se sobresaltó—. ¿Estás bien?

—Por supuesto —murmuró—. Solo estoy sorprendida, es todo. Ha sido una mañana rara.

No esperábamos encontrarnos con sus mejores amigos. Pero no me encantaba que hubiera calificado la mañana de rara. Antes, me había llamado su chica. Me había llevado a desayunar. Pero ahora se sentía lejana y, a pesar del contacto de nuestras rodillas bajo la mesa, había levantado un muro entre nosotras.

Para cuando el mesero vino a tomar nuestro pedido, yo ya había perdido el apetito.

Pero Jamila no. Le dedicó su mayor sonrisa al mesero, cuyo mentón partido me recordó a Hayden Christensen en *Star Wars*. Habría sido mucho para cualquiera, pero toda la fuerza del coqueteo de Jamila —porque eso es exactamente lo que parecía— fue demasiado para él. Se sonrojó, se le cayó el lápiz y me ignoró por completo cuando tomó nuestro pedido. Ben tuvo que agarrar la manga del mesero para que regresara a escuchar mi cortante petición de una porción pequeña de panqueques de arándanos.

Mientras los demás hablaban y sorbían su café, me sentí atrapada en una jaula invisible como un mimo en el Embarcadero. Jamila llevó la conversación hacia los negocios. Le preguntó a Alicia sobre su empresa y sus planes de contratar a otro consultor para cubrir su licencia de maternidad. Habló de los precios de las acciones con

Jackson y Cooper. Jamila incluso le preguntó a Ben sobre su trabajo para una fundación local y si pensaba que las donaciones caritativas aumentarían a medida que el país saliera de la recesión.

No me dirigió ni una sola palabra.

Pero yo me reí de sus chistes. Piqueteé mis panqueques y escondí todo el dolor detrás de una sonrisa vacía. Conocía mi papel. Mi familia me enseñó bien.

Jamila estaba aquí con sus pares, sus amigos. Yo era la hermana pequeña y tonta, demasiado poco interesante como para invitarla a la conversación. Mientras permaneciera en silencio, no notarían que estaba allí y no me mandarían a jugar con mis muñecas.

Quizás a eso se refería Jamila cuando me llamó su chica. Yo era un juguete, algo que ella tomaba cuando se acordaba y luego tiraba cuando ya no estaba de humor.

Había sido una tonta al pensar que podríamos ser algo más.

Mientras se demoraban con el café, pedí un auto por una aplicación. Tan cerca de la ciudad, no tardó mucho.

Cuando llegó, me puse de pie. —Gracias por el desayuno. —No se lo dije a nadie en particular, segura de que uno de los multimillonarios pagaría la cuenta—. Me voy a casa.

—¿Qué? —Jamila finalmente me miró a los ojos, y supe que vio mi dolor cuando se le arrugaron las comisuras de los ojos—. ¿Te vas?

—Sí. Nos vemos en el trabajo el martes.

Arrastró su silla hacia atrás. Mirando a sus amigos alrededor de la mesa, dijo: —Ahora vuelvo.

Jamila me siguió afuera hasta donde un Toyota Prius de un verde enfermizo esperaba con el motor encendido. Me agarró del brazo. —¿Qué estás haciendo? Te llevaré de vuelta a mi casa. O a la tuya si eso es lo que quieres. Pensé que pasaríamos el fin de semana juntas.

Me cubrí los ojos del sol que estaba detrás de ella. —Yo también lo pensé. Supongo que me equivoqué. —*Equivocada sobre lo que sientes por mí,* no añadí.

—No entiendo. Nos estábamos divirtiendo.

—Dijiste que le contarías a Jackson lo nuestro.

—¿Esperas que le diga delante de mi discípulo, mi mejor amigo y su prometido que me estoy acostando con su hermana pequeña? ¿Cómo diablos crees que saldría eso?

—¡No lo sé, ya que ni siquiera lo intentaste! —Maldije el temblor en mi voz.

—Mira, no puedo. No ahora mismo. Necesito su apoyo y el de Cooper. Necesito a mi familia. Una vez que este lío mediático se calme y lancemos la nueva aplicación…

—Entonces tendrás otra excusa. —Respiré hondo—. Necesito un minuto para pensar. ¿De acuerdo?

Abrió la boca para decir algo, pero la cerró. Apretó los labios por un largo momento, su mirada saltando entre mis ojos como si fuera a encontrar la respuesta en uno de ellos. Finalmente, dijo: —¿Volverás a la oficina el martes?

—Sí.

Me apretó el hombro. —Gracias. Te necesito, ¿sabes?

Mi cerebro racional sabía cuánto esfuerzo le costó decir eso. Aun así, no era suficiente.

—De acuerdo —dije.

Me subí al Prius. Este olía a pachulí. Culpé a eso de mis lágrimas.

25

LLEGUÉ a casa unos minutos después de las once, justo a la hora en que mamá servía el brunch del domingo. No tenía hambre y no estaba vestida para el brunch. Aun así, esperarían que me presentara.

Eché los hombros hacia atrás y me dirigí con paso firme hacia el comedor, pero me detuve al oír una risa que venía del estudio. Me giré hacia el sonido y encontré a Sam y a Charles sentados en el suelo, seleccionando las piezas de un rompecabezas sobre la mesa de centro. Bilbo Baggins roncaba debajo de la mesa.

—Hola —dije, revisando la hora en mi teléfono—. ¿Qué pasa?

Charles levantó la vista, sonriendo. —Como solo éramos nosotros tres, decidimos no hacer un gran brunch. Todavía queda café si quieres un poco.

—¿Dónde está mamá?

—Le llevé café y una tostada a la cama. El pícnic de los representantes de ayer la agotó mucho. Pensé que le vendría bien descansar. ¿Querías verla?

—No, gracias. —Dejé mi bolso en el suelo y me acerqué a ellos para mirar el rompecabezas. Todavía estaban buscando las piezas de los bordes—. Esperaré a que se levante.

—Entonces, únete a nosotros. —Dio una palmada en la

alfombra Aubusson a su lado y me acomodé. Me recordó a los días de lluvia de mi preadolescencia, cuando Charles y yo solíamos armar rompecabezas juntos. Sam casi nunca se nos unía; siempre estaba trabajando en un programa de computadora o en la tarea.

Jalé hacia mí algunas piezas de color azul claro. Podría ser un paisaje con un cielo azul. Siempre había hecho las partes aburridas del rompecabezas, dejándole las secciones más inter-esantes —flores, letreros, colecciones de juguetes o antigüedades— a Charles. No quería que se aburriera y se fuera como hacían mis hermanos. Él nunca lo había hecho.

Sam me deslizó una pieza azul, con una pregunta en los ojos.

Charles la expresó en voz alta. —No esperábamos que volvieras tan pronto. Dijiste que te irías por el fin de semana largo.

—Sí. Esos planes no funcionaron. —Intenté unir dos piezas, pero no encajaban.

—Lo siento. —Me frotó la espalda y me apoyé en él como solía hacer cuando era más joven.

Mis hermanos mayores tenían más recuerdos de nuestro padre biológico que yo. Yo tenía destellos de Jasper Jones: el aroma de su loción para después de afeitar mientras me cepi-llaba el pelo o el monitor iluminando su rostro en azul cuando entraba de puntillas a su oficina tarde en la noche después de tener una pesadilla. Siempre estaba despierto trabajando, con una de esas bebidas energéticas dulces que no me permitían tomar sobre su escritorio. Me daba un vaso de agua y me dejaba sentar en su regazo, con sus brazos rodeándome mientras escribía.

Charles había sido más un padre para mí. Llegaba a tiempo para cenar todas las noches, estaba en primera fila en el concierto del coro, me sostenía la mano en las fiestas de mamá hasta que tuve edad suficiente para seguir su ejemplo y revolotear por mi cuenta. Había sido una presencia sólida como una roca en mi vida desde que tenía diez años. Pero antes de ser mi padrastro, había sido un hombre soltero. Quizás él sabría algo sobre mi dilema.

—¿Alguna vez saliste con alguien en secreto? —Giré una pieza entre mis dedos.

—¿Yo? —preguntó Sam—. No. Mi experiencia en citas en la universidad fue un desastre tal que la abandoné por completo.

Hice una mueca. No había querido sacar a relucir su escándalo de sextorsión. Mamá no había sido amable al respecto.

—Pero ahora estás con Niall —dije.

—Es verdad, pero me enamoré de él cuando todavía estábamos en esa horrible gira juntos. No salimos hasta que ya estábamos comprometidos el uno con el otro.

—¿Y tú, Charles? ¿Alguna cita secreta? —Seguramente, no era la única en esto.

—No. Andar a escondidas no es para mí. Tu madre quería mantener nuestra relación en secreto porque empezó menos de un año después del fallecimiento de tu padre, pero yo no podía estar en la misma habitación que ella y no querer reclamar mi lugar. Así que le propuse matrimonio en su lugar.

Me aparté de él para poder ver bien su cara sonriente. —¿Espera, cuándo?

—Unos tres meses después de conocerla. Yo dirigía el equipo que trabajaba en el patrimonio de tu padre, y me enamoré la primera vez que la vi.

—¡No puede ser! ¿Cómo no sabía nada de esto?

Se encogió de hombros. —Estabas superando tu duelo. No te dabas cuenta de mucho más.

—Supongo que no. —No recordaba mucho de esa época. Probablemente era lo mejor—. ¿Pero hubieras salido con ella en secreto si hubiera insistido?

—Supongo. Hubiera hecho cualquier cosa por ella. —Se encogió de hombros—. Todavía lo haría.

Así era exactamente como me sentía por Jamila. Me fui esta mañana, pero regresaría. Ella tenía sus propias habitaciones en mi corazón. No podía imaginarme siendo lo suficientemente fuerte como para desalojarla alguna vez.

—¿Es eso lo que Jamila te está pidiendo que hagas? —preguntó Sam, deslizándome otra pieza azul.

Mi corazón se detuvo en mi pecho y lancé una mirada a Charles. —¿Qué pasó con el código de hermanas?

—¿Qué es el código de hermanas? —preguntó ella.

Charles no parecía en absoluto sorprendido. —Una relación secreta es algo muy grande para que Jamila te lo pida. Aunque lo entiendo, especialmente después de esas fotos.

Por supuesto que sabía lo de las fotos. Mamá se lo habría contado. ¿Sabría también sobre nuestra relación?

No podía ser. Si lo supiera, me habría arreglado citas con una lista de solteros codiciados.

—¿Por favor, no le digan a mamá?

Apretó los labios. —Deberías decírselo tú misma.

—Puede que no dure lo suficiente como para que valga la pena decepcionarla. ¿Qué debería hacer? Debería negarme, ¿verdad? —Bilbo se levantó debajo de la mesa de centro y se estiró, luego me rascó el tobillo.

—¿Puedes? —preguntó Charles.

Desplomándome, permití que Bilbo se subiera a mi regazo. Se acurrucó en la hamaca que formaba mi falda. —No creo.

—Entonces tendrás que encontrar una manera de llegar a un punto en el que no estén saliendo en secreto. ¿Cuáles son las barreras para salir públicamente?

Dejé de lado la más obvia, mamá. —Ella no quiere que nada perturbe este trato con First Arbiter. No más escándalos.

—Y tú la estás ayudando con eso —dijo Charles, lógico como siempre—. Estás manteniendo las otras perturbaciones fuera de los medios para ella.

—Supongo. No parece que sea suficiente. —Acaricié el pelaje sedoso de Bilbo y no me importó que sus pelos negros se pegaran a mi falda.

—No es como si pudieras hacer que el desarrollo vaya más rápido —dijo—. Esas cosas llevan tiempo.

—Especialmente con los problemas que han estado teniendo —dije.

—¿Problemas con el desarrollo? —Sam dejó la pieza que había estado examinando—. Jamila tiene el mejor equipo de Silicon Valley.

—Bueno, están batallando con esto —dije—. Errores en su código.

Ella frunció el ceño. —Eso no suena bien.

Mi hermana era la persona más inteligente en ciencias de la computación que conocía, incluso más inteligente que Jackson. —Recuerdan que pensaba que alguien estaba vendiendo secretos de la empresa a la competencia? Yo, eh, intenté investigar eso, pero fallé. —Rhiannon me atormentaba en mis pesadillas, su rostro iluminado por los faros de Mateo—. Todavía sospecho que alguien está trabajando en su contra.

—Si pudieras averiguar eso y eliminar al saboteador —dijo Charles—, ella podría llevar su producto al mercado más rápido. Entonces no tendrían que ser un secreto. ¿Cuáles son las pistas?

Probé a unir otras dos piezas, pero tampoco encajaron. —Ojalá fuera tan inteligente como los detectives de tus series policiacas. No he encontrado ninguna pista, al menos nada sustancial. —Solo esa foto de Pavel Thakor y lo que podrían haber sido o no los pantalones llamativos de Winslow.

—Eres muy inteligente. A veces los detectives tienen que escarbar un poco para encontrar esas pistas.

Tenía razón. Era como pinchar un pastel con un palillo para ver si estaba cocido por dentro. Sobornar a Rhiannon no había sido la mejor jugada, pero sabía que algo no andaba bien con Moo-Lah. No intentaría sobornar a Pavel Thakor. Un multimillonario como él no se dejaría tentar por dinero en efectivo. Sin embargo, podía hablar con él. Seguramente, no habría ningún daño en eso.

—Gracias, Charles. Lo intentaré.

Sam deslizó otra pieza azul sobre la mesa, y la encajé en la pieza que había estado tratando de unir.

Encajaron a la perfección.

Encajaron a la perfección.

26

NO HABÍA RESPONDIDO a sus mensajes el Día de los Caídos. En cambio, había sucumbido a mi culpa por haberme saltado el pícnic del congresista y el *brunch* del domingo de mamá, y le pedí a Telma que me enseñara a hacer un omelet. Cuando terminamos, los míos no quedaron tan bonitos como los de ella, pero no se partieron por la mitad y el relleno se quedó (casi todo) adentro.

Mandé a Telma a casa temprano, con la promesa de que la cocina estaría impecable para cuando volviera a trabajar el martes por la mañana. Luego, les serví un *brunch* festivo a mis padres y a Sam.

A Sam no le prestaba mucha emoción ni atención a la comida, pero cumplió con comerse su omelet y compartió un poco de huevo y verduras, pero nada de queso, con Bilbo. Charles dijo que su omelet estaba delicioso y elogió mi trabajo. Mamá frunció los labios, pero no dijo nada sobre la escuela de cocina o mi futuro.

Después de limpiar la cocina, revisé las redes sociales y encontré algo que hizo que se me subiera el corazón a la garganta.

Había seguido a todo el equipo directivo de Pavel Thakor en las redes sociales. El domingo por la tarde, uno de esos tontos publicó una foto y etiquetó la ubicación en un campo de golf en Cabo San Lucas. La leyenda decía: *El mejor #retirodeliderazgo de la historia*, y un cuarteto posaba junto, con cervezas de cuello largo en la mano, frente a una palmera altísima. De pie, junto al director ejecutivo de Moo-Lah, con la nariz rosada por el sol, estaba Winslow Keating-Ashworth.

Mi madre me había metido en la cabeza que las damas no decían groserías, pero solté unas cuantas palabrotas cuando lo vi. Luego, tracé un plan.

———

EL MARTES POR LA MAÑANA, mientras me vestía para ir a trabajar, le respondí el mensaje a Jamila.

> Llegaré un poco tarde, pero ya voy en camino

En lugar de tomar un Uber a Jamilow, le pedí al conductor que me dejara en el edificio de Moo-Lah, que estaba a poca distancia. Pero mientras nuestro punto se acercaba al destino en el mapa, empecé a dudar de mí misma. Mi último plan, en el que había intentado tenderle una trampa a Rhiannon, no había salido muy bien.

Me miré el saco lavanda y la falda de cuadros morados de Prada. Esta mañana me parecía elegante y autoritario, casi como algo que Jamila usaría en una de sus reuniones importantes. Ahora parecía lo que una mujer de la alta sociedad usaría para una fiesta en el jardín. Nadie me tomaría en serio.

—Cien dólares por sus lentes de sol —le dije al conductor—. Se veían más implacables que los míos, que eran grandes y de tinte rosado.

—¿Cien dólares? —resopló—. Son Maui Jims.

—Quinientos, y deme también esa pañoleta. —Señalé la tela de cachemira gris que colgaba del asiento delantero.

Después de transferirle el dinero por Moo-Lah, salí del auto y sacudí la pañoleta. La olí con cautela. Olía a ambientador de pino de cartón y a asientos de piel. Me la puse sobre el pelo y me la enrollé en el cuello al estilo de Grace Kelly. Me puse los lentes de aviador de tinte oscuro y comprobé mi reflejo en la ventana delantera del edificio de Moo-Lah. Muy bien, podría tener cualquier edad.

Atravesé la puerta giratoria y me dirigí a la recepción. Con la voz más grave que pude, dije:

—Audrey Jones, vengo a ver al señor Thakor.

La guardia de seguridad levantó las cejas con duda.

—¿Tiene cita?

—Claro que sí. ¿Cree que perdería mi tiempo viniendo hasta acá si no la tuviera? —Puse las manos en mis caderas en una pose de poder—. Anúncieme, por favor.

Entrecerró los ojos, pero levantó el teléfono y habló con alguien. Contuve la respiración. ¿Inspiraría el nombre de mi madre el miedo suficiente para admitirme en el piso ejecutivo?

—Dicen que no está en su agenda, pero si puedo verificar su identidad, se supone que la deje subir.

¿Identidad? ¡Demonios! Pensé en mentir y decir que la había dejado en el auto, pero tal vez podría superar este obstáculo con un farol. Saqué mi licencia de conducir de mi cartera y se la pasé.

—Aquí dice Natalie Jones. —La examinó.

—Uso mi segundo nombre, Audrey. Ahí está. —Contuve el aliento, esperando que no supiera que mi madre había tomado el apellido de Charles cuando se casaron y en realidad era Hayes, no Jones.

—Muy bien, Sra. Jones.

Hice todo lo posible por no ponerme a bailar mientras ella introducía mi licencia en un escáner y luego me la devolvía junto con una placa de visitante.

—Los elevadores están por allá. —Señaló—. Cuarto piso.

Me deslicé el cordón alrededor del cuello.

—Gracias. —Levanté la barbilla y me deslicé hasta el elevador, en el que entré con un grupo de empleados de Moo-Lah vestidos de manera informal.

Mientras subía, me revisé disimuladamente en la pared de espejo. Vaya, sí me parecía un poco a mi madre. Curvé el labio superior en una expresión de superioridad. Perfecto.

Salí en el cuarto piso, donde el escritorio de una recepcionista me impedía el paso a las oficinas ejecutivas que había más allá. El espacio de Moo-Lah se sentía más cerrado que el de Jamilow. Sus frentes de oficina sólidos bloqueaban la luz natural, y la iluminación LED zumbaba.

Me erguí de nuevo.

—Audrey Jones, vengo a ver al señor Thakor.

Cuando el recepcionista se puso de pie, noté que le temblaban las manos.

—Por supuesto, señora Jones. Por aquí.

¿Así de fácil? Si mi carrera en relaciones públicas no funcionaba, podría conseguir un trabajo como espía corporativa.

El recepcionista me entregó a una asistente administrativa, que inmediatamente tomó su teléfono.

—La señora Jones está aquí —dijo. Escuchó por un momento, luego hizo un gesto hacia una puerta de madera de aspecto intimidante—. Pase.

Puse la mano en la manija fría y entré. La oficina era el típico centro de poder masculino, con muebles de madera oscura, una gruesa alfombra de Cachemira con diseño de caza y una enorme ventana con vista a un grupo de pinos y a las lejanas montañas de Santa Cruz.

Mechones grises brillaban en la coronilla del espeso cabello negro de Pavel Thakor mientras estaba sentado detrás de su enorme escritorio. Levantó la vista de sus papeles cuando crucé la extensión de la gruesa alfombra.

—Usted no es Audrey Jones —dijo, curvando los labios hacia abajo. Levantó el auricular de su teléfono.

—Soy su hija, Natalie. —Me mantuve erguida, tratando de no pensar en lo que diría mamá si Thakor la llamaba y le decía lo que había hecho—. Necesito hablar con usted.

Volvió a colocar el auricular, pero su mandíbula de piedra me dijo que tenía segundos para hacer mis preguntas.

Saqué mi teléfono y desbloqueé la pantalla. Se lo mostré.

—¿Por qué estaba jugando al golf con Winslow Keating-Ashworth en Cabo San Lucas?

Apretó los labios.

—Casualidad. Nos encontramos en el *resort* y jugamos una ronda amistosa de golf.

Pasé a la siguiente foto.

—Y aquí está usted también con Winslow.

—Esa foto no muestra al señor Keating-Ashworth.

—Esos son sus zapatos detrás de usted. Estoy segura.

—¿Qué está insinuando, señorita Jones? Silicon Valley es un lugar pequeño. Todos se conocen. Somos amigables aquí. —Extendió las manos como si no tuviera nada que ocultar.

Guardando mi teléfono en mi bolso, planté las manos en mis caderas.

—Creo que usted es demasiado amigable con Winslow. Creo que ha estado robando secretos.

Se levantó de su silla, más alto de lo que recordaba de las fiestas de mi madre.

—Esa es una acusación grave, señorita Jones.

Me enderecé.

—El espionaje corporativo es un asunto serio.

—Afortunadamente, no es un negocio en el que yo participe. —Levantó el auricular del teléfono—. Comuníqueme con seguridad —espetó—. Necesito que escolten a la señorita Jones fuera. Ahora.

Clavé los talones en la alfombra.

—Esas fotos son la prueba, y están en las redes sociales.

—Esas fotos no prueban nada. No tiene ninguna evidencia. Ha venido a mi oficina con acusaciones sin fundamento. Diga cualquier cosa a los medios, y mis abogados caerán sobre usted con todo.

—No tengo miedo. —Traté de vender la mentira con otra alzada imperial de mi barbilla.

—Debería tenerlo. Voy a llamar a su madre.

Apenas logré evitar hacer una mueca.

—Ella me apoyará.

No lo haría. Me metería en un lío tremendo cuando se enterara. Tenía razón sobre mi falta de pruebas. ¿Por qué no había aprendido de mi error con Rhiannon?

Winslow era el soplón. Encontraría pruebas de alguna manera. Tenía que haber dejado un rastro.

Llamaron a la puerta y un guardia de seguridad la abrió. No era la mujer con la que había hablado abajo, sino un tipo grande y musculoso con bíceps que se salían de su polo negro de Moo-Lah.

—Encontraré esas pruebas —dije—, y entonces veremos a quién escoltan fuera de este edificio.

Thakor solo se rio.

—No vuelva a entrar en mi propiedad.

Aunque me doblaba en tamaño, el guardia de seguridad me sujetó con fuerza el brazo mientras me sacaba del edificio. Un taxi me esperaba, y el guardia se quedó en la acera, con los brazos cruzados, hasta que me hube alejado de la vista del edificio.

Me encogí en el asiento trasero. En retrospectiva, entrar sin pruebas reales fue un error. Pero encontraría algunas. La próxima vez, tendría un plan mejor.

———

ESA TARDE ESTABA REVISANDO la carpeta de comunicación de crisis con Hannah cuando alguien —vale, seamos sinceros, probablemente fui yo— le prendió fuego a mi carrera en relaciones públicas.

Felicia llamó a la puerta abierta, con expresión sombría.

—A la oficina de Jamila.

Cerré mi computadora y tomé un bloc de notas y un bolígrafo.

—Vamos, Hannah.

—Solo tú, Natalie. No necesitarás eso. —Felicia asintió hacia el bloc de notas.

—¿Ah, sí? —Tal vez era una reunión personal. El mensaje de Jamila había insinuado que quería verme, pero no habíamos hablado desde que me fui del *brunch* el domingo. Deberíamos hablar de eso. Recordé el consejo de Charles. Tenía que defender lo que quería. A menos que Jamila no estuviera lista para hacer pública nuestra relación. Podría insistir en que bajáramos la intensidad. Aunque las dos de la tarde de un lunes era un momento extraño para discutir nuestra relación personal en su oficina.

Tragué, pero el nudo en mi garganta permaneció. Mientras seguía a Felicia a la oficina de Jamila, mi corazón se desbocó en mi pecho.

Cuando entré, supe que Jamila no me había llamado para hablar de nuestra relación. Porque no estaba sola.

Una bola de pavor se formó justo detrás de mis costillas. Winslow Keating-Ashworth, con la nariz y las mejillas quemadas por el sol, estaba sentado frente a ella en el escritorio. Su ceño fruncido me dijo que sabía lo que había hecho esa mañana.

Miré a Jamila. Su rostro era de piedra. Sus ojos no brillaban con diversión y afecto como el sábado cuando salimos a esa caminata. Brillaban con una ira ardiente.

—¿Qué carajos, Natalie? —Su voz era tan tensa como un alambre de trampa.

Permanecí en silencio. ¿Cuánto sabían?

Winslow llenó el silencio.

—Sabemos de tu pequeña excursión de esta mañana. Recibí

una copia del registro de visitantes de Moo-Lah. Firmaste como Audrey Jones, pero este es un escaneo de tu licencia de conducir.

Le eché otra mirada a Jamila. Deseaba haber regresado con una pizca de prueba para demostrar que había estado justificada al entrar con un farol en la oficina de Thakor.

—¿No tienes nada que decir en tu defensa? —Winslow se puso de pie—. ¿Cuánto tiempo llevas vendiendo los secretos de Jamilow a Moo-Lah? ¿Qué les diste hoy, las especificaciones del producto?

Tardé un segundo en ponerme al día.

—Espera, ¿qué? ¿Me estás acusando de ser la soplona? ¡Yo no estaba aquí cuando comenzaron las filtraciones! No tengo las especificaciones del producto.

—¿Quién dice que es un solo soplón? —Se acercó más—. Viste una oportunidad de hacer algo de dinero después de que tú y Jamila rompieron. —Jadeé y miré de nuevo a Jamila. Sus manos estaban planas y tensas sobre su escritorio como si se estuviera aferrando a su vida.

—Pero yo… pero… ¡fui allí para acusarte a ti! ¡Tú eres el soplón!

—¿Yo? —Se llevó una mano al pecho—. ¿*Yo* soy el soplón? He sido la mano derecha de Jamila durante quince años. Ella confía en mí implícitamente. Tengo demasiado invertido en esta compañía como para tener alguna motivación para dañarla.

¡Motivación! No había pensado en eso. No para Winslow. ¿Por qué querría dañar a Jamila o a su compañía? Gran parte de su riqueza tenía que estar ligada a opciones de acciones y cosas por el estilo. Había saltado a otra conclusión a medio cocinar.

Aun así, estaba el asunto de las fotos.

—¿Dónde estuviste la semana pasada, Winslow?

—Fui a visitar a mi abuela.

—¿Dónde? —insistí.

—En México. Estaba de vacaciones allí cuando se enfermó. Pero ahora estamos hablando de ti.

—¡Pavel Thakor estaba en México! ¡Ustedes jugaron al golf juntos!

Se cruzó de brazos.

—Nos encontramos un día en el campo de golf. ¿Y?

—Y… y tú… —Pero no podía mencionar la otra foto. Sabía que esos eran los pies de Winslow en la imagen, pero nadie más podía verlo. Mi credibilidad ya pendía de un hilo.

—Hablando de fotos —dijo—, ¿qué tan extraño fue que ninguna de las fotos de ustedes dos en la playa mostrara *tu* cara? Es casi como si alguien evitara identificarte deliberadamente. Sin embargo, preparó a Jamila para otra caída.

—¿Deliberadamente? —farfullé—. ¡Ni siquiera sabía a dónde íbamos ese día!

El rostro de Jamila se había quedado quieto, como una máscara. No había sonrisa, ni brillo. Nada más que dolor reforzado por un acero impenetrable.

Finalmente, habló.

—No puedo creer que intentarías lastimarme vendiendo secretos a Moo-Lah.

—Nunca haría eso.

—Thakor dice lo contrario.

—¿Qué?

Winslow se interpuso entre el escritorio y yo como si quisiera proteger a Jamila.

—El correo electrónico de Thakor decía que le ofreciste detalles sobre nuestro lanzamiento.

—Pero yo… no. No lo hice. No sé por qué dijo eso. Yo acusé…

—Eso es triste, Natalie. —Sacudió la cabeza—. Deberías saberlo. Aquí tienes un consejo: mantén tu vida personal separada del trabajo. Así tus sentimientos no afectarán tu empleo.

—Deja tu computadora en tu… en la oficina —dijo Jamila, con la voz hueca—. Felicia tiene tu último cheque.

—¿Qué? ¿Me estás despidiendo? —La ira estalló en mi interior —. No hice lo que dijeron. Cometí un error al entrar en Moo-Lah sin pruebas, pero no despiden a la gente por errores así. ¿O sí?

Winslow resopló.

—¿Te sorprende?

—No puedes... —Pero no terminé mi frase. Parecía que sí podían despedirme aunque fuera una Jones. No había necesidad de renunciar esta vez.

Winslow lo remató.

—Podemos y lo hemos hecho. Si intentas acercarte a otro competidor, involucraremos a nuestros abogados. No creo que disfrutes de las instalaciones de la prisión federal de mínima seguridad de Dublin.

Un zumbido de abejas llenó mi cerebro. Jamila sabía que yo no haría aquello de lo que Winslow me acusaba. La miré fijamente, con fuerza, como si pudiera hacer que levantara la vista de su escritorio. Pero no lo hizo.

En ese momento, Bruno, que me había sonreído y dicho: «Buenos días, señorita Natalie», unas horas antes, abrió la puerta.

Bruno observaba, con los brazos cruzados, mientras yo le daba a Hannah la contraseña de mi computadora. No me dio tiempo a responder a sus preguntas sobre por qué estaba sucediendo esto o qué debía hacer a continuación.

—Tú puedes con esto —le dije—. Tengo fe en ti y en la carpeta.

Me siguió hasta el escritorio de Felicia. Con el ceño fruncido, me tendió un sobre. Lo ignoré. En cambio, metí la mano en mi bolso y saqué mi llavero. Suspirando ante el inevitable daño a mi manicura, saqué el control remoto del Porsche del aro, haciendo una mueca cuando mi uña del pulgar se rasgó justo en la carne viva.

Extendí la llave.

—¿Puedes darle esto a Jamila?

Me la quitó. A regañadientes, dijo:

—¿Necesitas una curita?

Miré mi pulgar, donde brotaba una gota de sangre.

—No, gracias. —No tomaría nada más de Jamila, ni siquiera una curita. No cuando, después de todo lo que habíamos compartido, no confiaba en mí. Me metí el pulgar en la boca para calmar la herida.

Por segunda vez en un día, un guardia de seguridad me escoltó fuera de un edificio de oficinas de Silicon Valley.

El Uber de hoy de regreso a la ciudad fue el peor de todos.

—Disculpe el olor —gritó el conductor por encima del viento que entraba en el auto—. El último pasajero tenía una intoxicación alimentaria.

27

HANNAH LLAMÓ tres veces seguidas antes de que finalmente contestara.

—¿Sabes que ya no trabajo ahí, verdad? —dije, apoyada en la pared exterior de la boutique de la calle Sacramento.

—Te llamo para saber cómo estás. Como tu amiga, no como tu empleada. —Casi podía ver a Hannah poniendo los ojos en blanco.

La culpa me revolvió el estómago. —Lo siento.

—Estoy frente a tu casa, pero no estás.

—No tenías que ir hasta allá. —Era la hora pico y el tráfico avanzaba a paso de tortuga en la calle frente a mí. Alguien tocó el claxon con insistencia.

—Eso es lo que hacen las amigas. ¿Dónde estás?

—De compras en la calle Sacramento. —Miré mi mano vacía y toqué la venda que todavía cubría mi pulgar en carne viva una semana después de habérmelo arrancado con el llavero electrónico. Había pasado toda la tarde mirando tiendas, pero nada captaba mi interés.

—Ah. Terapia de compras.

—Supongo. —Quizás debería probar una terapia de verdad.

—¿Cómo… cómo van las cosas en la oficina? —pregunté—.

Sigues ahí, ¿verdad? —Una punzada me atravesó el corazón. Yo había contratado a Hannah. ¿La habrían echado junto con mis archivos?

—Sí. Me necesitan. Jamila ha vuelto a las andadas.

—¿A las andadas con qué?

Un Lexus plateado se detuvo en la acera. No era un descapotable, pero la ventanilla bajó y Hannah asomó la cabeza. —Sube, perdedora. Vamos por un helado.

Crucé la acera y me incliné para mirar dentro. —¿Acabas de citarme *Chicas pesadas*?

Se rio por lo bajo. —Siempre quise hacer eso.

Me abroché el cinturón de seguridad mientras se alejaba de la acera. —¿Qué quisiste decir con «Jamila ha vuelto a las andadas»?

—¿No estuviste pendiente?

Jugueteé con mi venda. —No. Desactivé mis notificaciones.

—Ay, vaya. Hubo otro desastre en el desarrollo. Alguien perdió un montón de código. Tuvieron que posponer el lanzamiento.

—¡No! ¡Se suponía que se lanzaba el viernes!

—Sí, pues no va a pasar. First Arbiter se frustró tanto que cancelaron el trato, así que Jamilow solo tiene la mitad de un producto.

—¡No es justo! —Jamila debió de sentirse devastada por ver todo ese trabajo duro tirado a la basura.

Hannah giró hacia una calle con menos tráfico. —Eso no es ni lo peor. Resulta que estaban jugando a dos bandos. FA tenía un acuerdo aparte con Moo-Lah.

—¡No pueden hacer eso! ¿No había una cláusula de no competencia?

Se encogió de hombros. —Los abogados tardarán un tiempo en resolverlo. Mientras tanto, Jamilow está empezando de cero. Todo el mundo quería una entrevista para saber qué pensaba Jamila. Y vaya que se los hizo saber —terminó Hannah con gravedad.

—Oh, oh. —Encendí la pantalla de mi teléfono y busqué. La grabación de su comentario fue el primer resultado.

—No, no estoy enojada —dijo ella, y sus ojos brillantes desmentían sus palabras incluso en mi teléfono—. Pavel Thakor es tan rastrero que tiene que mirar hacia arriba para ver el infierno. Ahora, quítate de mi camino.

—Caramba. —La última imagen captó la curva de su labio de una manera espectacularmente poco favorecedora.

—Docenas de memes. Hice uno yo misma, intentando darle un giro tipo «poder femenino». Pero los *haters* son más ruidosos.

Sin esfuerzo, se estacionó en un lugar privilegiado frente a una pequeña heladería de gelato.

Le puse una mano en el brazo para que no se bajara. —¿Cómo está ella?

—No muy bien. —Echándose hacia atrás, me escudriñó el rostro—. Está obsesionada con encontrar un nuevo socio y darle la vuelta a esto. Apenas habla con nadie que no sea Rhiannon.

—¿Y Winslow? —pregunté.

—No ha estado mucho por aquí. Al parecer, su divorcio acaba de finalizar. Ha estado luchando por liquidar sus activos. Oí que se negó a que su ex se quedara con ninguna de sus acciones u opciones de Jamilow.

—Eso es... eso es leal de su parte. —Me atraganté con la palabra *leal*. Cinco días antes lo había acusado de deslealtad, y todavía lo creía hasta la médula. Pero yo era la única.

—Supongo. Ahora, vámonos. Necesitas un poco de grasa y azúcar.

Salimos del auto y entramos en la tienda. Un martes por la tarde en temporada turística, estaba abarrotada.

Hannah retomó nuestra conversación anterior. —Estoy segura de que Jamila habría entendido si Winslow hubiera tenido que ceder algunas acciones. Billie es una persona razonable. Son amigas. Ella ya está en la junta de Jamilow.

—Espera. ¿La ex de Winslow es Billie Woods? —Se me calentó

la cara al recordar mi vergonzoso comportamiento en su fiesta de Navidad.

—¿No es raro? Al parecer, hubo un escándalo cuando se casó con un miembro de la junta, pero Jamila los apoyó a ambos. Al final, no parece que haya perjudicado a Jamilow. —Hannah se acercó al mostrador y pidió un gelato de plátano y aguacate.

Pedí chocolate extra oscuro con cerezas. —Las calorías no cuentan cuando te hundes en la miseria, ¿verdad? —bromeé a medias.

—Piensa en todas las calorías que quemas dando vueltas en la cama. Apuesto a que llorar también consume un montón. Sobre todo si lloras a moco tendido. No has estado llorando, ¿verdad?

—No, no mucho. —Llorar no me había parecido la reacción adecuada. Me sentía más vacía que otra cosa. Cuando Jamila me retiró su confianza, se llevó el resto de mi ser con ella.

—No creo que Jamila haya llorado en su vida. —Hannah llevó su copa de gelato a una mesa alta con taburetes de metal—. Era de esas niñas que, cuando se caían en el patio de recreo, de verdad pensaban que frotarse tierra en la herida hacía que se sintiera mejor.

Emití un murmullo y me metí una cucharada de gelato en la boca. Apostaría a que había llorado cuando su padre murió y cuando su madre se fue, y después de que aquel hombre terrible en quien había confiado intentara negociar su inocencia por dinero para un colegio privado. Además, aquel día en el despacho de mi hermano, cuando las odiosas palabras de aquel periodista le habían enrojecido los ojos. Pero Jamila no quería que nadie supiera de su pasado ni de su lado más tierno. Debía de arrepentirse de habérmelo mostrado ahora.

De repente, el gelato ya no me sabía bien. El frío y el dulce estaban mal. Yo era fuego y amargura. No quería estar sentada aquí, en esta heladería, metiéndome dulzura cremosa y helada en la boca y chismorreando sobre gente con la que solía trabajar. Quería luchar por Jamila. Aunque no me quisiera como yo la quería a ella.

Tenía que hablar con Billie Woods.

Clavé la cuchara en mi gelato. —¿Puedes llevarme a casa?

—Claro. —Hannah saboreó una cucharada de su postre, poniendo los ojos en blanco.

Golpeé la mesa, lista para moverme. —¿Ahora?

—¿Ahora? —tragó ella.

—Ahora mismo. Puedo manejar yo mientras te terminas el helado. ¿Por favor?

Normalmente, lo habría manejado con más delicadeza. Ser educada, mantenerme al margen y ayudar desde un segundo plano era mi zona de confort. Pero por Jamila, atravesaría las barreras del comportamiento aceptable. Usaría todas las herramientas a mi alcance para hacer que su dolor disminuyera.

—Supongo que es importante, ¿eh?

—Totalmente. —Tiré mi helado a la basura—. Vámonos.

———

ENCONTRÉ a mi madre en su lugar favorito de la casa, el invernadero. Llevaba un pañuelo sobre su melena rubia y guantes de jardinería para trasplantar algo de hojas largas y delgadas. Nunca me habían importado mucho sus plantas. Nunca me dejaba ayudar con ellas.

—Hola, mamá. —Le di un beso en la mejilla.

—¿De vuelta de las compras? ¿Compraste algo bonito para el cumpleaños de Charles?

Mierda. Lo había olvidado. —Todavía no. Su cumpleaños no es hasta el próximo domingo. Aún tengo tiempo.

—Por supuesto. —Apalmazó la tierra alrededor de las raíces de la planta y luego se quitó los guantes de jardinería. Entonces me miró. Me miró de verdad, como solo una madre puede hacerlo.

Inclinó la cabeza. —Hoy te ves un poco mejor.

—Yo, eh. Sí. Sí. Me siento mejor.

—¿Estás lista para contarme por qué renunciaste a tu trabajo?

Me apoyé en la mesa de jardinería. —No renuncié. Jamila me despidió.

Sus cejas rubias se dispararon. —¿Despedida? ¿Tiene esto algo que ver con la llamada que recibí de Pavel Thakor?

Hice una mueca. —Acusé a Winslow Keating-Ashworth, su director de operaciones, de espionaje corporativo. Y puede que lo hiciera haciéndome pasar por ti.

Frunció los labios. —Tu trabajo eran las relaciones públicas, no andar buscando espías. Jamila no debería haberte pedido que hicieras eso.

—No lo hizo. Por eso me despidió.

—¿Por qué pensaste que Winslow estaba haciendo algo malo?

—Vi una foto suya en un lugar donde no debería haber estado e hice una conexión. Pero todo era circunstancial. De alguna manera le dio la vuelta para que yo pareciera la traidora. Jamila es sensible a esas cosas, ya sabes. La traición a la confianza.

—Por eso ella y Jackson se llevan tan bien. Él es leal hasta la exageración.

Cierto. Lo que me recordó lo insoportable que había estado el fin de semana antes de acusar a Winslow. Si Jamila había estado buscando una excusa para cortar lazos conmigo, se lo había puesto demasiado fácil.

—¿Crees que a Jackson le molestaría si…? —Cerré la boca de golpe. Las palabras se habían derramado como perlas de un collar roto. No podía preguntarle a mi madre sobre salir con Jamila. Recordé la expresión de Jamila cuando Winslow había presentado aquel registro de visitas y la copia de mi identificación. Nunca me perdonaría. ¿Para qué iba a revelar mi bisexualidad ahora, cuando ya no importaba?

—¿Si qué, cariño? ¿Crees que se molestará cuando se entere de que Jamila te despidió? Probablemente más con ella que contigo. Aunque, la verdad, no entiendo por qué era asunto tuyo.

—Yo… yo lo hice asunto mío.

Me acarició la mejilla. —Esa es mi Natalie, siempre tratando de ayudar a todo el mundo.

Eso no estaba bien. No en este caso. Si hubiera sido cualquier otra persona, le habría mostrado la foto de Winslow en ese campo de golf y habría dejado que se encargara, pero con eso no me había bastado. No con Jamila. Porque mis sentimientos eran demasiado fuertes. Porque la amaba. Y el amor no era algo que se ocultara a tu madre, ni siquiera si tu madre albergaba todo tipo de ideas heteronormativas sobre el papel de la mujer en la sociedad.

—Mamá, yo… —respiré hondo—, tengo que decirte algo.

—¿Sí? —Me colocó un mechón de pelo en su sitio sobre el hombro.

—Amo a Jamila.

Cepilló un pelo suelto de mi suéter. —Por supuesto que sí. Todos la queremos.

—No. Mamá. —Le agarré la mano para evitar que me quitara cada imperfección—. La amo románticamente. Es mi persona.

—¿Tu persona? ¿Qué clase de tontería de la Generación Z es esa? ¿Es de una canción de Olivia Rodrigo?

—Mamá, escúchame. —Esperé a que me mirara a los ojos—. Soy bisexual, y estoy enamorada de Jamila Jallow.

—Por el amor de Dios. Es diez años mayor que tú. Es prácticamente una hermana mayor para ti.

—Lo es, y la amo.

Se me quedó mirando un momento. —¿Ella te ama? O sea, sé que también es bisexual, pero…

Ese «también» me quebró. Acababa de aceptar mi sexualidad y todo el lío que introduciría en su vida cuidadosamente ordenada.

La rodeé con mis brazos. No éramos una familia de abrazos, pero mis sentimientos eran demasiado grandes para contenerlos.

—Gracias. —Moqueé.

—No hagas eso. —Se apartó y me secó debajo de los ojos con los pulgares—. Se te hinchará todo. ¿Y qué tienes que agradecerme? Soy tu madre y te quiero. Pero, ¿y Jamila? ¿Siente ella lo mismo?

Me tembló la barbilla. —No. Nosotras… —Tragué los detalles

que estaba a punto de dar—. Salimos un tiempo, pero no funcionó.

—Mi pobrecita. Quizá deberías ir a México unos días. Deja que la brisa del mar se lleve tus problemas.

México, adonde el horrible de Winslow había ido a soltar sus secretos mientras fingía tener una abuela enferma. Me recordó lo que tenía que pedir.

—Mamá, necesito un favor.

—Claro que puedes usar mi tarjeta de crédito. ¿De qué otro modo te pagarías un viaje?

—No, no dinero, una conexión. Conoces a Billie Woods, ¿verdad?

—Claro. De la fundación de la biblioteca. Recuerda, te dije que fueras a su fiesta cuando Charles y yo estábamos fuera de la ciudad por Navidad.

Por mucho que prefiriera no volver a ver a Billie, tenía que hacerlo por Jamila. —Necesito hablar con ella.

—¿Para qué necesitas a Billie? Probablemente no sea un buen momento para ella. Se ha divorciado hace poco, ¿sabes? Está fuera del país en Pangkor Laut. Supongo que podrías ir allí en lugar de a México.

—No tengo tiempo para eso. Necesito hablar con ella sobre su divorcio. Creo que podría tener algo que ver con la filtración en la empresa de Jamila.

—¿Crees que sabe algo al respecto?

—No, pero apostaría mi bolso Fendi favorito a que su ex tuvo algo que ver.

—¿Y crees que esto podría ganarte el afecto de Jamila?

Me desplomé. La confianza de Jamila era como la puerta de embarque de un avión. Una vez cerrada, no había forma de volver a abrirla. —No, pero aun así quiero ayudarla.

Me dedicó una sonrisa pesarosa. —¿Y necesitas a Billie para eso?

—Sí.

—La llamaré. Es temprano en Malasia, pero puede que me conteste.

—Gracias, mamá.

—Mi teléfono está ahí, en el cargador. ¿Me lo traes?

Lo vi en la mesita junto a la puerta, donde mi madre dejaba sus joyas antes de meter las manos en la tierra. Corrí a tomarlo y se lo llevé.

Marcó.

—¿No le vas a enviar un mensaje primero? —Odiaría recibir una llamada inesperada, especialmente antes de... —Comprobé la diferencia horaria en mi teléfono e hice una mueca— las diez de la mañana en sus vacaciones en la playa de Malasia.

—¿Por qué iba a hacer eso? —Se llevó el teléfono a la oreja—. Hola, Billie, soy Audrey Hayes.

Puse los ojos en blanco. Billie tenía que saber de quién se trataba por el identificador de llamadas.

Mi madre escuchó un momento y sonrió. —Eso es maravilloso. ¿Espero no molestar? —Sus mejillas se sonrojaron—. Bueno, entonces. No te entretendré mucho. Mi hija Natalie tiene algunas preguntas.

Hizo una pausa y luego asintió. —Aquí está. —Poniendo un pulgar sobre el micrófono, me pasó el teléfono—. Sé breve. Está atendiendo a un invitado.

—¿Un qué? —Me quedé boquiabierta—. ¿Te refieres a un hombre? No quiero... —Pero sí quería. Cuanto antes se librara Jamila de esa víbora, Winslow, mejor.

Tomé el teléfono. —Hola, Billie, soy Natalie.

—Natalie —dijo Billie con voz lánguida—. No te he visto desde que hiciste el ridículo en mi fiesta.

Me encogí. —Siento lo de esa noche. Estaba teniendo una mala noche.

—Claro que sí. Todo el mundo se dio cuenta de que estabas loca por Jamila Jallow. Excepto la propia Jamila. —Su risa era un tintineo alegre, como carillones de conchas marinas.

—Todavía lo estoy. Por eso tengo una pregunta sobre tu ex, Winslow. —Hice una mueca. Ella sabía quién era su ex.

—Preferiría no hablar de él ahora mismo.

—Lo sé, y lo siento. Me preguntaba si, um... ¿si había ciertas cláusulas en su acuerdo de divorcio? Específicamente las que tienen que ver con Jamilow. ¿Entiendo que se quedó con sus acciones y opciones?

—Sí. Fue *muy* insistente en ese punto. Yo quería dividirlo por la mitad, lo justo es justo y todo eso. Quería seguir apoyando a Jamila yo misma. Hemos sido buenas amigas durante años, desde Stanford. Yo era su asistente de residencia, ya sabes, cuando ella era de primer año. Fui la primera persona a la que le pidió que estuviera en la junta de Jamilow.

—¿De verdad? Y luego te casaste con Winslow.

—No fue mi mejor decisión, como se vio después. Puede ser encantador cuando quiere, ¿sabes? Me dejé llevar por las atenciones de un hombre más joven. Parece que es un patrón en mí. —Se rio entre dientes.

No podía dejar que su invitado la distrajera. —Háblame de las acciones de Jamilow.

—Cierto. Dijo que me daría el equivalente en valor monetario, lo que resultó ser un mal negocio para él. Fijamos el valor en enero, pero el precio de las acciones ha estado bajando constantemente desde el escándalo de relaciones públicas, y luego vertiginosamente esta semana cuando Moo-Lah lanzó su producto. Supongo que ha sido algo bueno para mí, no tan bueno para Jamila y Winslow, ¿eh?

—Ajá. —Mi mente daba vueltas. ¿Se había quedado con todas sus acciones y opciones y no había pedido renegociar a pesar de la caída del precio? ¿Cuál era su jugada?

—Él se quedó con las acciones. Yo me quedé con todo el dinero y las propiedades, excepto su condominio en Los Altos. —Su voz se volvió amarga—. Es donde solía tener a su amante, pero ella también lo dejó.

—¿Por qué crees que...?

—Probablemente ella tampoco pudo soportarlo. Todo lo que hizo durante los últimos dos años fue hablar de Jamila. Jamila esto, Jamila aquello.

Oh, no. Recordé todo el tiempo que pasaba en su oficina. Sus bromas desenfadadas. —¿Crees que… crees que está enamorado de Jamila?

—¿Enamorado? —Se rio, una risa aguda y fría—. Le tiene resentimiento. No paraba de hablar de cómo ella estaba—con perdón de la expresión— jodiendo la empresa que habían construido juntos. De lo mucho mejor que la dirigiría él si tan solo pudiera hacerse con el control.

Mi corazón dio un vuelco. —¿Hacerse con el control? ¿Dijo eso?

—Todos los malditos días. Hasta que lo dejé. Entonces seguro que se lo decía al espejo.

—Si de alguna manera encontrara el dinero para ejecutar sus opciones sobre acciones, ¿qué parte de Jamilow crees que podría controlar?

—Oh. —Hizo una pausa—. No había pensado que realmente lo llevaría a cabo. Si las ejecutara todas, tendría algo menos del cuarenta por ciento. Es la misma cantidad que Jamila se guardó para sí misma.

No era suficiente para arrebatarle el control entonces. Pero…

—¿Y si tuviera un socio que también estuviera comprando acciones mientras el precio era bajo? ¿O si tuviera otra fuente de ingresos? —Como un soborno de Moo-Lah.

—Mientras lo hiciera de forma discreta, podría superar las acciones de ella o ser lo suficientemente fuerte como para desafiar a Jamila como accionista activista.

—Podría expulsarla con una votación —dije—. O ejecutar una adquisición hostil por parte de Moo-Lah.

Mi madre jadeó.

Billie exclamó: —¡La víbora! ¿Crees que eso fue lo que hizo?

—Creo que él es la fuente de la filtración a Moo-Lah. Creo que ha estado bajando el precio de las acciones para poder acumular más. ¿Crees que le haría eso a Jamila?

—¿Hace diez años? Jamás. ¿Ahora? Me temo que sí. Puede que sea amable con ella de frente, pero a sus espaldas, es… no es una buena persona.

—Puta madre. —Hice una mueca—. Perdón, mamá.

—¿El director de operaciones planea apoderarse de la empresa de Jamila? Puta madre —repitió mi madre.

—Necesito pruebas —dije.

—Tengo un documento que detalla sus tenencias en Jamilow —dijo Billie.

—¿Y qué hay del dinero que podría haber recibido de Moo-Lah?

—Le enviaré un correo electrónico a mi abogada. Si está ahí, debería poder encontrarlo.

—Okay, está bien. Era la prueba que necesitaba.

Una voz grave murmuró al otro lado de la línea de Billie.

—¿Necesitas algo más, cariño? —preguntó—. Porque tengo una cita candente con un magnate malasio.

—No. Gracias. Has sido de gran ayuda.

—Enviaré ese correo ahora mismo —dijo—. Buena suerte.

—Gracias. —La energía zumbaba en mis dedos de las manos y de los pies. Tenía una pista que demostraría que Winslow era el de la filtración, una que evitaría que le hiciera a Jamila más daño del que ya le había hecho.

28

A LA MAÑANA SIGUIENTE, miércoles, entré a la sede de Jamilow como si fuera la dueña del lugar. No lo era, pero esperaba que, para el final del día, Jamila siguiera siéndolo.

Bruno me detuvo. —Señorita Jones, usted ya no trabaja aquí.

—Lo sé, Bruno. Y sé que está haciendo su trabajo, pero tiene que dejarme subir.

—No, no tengo por qué. Jamila dijo…

—Está bien, Bruno —dijo Hannah, bajando de las escaleras y acercándose a nosotros—. Se registrará como mi visitante.

—No estoy seguro de poder…

—Bruno. —Me incliné sobre el escritorio curvo—. Estoy aquí para salvar a Jamila. Y a la empresa.

Frunció el ceño. —Me suena a que va a causar problemas.

Tenía razón. —Probablemente. ¿Quiere venir con nosotras? Así puede acompañarme a la salida si causo el tipo de problemas equivocado.

—Justo. —Levantó el auricular y llamó a alguien. Cuando llegó el guardia de reemplazo, subí las escaleras con una credencial de visitante amarillo neón enganchada al cuello de mi aburrido vestido tubo azul marino, el que usaba para los funerales. En el segundo piso, las cabezas se giraron mientras nos dirigíamos a la oficina de Jamila. Felicia bloqueaba la puerta, con los brazos cruzados.

—Usted no puede entrar ahí. Ella no quiere verla. —Le lanzó una mirada acusadora a Bruno, quien arrastró los pies.

—Tengo algo que ella necesita ver. Algo que todos ustedes necesitan ver. Déjeme entrar. Todo lo que necesito son cinco minutos.

—Cinco minutos. —Apretó los labios—. Parece que puede hacer mucho daño en cinco minutos.

—Le prometo que no pretendo hacerle ningún daño a Jamila. Quiero ayudarla. ¿Por favor?

La última voz que quería oír provino de mi izquierda. —Absolutamente no.

Lentamente, me giré. Hoy, llevaba los mismos pantalones color frambuesa, sus zapatos de dos tonos, una camisa blanca con el cuello abierto y un blazer azul marino. —Winslow.

—¿Nuestro mensaje no fue claro en su último día, señorita Jones? Usted no es bienvenida aquí.

—Necesito verla. —Levanté la voz más de lo que era aceptable en una oficina donde la gente intentaba trabajar—. Ella necesita oír lo que tengo que decir.

—No necesita —siseó Winslow— oír nada más de usted. Bruno, acompáñela a la salida. De hecho, acompáñelas a las dos. Hannah, tú también estás despedida.

—¡No puede hacer eso! —No sabía que mi voz podía alcanzar ese volumen—. ¡Hannah no ha hecho nada malo!

—Ella te dejó entrar, ¿no es así? —Se acercó a mi cuello y me arrancó la credencial de visitante—. Sácalas de aquí, Bruno.

—¿Qué carajos está pasando aquí afuera? —Jamila estaba parada en el umbral de su puerta con las manos en las caderas, luciendo como una diosa vengadora—. ¿Acaso perdieron todos la puta cabeza?

—Jamila, necesito hablar contigo. Todo lo que necesito son cinco minutos. ¿Por favor? —Apreté el bolso que colgaba de mi hombro.

Miró su reloj inteligente. —Cinco minutos. Empezando ahora. —Girándose, volvió a entrar a su oficina y yo la seguí. También lo hicieron Winslow, Hannah y Bruno.

Jamila se acomodó en su silla como si cargara el peso del edificio entero sobre sus hombros. En ese momento, me di cuenta de que así era. No solo Hannah y Bruno le debían sus trabajos a ella, sino también Felicia y todos los que estaban fuera de esa puerta. Puede que hubiera estado tratando de demostrar su valía a su abuela, a su madre y a todos los que no habían creído en ella, pero como resultado, había construido un negocio que empleaba a cientos de personas y generaba dinero para miles más. Y yo estaba a punto de complicarle la vida mucho más.

Me paré frente a su escritorio, con los pies tan separados como me lo permitía mi falda estrecha. —La última vez, vine aquí con acusaciones bastante endebles. Hoy, tengo pruebas.

Metí la mano en el bolso Saint Laurent que le había pedido prestado a Mamá y saqué los papeles que había impreso del correo electrónico del abogado de Billie. —Este es un estado de cuenta que muestra las tenencias de acciones y opciones de Winslow.

—¿Qué diablos se supone que prueba eso? —Winslow intentó arrebatarme los papeles, pero se detuvo cuando Jamila extendió la mano para recibirlos.

Los examinó, asintiendo. —Nada que no supiera ya.

—Cierto, pero aquí es donde se pone interesante. En su reciente divorcio, Winslow se quedó solo con las acciones de Jamilow. Representan aproximadamente la mitad del patrimonio de la pareja y Billie se quedó con los otros activos. —Le entregué el siguiente juego de papeles.

—¿De dónde sacaste eso? —espetó Winslow—. Esos documentos son privados.

—Una amiga me los dio. —Me incliné hacia adelante—. Winslow posee una cantidad significativa de acciones de Jamilow directamente. También tiene opciones sobre acciones sin ejercer que casi igualarían tus propias tenencias, Jamila. Podría ejercer esas opciones para comprar esas acciones por una miseria.

Jamila puso los ojos en blanco. —Creo que todos sabemos cómo funcionan las opciones sobre acciones. No es nada nefasto. Winslow se ganó esas opciones como parte de su compensación ejecutiva y como uno de mis primeros empleados.

—Pero —dije—, desde su divorcio, no tiene suficiente efectivo para ejercer esas opciones, y mucho menos para comprar acciones adicionales a precio de mercado.

—Espera —dijo Jamila, con una sonrisa curvando sus labios—. Pensé que eras diseñadora de modas, florista, chef y consultora de relaciones públicas, no una experta financiera.

—Soy una Jones. —Me encogí de hombros—. De esto hablamos en la cena. En fin, lo más interesante es esta transacción reciente en la cuenta bancaria de Winslow el día después de que su divorcio fuera definitivo. —Dejé caer el último papel sobre su escritorio—. Un depósito de veinte millones de dólares de una cuenta *offshore* propiedad de Pavel Thakor.

—¿Qué? —Jamila ya no sonreía. Sus ojos se abrieron de par en par.

—No solo Winslow aceptó un soborno de tu competidor, sino que sospecho que planea usarlo para ejercer sus opciones sobre acciones y posiblemente comprar acciones adicionales. Planea asumir una participación mayoritaria en Jamilow. Supongo que planea destituirte como CEO y posiblemente intentar una adquisición hostil por parte de Moo-Lah. Y sospecho que también tuvo algo que ver con los problemas de desarrollo.

—Eso es ridículo —tartamudeó Winslow—. Jamila, ¿le vas a creer a esta niña? Entra aquí pavoneándose con su ropa de diseñador y con unos papeles que no debería tener —¿quién sabe si son legítimos?— haciendo afirmaciones que no puede corroborar de otra manera.

Jamila se levantó lentamente. —¿Lo hizo, Winslow? ¿Aceptó dinero de Pavel Thakor? ¿De Moo-Lah?

—No, yo… —Cerró la boca de golpe—. Necesito hablar con mi abogado.

—¿Por qué? —Su voz perdió todo su volumen, toda su osadía. Ese *porqué* era de una niña sobrecargada con el cuidado de dos revoltosos hermanos menores preguntándole a su madre por qué no iba a volver, pidiéndole a un diácono de la iglesia un camino más fácil, pidiéndole a su abuela que creyera en ella.

Se me partió el corazón por ella. Por lo que había tenido que mostrarle sobre un hombre que ella creía que era su amigo.

Ese hombre estaba de pie en su oficina, con la mandíbula apretada. —Jamilow podría ser mucho más. Usted nunca quiso tener el éxito que yo sabía que podíamos alcanzar. Tenía todas esas ideas de cuento de hadas sobre ayudar a la gente en crisis y educar a la gente para salir de la pobreza, pero nuestro negocio serviría mejor a las personas que ya tenían dinero para gastar en una aplicación de pago, a aquellos que compraban cosas que podíamos anunciar y que tenían el patrimonio neto para aprovechar una asociación con FA. Usted nunca pudo ver la visión de todo lo que podíamos ser.

Lamenté haber dejado mis cuchillos en la escuela de cocina. Arqueé una ceja afilada como una navaja. —¿Quiere decir todo lo que Jamilow podría ser si usted estuviera a cargo?

—Exactamente. —Puso las manos en sus caderas, ocupando un espacio que no merecía.

Miré a Jamila. Ella miraba, incrédula, los papeles que habían puesto su mundo de cabeza. Necesitaba tiempo برای procesarlo todo.

—Todos fuera —dije—. Incluyéndolo a usted, Winslow. Mejor llame a ese abogado. —Hice un gesto con las manos, arreando a la gente fuera de su oficina. Hice una pausa en la puerta.

—Lo siento mucho, Jamila —dije—. Desearía que no fuera verdad.

No dijo nada. Sus hombros se hundieron bajo el enorme peso de la traición.

Cerré la puerta suavemente detrás de mí.

———

CUANDO LLEGUÉ a casa una hora después, todo lo que quería era ponerme mi ropa deportiva, comerme un pote de helado en la cama y ver series de Darren Star hasta que los ojos se me secaran en sus cuencas. Pero mi hermana y su perro estaban sentados en la cama en la que quería desplomarme.

—¿Qué haces aquí? —le pregunté. Nunca habíamos sido el tipo de hermanas que pasaban el rato en la habitación de la otra, compartiendo secretos, maquillándonos o hablando de chicos, por mucho que yo lo hubiera deseado.

Acarició el pelaje negro de Bilbo. —Me voy hoy, ¿recuerdas? No quería volver a Ohio sin saber cómo fue el gran enfrentamiento. Mamá me contó lo que descubriste.

—Fue… como fue. —Me dejé caer en la cama, con las manos sobre los ojos. Bilbo me rozó la mano con la nariz y la levanté para acariciarlo—. Le rompió el corazón ser traicionada por alguien en quien confiaba. Alguien a quien creía su amigo.

—¿Qué le pasó a Winslow?

—Seguridad lo escoltó a la salida. Jamila tiene que hacer que sus abogados presenten los papeles antes de que las autoridades federales puedan involucrarse.

—¿Crees que se irá del país? Ese soborno fue suficiente para que cualquiera viviera cómodamente en alguna isla.

—Tal vez. —Me encogí de hombros contra el mullido edredón—. Pero probablemente confiscarán sus activos estadounidenses, como sus acciones, así que al menos no volverá a molestar a Jamila.

—¿Cómo se lo tomó ella?

—No bien. Esperaba que explotara, pero se cerró por completo. Me preocupa.

—Por supuesto que te preocupa. —Sam no era el tipo de persona que tocaba casualmente, pero me apretó la mano, la que descansaba sobre el costado de Bilbo—. ¿Crees que ha cambiado de opinión sobre ti?

Recordé la expresión vacía de Jamila. Ni siquiera me había dado las gracias. Lo entendía. Le había lanzado una granada a su empresa y me había marchado. Además, no lo había hecho por su gratitud. Lo había hecho porque era lo correcto.

—No lo sé. No soy lo más importante que está pasando en su vida en este momento, ¿o sí?

Llamaron a mi puerta y Charles asomó la cabeza. —Natalie. ¡Y Sam! Pensé que ya te habías ido.

—Todavía no. Necesitaba hablar con Nat un minuto.

—¿Les importa si interrumpo?

—Entra —dije.

Entró en mi habitación. —Recibí una llamada de Jamila hoy. Creo que te lo debo agradecer a ti. Francamente, me sentí un poco dolido cuando se asoció con FA, pero al final acudió a mí. Gracias, Natalie. Mi junta directiva ya está salivando por una asociación con Jamilow.

Continuó hablando de sinergia y revitalización para su banco anticuado, but dejé de escuchar. ¿Jamila había acudido a Charles?

Mi hermana preguntó: —¿Dijo que lo había hecho por Nat?

Inclinó la cabeza hacia un lado. —No, pero supuse…

—Lo siento, Charles —dije—. Todo eso fue cosa de Jamila. Ya no trabajamos juntas.

—Ah. —Su rostro se descompuso—. ¿Y ya no están, eh… haciendo otras cosas juntas?

Hice una mueca. —No.

Caminó hacia la cama y me levantó para poder abrazarme. —Lo siento. Sé que te importa.

Me relajé en su abrazo. —Está bien. La ayudé al final, así que al menos tengo eso.

—Y tienes una experiencia valiosa para poner en tu currículum.

—¿Mi currículum?

Se apartó para mirarme a los ojos. —Nunca te había visto tan feliz como cuando estabas trabajando en Jamilow. Parte de eso fue por Jamila, pero realmente disfrutabas el trabajo. Creo que deberías darle otra oportunidad a las relaciones públicas. Si Della Lippman no tiene un puesto para ti, estoy seguro de que conoce a alguien que sí.

—Eh. Quizá tengas razón. —Jamila nunca me recomendaría a nadie, pero Hannah podría darme una recomendación a su tía. La idea de volver a sumergirme en el trabajo de relaciones públicas encendió una chispa de emoción en mi interior, como no lo habían hecho la escuela de cocina, la floristería ni el programa de moda.

—Casi siempre tengo razón —dijo, soltándome—. Ahora, Sammy, tienes que ir al aeropuerto. Vamos, yo te llevo.

—¿Estás segura de que estarás bien? —preguntó Sam, escrutando mis ojos.

—Con el tiempo, sí.

—Mi casa estará lista cuando vuelva en dos semanas. ¿Vienes a vernos a Bilbo Baggins y a mí entonces?

—Sí. De acuerdo.

Me dio una palmada en el hombro. Bilbo fue más generoso con su afecto. Saltó a mis brazos y me lamió la barbilla. Ni siquiera me inmuté. Tal vez tendría un perro una vez que pusiera mi vida en orden y me mudara de la casa de mis padres.

Por primera vez, eso se sintió posible.

29

DESPUÉS DE QUE Andrew me dejó frente a la casa de Jackson un sábado por la noche a principios de julio, miré hacia la calle y sentí como si me hubieran dado un puñetazo en el estómago. Un Porsche convertible rojo, como el que yo manejaba cuando estaba con Jamila, estaba estacionado frente a su casa.

Entrecerré los ojos para verlo. Con el resplandor del atardecer, no podía estar segura de que fuera rojo. Podría ser marrón o naranja. Y podría ser de un año diferente.

Negué con la cabeza. Ella no se habría quedado con el auto después de que le devolví la llave. Habría terminado el contrato de arrendamiento antes de tiempo porque esa era la decisión financiera inteligente.

Tanto Charles como Jackson decían que ella estaba bien, pero deseaba poder verlo por mí misma. La miraría fijamente a sus hermosos ojos y vería si el dolor de la traición seguía ahí, o si un atisbo de esperanza lo había reemplazado. Antes de que pudiera acercarme lo suficiente para leer la placa o identificar al conductor, el auto se marchó.

Bufé ante mi ridiculez. Era una tontería alterarme por un auto que me recordaba a Jamila. También era una tontería de mi parte espiar la cuenta de redes sociales de Jamilow, cuidadosamente seleccionada por Hannah. Tenía que poner un temporizador de diez minutos, o me quedaría enganchada para siempre. Era aún más tonto masturbarme con los recuerdos de las pocas noches que pasamos juntas.

Bueno, quizá eso no era tan tonto.

Probablemente atesoraría esos recuerdos para siempre porque eran *muy excitantes*, pero era ridículo pensar que alguna vez había significado algo. Para ella yo fui otra aventura y no lo suficientemente especial para merecer su amor.

Llamé al timbre de Jackson y, como si hubiera estado esperándome allí, abrió la puerta.

—¿Lista para nuestra noche de cita? —pregunté, forzando una sonrisa pícara en mi cara.

—Claro que sí. Gracias por cuidar a los niños…

—No soy un niño. —Noah se abrió paso hasta la puerta—. Dile a Jay que tengo *trece*, que ya soy muy grande para tener niñera.

Recordando todas las veces que mi familia me trató como a un bebé —demonios, todavía me trataban como a la bebé—, le dediqué una media sonrisa—. No necesitas una niñera. Pero Val sí, y necesito toda la ayuda posible. Me ayudarás, ¿verdad?

—Sí, supongo. Sé dónde están todas sus cosas.

Valentine se nos acercó caminando y levantó las manos.

—Upa.

Noah se inclinó y la levantó, acomodando a la pequeña en su cadera de la misma manera que había visto a Alicia y a Jackson hacerlo cien veces. Mi corazón dio un vuelco enorme.

—Entonces seré yo quien te ayude —le dije.

Valentine se inclinó hacia delante, estirando sus puños regordetes hacia mí.

—Tía Na.

La tomé de los brazos de Noah, aspirando el champú de bebé de su baño.

—La tía Nat está muy feliz de verte, Val.

Se acurrucó en mi cuello y no pude contener mi sonrisa. Esta vez era real.

—Oye, Noah, ¿puedes darnos un minuto? —preguntó Jackson—. Necesito hablar con la tía Nat.

—Prepara un videojuego para nosotros —sugerí—. Nada demasiado sangriento, ¿de acuerdo?

—Podemos jugar después de que Val se duerma —dijo él—. Primero veremos una de sus películas.

—Mon-to —dijo ella, inclinándose de nuevo hacia él.

—Así es —dijo él—. La del monstruo azul.

Ella chilló de alegría cuando él la levantó de nuevo y la llevó rebotando a la sala.

Jackson me guio más allá del televisor, a través de la cocina hasta el cuarto de lavado y cerró la puerta. El gato de ellos, Tigger, estaba acurrucado encima de la secadora, durmiendo la siesta en el rayo de sol que se colaba por la pequeña ventana.

—Oh, oh. Debe ser serio si necesitamos una conversación a puerta cerrada —bromeé—. Espera. *¿Es* serio? ¿Está todo bien con Alicia?

—Ella está bien. El bebé está bien. Se está tomando un minuto para vestirse. Ha estado trabajando como una loca tratando de dejar todo listo para su licencia de maternidad. Esto es sobre ti.

—¿Sobre mí?

—Y sobre Jamila.

—Mierda. ¿Era ella la que estaba frente a tu casa? ¿Acaba de estar aquí?

—¿La viste?

—Solo su auto.

—Sí. Vino a hablar. Me dijo algo muy interesante.

—¿Ah, sí? —Tomé una respiración profunda, deseando que mi acelerado corazón se calmara.

Cuando Jackson se apoyó en la secadora, Tigger levantó la cabeza. Se puso de pie, se estiró y frotó su mejilla contra el hombro de Jackson. Él le rascó detrás de las orejas al gato, pero su mirada no se apartó de mi cara.

—Me dijo que te quitó la virginidad bisexual.

Mi cara ardió más que el sol de verano que entraba por la pequeña ventana.

—No seas asqueroso.

—No te hagas la inocente. Me dijo que ustedes dos tuvieron... intimidad.

Puse los ojos en blanco, recordando la etiqueta *casual* de Jamila.

—Apenas si me desfloró. Tengo veintiséis años. He tenido docenas de parejas, de varios géneros.

Se tapó los oídos con las manos.

—No quería oír eso.

—Entonces no saques a relucir la sexualidad de nadie, idiota —dije, molesta por el recuerdo de los constantes recordatorios de Jamila de que solo nos estábamos rascando una picazón—. No significó nada.

—¿Nada? —preguntó.

—Ella lo dejó abundantemente claro. Y ya no tenemos intimidad. No desde que me despidió.

—Así que ese día en la montaña y al día siguiente en el *brunch*, ¿estaban juntas?

—Sí.

—Ya veo. ¿Mamá lo sabe?

—Se lo dije cuando necesité su ayuda para saber la verdad sobre Winslow.

—¿Y le pareció bien?

Me hirvió la sangre. Apreté los puños.

—¡Habría pensado que tú, de entre todas las personas, el mejor amigo de dos personas *queer*, me apoyarías!

—Te apoyo. Pero me preocupo por ti. Ojalá hubieras venido a mí para pedirme ayuda con mamá. Quizá también con Jamila.

—No necesito tu ayuda.

Extendió las manos.

—Lo sé. Ya no eres una niñita con coletas. Tienes un trabajo de adulta. Pero como tu hermano mayor y como amigo de ella, me habría sentido mejor si hubiera ayudado.

—A veces la gente no quiere ayuda, Jackson. —La nuca me picaba. Yo le había impuesto mi ayuda a Jamila. Quizá si le hubiera preguntado primero, no habría arruinado la amistad que tanto apreciaba.

—Lo siento. ¿Me perdonas? —Me puso los ojos de cachorrito más tristes de la historia.

Puse los ojos en blanco.

—Supongo.

—De verdad, ¿estás bien? ¿Especialmente con mamá?

—Estamos bien. Creo que ella sería más feliz si yo conociera a algún tipo rico, me enamorara perdidamente y le diera media docena de nietos, pero tampoco le importaría si conociera a una mujer rica. Aunque ahora trabajo para Della, se preocupa por mi futuro.

A pesar de lo ocupada que estaba con el lanzamiento de su producto, Jamila me había sorprendido cuando llamó a Della Lippman para decirle que debía contratarme. No había tenido la oportunidad de aprovechar la conexión de Hannah antes de que Della me ofreciera un puesto. Y luego Jamila me había enviado el cactus en flor más adorable. La nota simplemente decía: *Buena suerte en tu primer día. Sé que florecerás en tu nuevo trabajo.*

No había dicho nada sobre el amor, por mucho que mi sensiblero corazón hubiera querido interpretar el gesto de esa manera. El cactus no era una broma sobre su personalidad espinosa ni un recordatorio de Quill.i.am, sin importar que la etiqueta lo identificara como un cactus erizo, *Echinocereus fendleri*. Estaba tan ocupada rediseñando su producto que probablemente había hecho que Felicia lo hiciera, y fue pura coincidencia. ¿La recomendación para el trabajo? Solo otra forma de asegurarse de que mantendría mi distancia.

Entrecerró los ojos.

—Entonces, ¿estás bien?

—Sí. Creo que por fin he descifrado mi vida. Estoy feliz en el trabajo, y quizá algún día, pueda encontrar el amor de nuevo.

—¿La amabas?

—Sí. —No admitiría que era tan patética que todavía la amaba, un mes después de que me dejara y despidiera de un solo golpe—. Fuiste amable con ella, ¿verdad? ¿Cuando te contó lo nuestro? Tenía miedo de lo que pudieras pensar.

Él se enderezó.

—Espero que me dieras más crédito que eso. Siempre serás la bebé de la familia. Puede que te moleste un poco…

—¡O mucho! —Le di un puñetazo en el brazo.

Atrapó mi puño y lo sostuvo.

—Pero tú y Jamila son mujeres adultas, capaces de tomar sus propias decisiones. ¿Y si dos de mis personas favoritas en el mundo terminan juntas? —Se encogió de hombros—. No sería lo peor del mundo.

Ojalá Jamila hubiera podido entender eso. Quizá si no hubiera estado buscando una excusa para terminar las cosas, no habría perdido su confianza.

Abracé a mi hermano con fuerza.

—Gracias.

—¿Por qué?

—Por creer en mí. Por pensar que, ya sabes, valgo algo.

—Loquilla.

Y ahí estaba, la carrasca que tanto temía. Probablemente seguiría haciéndome carrascas cuando tuviera sesenta años. U ochenta. Pero no se sintió terrible. Se sintió como amor.

—Vales algo —dijo—. Vales mucho. ¿Y qué si te tomó un tiempo resolver tus mierdas? Yo todavía estoy resolviendo las mías. Todos lo estamos haciendo… incluso Jamila.

Me soltó y retrocedí, peinando con los dedos el desastre enredado que había hecho con mi cabello.

—¿Por qué no te quedas a dormir aquí y pasas el rato con nosotros mañana? Vamos a una parrillada.

Solté un suspiro.

—Claro. ¿Por qué no? —Sería mejor que quedarme en mi habitación, mirando las inexistentes redes sociales personales de Jamila y lamentando lo que había perdido.

30

AL DÍA SIGUIENTE, mientras manejábamos hacia el sur por la 101 en la camioneta de Alicia, el nudo en mi estómago se hizo más grande. Hacía dos meses que no estaba tan cerca de Silicon Valley, y deseaba poder distraerme de los lugares tan familiares poniéndome unos audífonos y jugando algo en mi teléfono como lo hacía Noah. Valentine estaba asegurada en su silla para auto en medio del asiento trasero y se había quitado una de sus diminutas zapatillas Nike. La busqué en el suelo y luego se la volví a poner en el pie.

—¿Cuánto falta? —pregunté al ver el letrero de la salida de Marsh Road.

—¿Por qué? —Jackson me miró por el espejo retrovisor, con las manos relajadas sobre el volante—. ¿Tienes algo mejor que hacer?

—No, es que… —No terminé la frase cuando Jackson tomó la salida, que me resultaba demasiado familiar. Aparté el cinturón de seguridad de mi pecho—. ¿Dónde es exactamente esta parrillada?

—En casa de una amiga.

—Jackson —Alicia le puso una mano en el hombro—. Debería saberlo.

—Pero lo prometí.

—¿Qué debería saber? —Me incliné hacia el espacio entre los asientos delanteros.

—¡No, no, no, no! —se rio Val.

—La parrillada es en casa de Jamila —dijo mi hermano—. Es una precelebración por el lanzamiento de su producto.

—¡Maldita sea, Jackson!

—¡El frasco de las groserías! —dijo Noah a pesar de sus audífonos.

—¡Maldita sea, maldita sea, maldita sea! —Valentine pateó con sus zapatillas en su silla para auto entre nosotros.

Me apreté el puente de la nariz. —Lo siento. Pero ¿por qué no me lo dijiste?

—¿No estás lista para verla? —preguntó mi hermano, deteniéndose en un semáforo.

—Yo… no lo sé. —Sobre todo, no vistiendo un par de jeans de antes del embarazo de Alicia que me quedaban demasiado largos y que me había arremangado en los tobillos, y su camiseta que decía: «Ustedes pueden irse todos al infierno y yo me iré a Texas».

—Si no estás lista, podemos dejarte en algún sitio y recogerte en un par de horas —dijo Alicia.

Sonaba tentador, esconderme en una boutique o en un café y no tener que volver a enfrentar a Jamila, no ver la expresión pétrea en su rostro y recordar una época en la que sus ojos brillaban de pasión cuando me miraba; cuando lo nuestro era casual, pero se sentía como mucho más.

Ayer le había dicho a mi hermano mayor que yo era una mujer adulta, y era hora de que actuara como tal. Podía enfrentarla. Podía ser amigable. Podía charlar con ella sobre su próximo lanzamiento y sentirme feliz por ella y orgullosa de mí misma.

—Está bien —dije, mirando por la ventana las otras casas modestas de su calle.

Jackson se estacionó en el primer lugar disponible en su calle, prácticamente de vuelta en la señal de alto. A la señora González le debía encantar que hubiera autos estacionados a ambos lados de la calle. Después de que Jackson liberó a Valentine de su silla para auto y descargó prácticamente el valor de una tienda de descuento en juguetes inflables, seguimos un camino de adoquines por el costado de la casa hasta la puerta abierta en la cerca de madera. Tomamos el corto sendero hacia la alberca, y Val se retorció en mis brazos, jalándome el cabello hasta que la miré.

—¡Berca! ¡Berca! ¡Berca!

—Sí —dije—. Es una alberca bonita. ¿Quieres meterte?

—¿Puedes sostenerla un segundo mientras saludamos? —preguntó Jackson—. Le pongo el traje de baño en un minuto. —Cuando asentí, él y Alicia se dirigieron directamente hacia Jamila, que estaba en el extremo de la alberca con un sombrero de sol que reconocí y una de esas fundas térmicas para latas en la mano.

Cuando nuestras miradas se cruzaron en el patio trasero, su mirada me quemó hasta los huesos.

No estaba lista.

Todavía no. Apenas había asimilado el hecho de que la vería hoy. No había preparado un plan ni un guion, y mucho menos uno para lidiar con su ira. ¿Cómo podría evitar humillarme cuando recordaba la última vez que había usado ese sombrero y lo que había sucedido después? Nunca podría olvidarlo y volver a ser quien era antes. Me había prometido que nunca volvería a caer en la personalidad simplona que fui en la fiesta de Billie.

Noah dejó un montón de juguetes para la alberca cerca de los escalones de la parte menos profunda. Él me salvaría.

—¿Necesitas ayuda? —pregunté.

—¿Con qué?

—No lo sé. Preparando las cosas.

—No. Ya terminé. —Señaló la pila desordenada de un chaleco de natación, un flotador de unicornio, un juego de palos de buceo y media docena de fideos de alberca.

Se agarró la cintura de sus pantalones deportivos, se los bajó por sus delgadas piernas y salió de ellos. Llevaba puesto un traje de baño debajo, y su camisa era una camiseta de licra. Dejando sus sandalias junto a la alberca, se tiró de bomba. Retrocedí para evitar empaparme.

Noah salió a la superficie, apartándose el pelo largo de los ojos. —¿Vas a entrar, tía Nat? —gritó.

—No, estoy bien. Esperaré a que tu papá traiga a Val. —Agradecí la excusa. Necesitaría reunir mucho más valor para volver a mostrar mi piel delante de Jamila.

—Hola, Natalie. —Un tipo alto, rubio y guapo se me acercó con una cerveza de cuello largo en la mano.

—¡Tyler! Y Marlee. —Saludé a su esposa y los abracé a ambos. Marlee y Tyler tenían más o menos mi edad, y a menudo nos encontrábamos en las fiestas—. Felicidades a los dos. No creo que los haya visto desde que se casaron.

Cuando Marlee nos abrazó a Val y a mí, sus enormes lentes de sol se enredaron en mi cabello, y nos reímos mientras nos desenredábamos.

—Cuéntenme todo sobre su boda —dije.

—Fue pequeña —Marlee hizo una mueca—. No pudimos invitar a todos los que queríamos…

Desestimé su excusa con un gesto. —No te preocupes. Lo entiendo. —Tyler y Marlee no venían de familias con dinero. Habían pagado la boda ellos mismos mientras apoyaban al padre de Marlee en un centro de cuidados para la memoria.

—Fue mágica. —Marlee suspiró en éxtasis. Parecía un cuento de hadas, sobre todo cuando me mostró una foto de los invitados encendiendo luces de bengala al atardecer. Marlee había empezado a contarme sobre su luna de miel cuando Ben, a quien no había visto desde aquel desastroso *brunch*, se acercó corriendo y la abrazó, seguido por Tyler, y luego a mí. Cooper iba detrás de él, pero no abrazó a nadie.

—¿Ves, cariño? Te lo dije. —Ben me escaneó de pies a cabeza—. Está usando su ropa. Y tiene el pelo de «me acaban de fo-o-o-ollar». Lo siento —susurró, mirando a la bebé—. Me debes cincuenta dólares. La otra parte de nuestra apuesta la cobraré cuando lleguemos a casa. —Guiñó un ojo.

—¿Apuesta? —Pasándome los dedos por el pelo, deshice un nudo que Val había hecho con sus manos sudorosas.

—Tú y Jamila. Lo supe cuando las conocimos en el *brunch* ese día. Cooper no lo creía. ¿Y adivina quién tenía razón? —Se rio entre dientes.

—No, no estamos… —Me contuve de decir *más*. —No estamos juntas. Esta es la ropa de Alicia. Anoche cuidé a los niños y me quedé a dormir.

—Oh. —Los labios de Ben se curvaron hacia abajo—. Pero esperaba que…

Cooper se inclinó para poner su boca en la oreja de su prometido. —Yo cobraré *mi* ganancia en casa —ronroneó.

Ben se estremeció de pies a cabeza. —Terminemos de saludar. Siento que nos iremos pronto.

—Ja, ja. —Forcé una sonrisa en mi rostro—. Las parejas comprometidas son lo peor, ¿verdad?

Pero Tyler me miró con los ojos entrecerrados. —Tú y Jamila, ¿eh?

—No, no, para na… —Tuve que detenerme de nuevo—. Para nada.

—Necesita a alguien como tú —dijo Tyler—. Para ayudarla a sobrellevar todas sus cargas. Pensé que Winslow era esa persona, pero todos vimos cómo resultó eso. —Frunció el ceño.

—Creo que necesito un trago. —Me estaba ahogando con todas las palabras que se amontonaban en mi garganta como un choque múltiple en la I-80.

Tyler me señaló una mesa instalada a la sombra, y me dirigí hacia ella, evitando el círculo de personas alrededor de Jamila.

El bar no era una hielera de autoservicio con cervezas. Había una *barman*. Y era Rhiannon. Hice una mueca al verla, temiendo cualquier comentario mordaz que tuviera para mí.

—Hola, Natalie. ¿Qué te sirvo? —Me miró con recelo.

—Oh. Ehm… ¿tienes un vino espumoso?

—Tenemos un *blanc de blancs* de Napa.

—Perfecto. Gracias. —La observé servir el vino—. No parece justo que trabajes toda la semana y luego tengas que trabajar en la fiesta de Jamila.

—No, esta es mi elección. Jamila me obligó a venir ya que, ya sabes, básicamente construí el producto. A pesar de esa serpiente, Winslow. —Frunció el ceño—. Me gusta quedarme aquí. Me da una forma de hablar con todos, pero no tengo que exponerme. Ellos vienen a mí.

—Inteligente. —Alcé mi copa en un brindis y tomé un sorbo del vino amargo. Las burbujas me hicieron picar la nariz.

—Oye, hablando de inteligencia… —Rhiannon bajó la mirada —. Fuiste una tonta al pensar que yo era la informante, pero al final lo descubriste. Nunca pensé… De todos modos, gracias por aferrarte a tus pendejadas de Jessica Fletcher.

—Ehm. ¿De nada? Pero no lo hice por ti.

—Sé por quién lo hiciste. —Su mirada se encontró con la mía —. Ambas nos preocupamos por ella de diferentes maneras. Aprecio lo que hiciste por todos nosotros.

Asentí. —¿Quizás ahora podamos ser amigas?

Ella resopló. —¿Amigas? No escupí en tu *vino espumoso*. Eso es un comienzo.

—Justo. Gracias por eso. Supongo que nos vemos. —Aunque probablemente no lo haría. No volvería a Jamilow, y la próxima vez que Jackson me ofreciera salir, le preguntaría a dónde íbamos antes de subirme a su camioneta.

—Asegúrate de comer algo. No voy a recogerte borracha más tarde. —Señaló una parrilla gigante, atendida por dos hombres enormes.

Con una sonrisa a medias, me arrastré hacia la parrilla para mi próximo encuentro incómodo. Ni siquiera las fiestas estiradas de mi madre eran tan tortuosas.

—Hola, J.J. Hola, Jevin.

—Nat-a-lie. —Jevin alargó las sílabas de mi nombre con una mirada evaluadora—. Te ves bien.

—Deja eso. —J.J. le dio un codazo a su gemelo en las costillas con la fuerza suficiente para hacerlo gruñir—. Es la chica de Mila.

—Oh, no, no soy…

—No veo un anillo. —Jevin guiñó un ojo—. Está disponible hasta entonces.

—Eso es asqueroso, hermano. Natalie. —J.J. me sonrió, y fue desgarradoramente similar a la sonrisa de Jamila—. ¿Qué te sirvo? ¿Las mejores costillas que hayas probado en tu vida, o una hamburguesa mediocre de mi hermano?

—Sácate la cabeza del culo, J. —Esta vez, fue el turno de Jevin de darle un codazo a su gemelo—. Es vegetariana. Tengo tu hamburguesa vegetariana justo aquí, ricura. —Sacó un pan tostado de la parrilla y deslizó una hamburguesa sobre él.

—Lo siento. Lo olvidé. —J.J. se levantó la gorra de los Texas Longhorns y se secó el sudor de la frente con el dorso de la muñeca—. Las guarniciones están allá. —Señaló otra mesa que tenía tazones para servir—. Aléjate de la cazuela con papas fritas. Tiene pollo.

—Entendido. ¿Ustedes dos están bien? Fue amable de su parte venir aquí para el lanzamiento de Jamila.

—Bueno, eso no es todo lo que…

—¡Oye! —J.J. le dio un puñetazo en el brazo a Jevin—. Ahí va tu boca otra vez, moviéndose como una vieja puerta mosquitera oxidada. —Le lanzó a su gemelo una mirada funesta.

—Lo siento, viejo. Se enterará muy pronto.

—¿Quién se enterará de qué? —Busqué a Jamila en el grupo de gente junto a la alberca—. No están planeando una broma pesada, ¿verdad?

—Esa es una idea. —Jevin se frotó la barbilla bien afeitada—. Tal vez Mila debería ir a nadar.

Me inflé de orgullo. —¿Si lo intentas, tú vas a ir a nadar. Y no creo que a tus Air Jordans les guste mucho eso. —miré fijamente sus impecables zapatillas *vintage*.

—Esta no está jugando. —Jevin levantó su espátula—. Nada de bromas. Lo prometo.

—Acción de Gracias va a ser divertido —masculló J.J.

—Ve a comerte esa hamburguesa vegetariana antes de que se

enfríe —dijo Jevin—. Y asegúrate de probar la ensalada de papa. Es la receta de nuestra abuela.

Me arrastré hacia la mesa de las guarniciones donde vi la ensalada de papa y dejé una cucharada en mi plato de papel. Me serví un poco de ensalada y un *brownie* chocolatoso —ciertamente me merecía el capricho después de haber sido arrastrada a casa de Jamila en contra de mi voluntad— y encontré una mesa vacía a la sombra de un sicomoro.

Extendí mi servilleta en mi regazo. La ensalada de papa se veía bien, con trozos de papa amalgamados por un aderezo cremoso. Algo verde, tal vez apio, añadía color. Busqué mi tenedor, pero había olvidado tomar uno. Eché mi silla hacia atrás y puse mi servilleta junto a mi plato.

—¿Buscabas esto? —Jamila me entregó un tenedor y un cuchillo de plástico transparente. Cuando la miré, el sol brillaba detrás de su cabeza, sus rayos se derramaban como una corona. Llevaba su top de bikini blanco con una camisa ligera, casi transparente, y un pareo estampado en rojo vivo, naranja y morado.

—Sí. Gracias. —Le tomé los cubiertos. ¿Por qué se había acercado? Podría haberme ignorado durante toda la fiesta. No, como anfitriona, tenía que saludar a todos, incluida la persona que tenía los sentimientos equivocados por ella, la persona que había hecho estallar su mundo.

—¿Puedo acompañarte? —Señaló la silla plegable a mi lado.

Asentí. Mientras ella se acomodaba en la silla, pinché la ensalada de papa con mi tenedor. Mi apetito había desaparecido junto con la poca compostura que me quedaba.

—Gracias por venir. —Retorció el borde de su camisa.

—Jackson me trajo aquí con falsos pretextos. No era mi intención colarme en tu fiesta de lanzamiento.

Me miró a los ojos. —¿Yo quería que estuvieras aquí.

—¿Yo? —Puse una mano en mi corazón para frenar su galope—. ¿Querías que *yo* estuviera aquí?

—Solo tú. No me importa nadie más.

—¿Ni siquiera mi hermano? ¿O tus hermanos?

—Bueno, está bien, me importan los hermanos.

Una media sonrisa se dibujó en mi rostro. —¿Qué hay de Rhiannon? ¿Y Alicia?

—Bien. —Levantó las manos con impaciencia—. Invité a todas estas personas aquí porque me importan. No me arruines mi gesto romántico.

—¿Gesto romántico?

—Lo sé, lo sé. No son las palabras que la mayoría de la gente asocia conmigo. Pero es lo que quieres, ¿no es así? ¿Todavía? —Sus ojos se suavizaron como un pastel de lava de chocolate—. Por eso te envié ese cactus erizo. ¿Llego demasiado tarde?

A pesar del calor del sol, se me puso la piel de gallina. —¿Demasiado tarde? ¿Qué estás diciendo?

—Estoy diciendo que tú eres la indicada para mí. Cuando estábamos juntas, mis sentimientos me asustaban. Nunca había sentido tanto por nadie con quien hubiera salido. Nunca me permití sentir, pero contigo no pude evitarlo. Cuando pensé que habías actuado a mis espaldas, me dolió. —Hizo una mueca y se palmeó el pecho—. Justo aquí.

—Como cuando tu mamá se fue —dije.

Arrugó la nariz. —No, eso fue definitivamente peor. Nunca quise volver a sentirme así, y pensé que si podía controlarlo todo, no tendría que hacerlo. Pero tú me hiciste perder el control. Estaba enojada.

—Lo sé. —Puse mi mano sobre su rodilla, con la palma hacia arriba, y ella la tomó.

—Cuando irrumpiste de nuevo y me dijiste que Winslow era el que me había traicionado, me quedé como paralizada. Como una pantalla azul en mi cerebro. Tardó un minuto en reiniciarse. Para entonces, te habías ido.

—Pensé que necesitarías un minuto. Tú y Winslow eran cercanos.

—Sí. —Sacudió la cabeza—. Había intentado hablar conmigo sobre sus ideas para dirigir la empresa, pero lo ignoré. Pensé que era un desacuerdo saludable. Estaba equivocada.

—Lo siento. Ojalá hubiera podido estar ahí para ti.

—Lo estuviste. —La intensidad había vuelto—. Me mostraste lo que me había perdido. Todavía tengo la participación mayoritaria en Jamilow, gracias a ti. Salvaste mi empresa. —Se aclaró la garganta—. Gracias.

Bajé la mirada a nuestras manos unidas. Sus dedos largos y oscuros se extendían sobre mi piel más pálida. —Eso es un poco extremo. *Tú* salvaste la empresa. Yo solo te di la información que necesitabas.

—Y me presionaste hasta que la acepté. —Se encogió de hombros—. Pero no te pedí que vinieras aquí para hablar de la empresa.

Resoplé. —Que yo recuerde, no me pediste que viniera en absoluto.

—¡Sí que lo hice! Le pedí a Jackson que te trajera.

Le di una mirada dudosa.

—Okay, bien. Quizás necesito trabajar en mis habilidades interpersonales, pero eso es lo que te estoy pidiendo. ¿Puedes darme la oportunidad de mejorar? Mientras paso demasiado tiempo en el trabajo. Mientras sigo metiendo la pata delante de periodistas y sus cámaras.

Mi vino espumoso se había quedado sin gas en su vaso de plástico, pero las burbujas subían dentro de mí. —¿Qué me estás pidiendo, Jamila? Porque hasta ahora no suena como una gran oferta.

—Estoy siendo honesta contigo. Esto es lo que obtienes. —Hizo un gesto con la mano sobre sí misma—. Soy quisquillosa, malhablada y nada parecida a lo que una princesa como tú se imagina. Pero si quieres estar conmigo, prometo esforzarme al máximo para ser lo que necesitas.

Mi corazón se detuvo. —¿Quieres estar conmigo? ¿Confías en mí de nuevo?

—Siempre confié en ti. No pude evitarlo. Por eso dolió tanto cuando tú…

—¿Cuándo me puse en modo Nancy Drew contigo?

—Sí. Pensé que éramos lo suficientemente cercanas como para que me lo hubieras dicho antes de hacer algo tan extremo.

Tragué saliva. —Yo... yo... tenía miedo de arruinarlo como siempre lo hago.

—Nena, te amaría incluso si lo arruinaras.

—Espera. ¿Me amas?

—¡Maldita sea! Ves, no puedo hacer esto bien. Pensé que con la llamada a Della y el cactus, lo entenderías.

—Tenía la esperanza, pero no lo sabía. —Mi corazón revoloteó.

—Lo siento. Te dije que apesto en esto. Sí. Te amo.

Mi pecho estaba casi demasiado lleno para respirar. —¿Podemos hacerlo público? ¿Puedo ser tu... tu novia?

Apretó mi mano casi dolorosamente. —Quiero estar contigo con todo. Incluso te dejaré estar a cargo a veces. Lo que sea que necesites. Porque te necesito.

Me incliné hacia ella y susurré: —¿Me llamas nena otra vez?

—Te amo, nena. —Besó mis labios, una suave presión.

—Y yo te amo a ti... Mila. ¿Puedo llamarte así?

—Solo cuando estés contenta conmigo. No cuando te haga enojar.

—Nunca me harás enojar. —Besé la comisura de su boca.

—Oh, te prometo que te haré enojar. No a propósito, pero lo haré. Y estaré muy —me besó los labios— muy —me besó la mandíbula— muy arrepentida.

Me estremecí. —¿Habrá sexo de reconciliación?

—Absolutamente.

Con esfuerzo, me aparté. —Entonces yo también voy con todo.

Los ángulos duros se derritieron de su rostro. Solo quedaban sus labios carnosos, sus ojos cálidos y sus hermosos pómulos. Y todos eran míos.

—¿Has salido del clóset con todos los que te importan? —preguntó.

—Le dije a mi madre y a Charles. A mi hermana. A mis hermanos. Creo que todos los demás lo saben o lo sospechan. O me aman lo suficiente como para que no les importe.

—Entonces digámoselo a todos aquí.

—¿A todos? —Examiné a los invitados de la fiesta, pero esa era la vieja Natalie escaneando a la multitud. A la nueva Natalie no le importaba lo que pensaran los demás. No era mi trabajo complacerlos o hacerlos felices. La única persona que me importaba complacer era a mí misma, y a Jamila.

—Está bien —dije.

Agarrando mi mano, tiró de mí para que me levantara. —Este es el plan. Les decimos que somos pareja y luego nos escapamos a mi habitación.

—¡Pero todos sabrán lo que estamos haciendo!

—¿Y eso es un problema porque…? —Pasó una mano por la parte baja de mi espalda, por debajo de la cintura de mis jeans prestados hasta el punto justo en mi coxis donde tenía cosquillas. Unos escalofríos se extendieron desde donde su piel se encontró con la mía, encendiendo una llama en mi centro.

—Ningún problema —chillé.

—Eso pensé. ¡Oigan, todos! —gritó.

Y mientras le contaba a la multitud de nuestros amigos sobre nuestra relación, yo cantaba de alegría por dentro. La mujer más fabulosa del mundo me amaba. Solo a mí.

Y yo también la amaba solo a ella.

EPÍLOGO

RESULTÓ que a mi novia le encantaban las fiestas.

La parrillada de prelanzamiento que organizó en su patio el fin de semana pasado para familiares y amigos no fue nada comparada con la fiesta de lanzamiento oficial en la terraza de la azotea del edificio Jamilow.

Cuando trabajaba en el piso de abajo, no tenía ni idea de que esto estaba aquí arriba. El edificio solo tenía dos pisos de altura, pero la azotea ofrecía vistas a las copas de los árboles lejanos y a las luces centelleantes de Mountain View. Si te parabas cerca del lado oeste, podías ver la mancha oscura del estanque de abajo. Los reflejos de las luces de la azotea brillaban en su superficie.

—¿Qué haces por aquí? —el susurro de Jamila fue caliente en mi oído, y me estremecí.

Tomé la copa de champaña que me ofreció. —Observo.

Hizo el gesto de tocarme la frente con el dorso de su mano. —¿Natalie Jones está *observando* una fiesta? ¿No está en el centro, haciendo *networking*? Esto podría ser grave.

Le tomé la mano y la bajé a nuestro costado. —Hannah hizo un gran trabajo.

—Sí, me alegro de haberla contratado.

—Disculpa —le solté la mano para señalarme a mí misma—. Yo la contraté.

—Nadie trabaja en mi empresa sin mi aprobación. Fue una gran contratación.

Suspiré, dejándolo pasar. Éramos un equipo. Habíamos contratado a Hannah, que había organizado una increíble fiesta de lanzamiento. Todos los socios multimillonarios de Jamila estaban allí, excepto Winslow Keating-Ashworth quien, junto con Pavel Thakor, era actualmente objeto de una investigación federal. Reporteros y blogueros de tecnología abarrotaban la azotea.

—¿Qué haces tú por aquí? —le pregunté—. Deberías estar allí hablando con un bloguero o un inversor. No aquí conmigo. Te estás perdiendo tu fiesta —le di un suave empujón en el hombro.

—Estoy justo donde quiero estar —se dio la vuelta, de espaldas a la fiesta, y puso sus manos en mi cintura—. ¿Mencioné que me gusta este vestido? —sus manos recorrieron la corta distancia hasta el dobladillo y se curvaron bajo él.

Deslicé mis manos desde sus hombros hasta la nuca y jugué con los rizos cortos de su cabello. —Lo mencionaste cuando llegué a tu casa. Y de nuevo, en el asiento trasero del auto de camino para acá.

—Ah, cierto —susurró en mi oído antes de besarme el cuello—. No puedes responsabilizarme por recordar lo que digo cuando usas una falda tan corta. Me sorprende que tu mamá te dejara salir de casa con ella.

Le di un empujón en el hombro. —Puede que todavía viva con mis padres, pero ellos no opinan sobre lo que me pongo.

Me apretó contra la pared. —Quizás alguien debería hacerlo. Esa falda es indecente. Me hace preguntarme qué llevas debajo —cuando acarició la piel desnuda de mi trasero, sus ojos se abrieron de par en par—. ¿Nada?

—Las mujeres Jones no salen en público sin ropa interior —levanté la barbilla—. Es una tanga.

—Una tanga —encontró el hilo de la tanga y deslizó su pulgar debajo de él, acariciando el punto sensible en la base de mi columna—. Quizás debería llevarte a mi oficina para una evaluación más exhaustiva.

Estremeciéndome, agarré su mano traviesa, la saqué de debajo de mi falda y la sujeté con fuerza.

—Más tarde. En tu cama, no en tu oficina —la empujé suavemente para que se girara hacia la fiesta—. ¿Has hablado con alguno de los candidatos a director de Operaciones?

—Debo decir que fue brillante de tu parte invitarlos aquí. Sondeé a un par de ellos. Podrían estar interesados en el puesto. Aunque tendré que ordenar una verificación completa de antecedentes de cualquier candidato serio. No más espías corporativos —refunfuñó.

—No más espías corporativos —estuve de acuerdo—. Ni amigos.

—Hablando de no-amigos, ¿qué hace *él* aquí? —señaló a un hombre alto, su cabello canoso brillaba bajo las guirnaldas de bombillas Edison que cruzaban el centro de la azotea. Me resultaba vagamente familiar.

—¿Quién es?

—Ese es Harris Weston. Era el director ejecutivo de Synergy hasta que intentó una adquisición hostil.

Por eso me resultaba familiar. Solía estar en la lista de invitados de mi madre hasta que intentó abrir una brecha entre Cooper y Jackson. —Yo no lo invité. ¿Crees que Hannah lo hizo por accidente?

—No importa —gruñó—. No es bienvenido aquí —soltando mi mano, se dirigió hacia él. La seguí tan rápido como pude con mis tacones.

Tenía un vaso de algo oscuro en la mano mientras hablaba con un grupo de personas bien vestidas cerca de la barra. Llevaba un traje de Dolce & Gabbana que debería haber parecido fuera de lugar en la azotea informal, pero que de alguna manera hacía que todos los demás parecieran mal vestidos. Su corbata azul pálido resaltaba sus ojos azules, que eran realmente encantadores. De hecho, era guapo de una manera que podría haberme enamorado, si me gustaran los hombres maduros atractivos y si no estuviera tan loca por Jamila. Sus dientes blancos brillaron cuando sonrió.

Su sonrisa se desvaneció cuando vio a Jamila.

Ella le pasó el brazo por el suyo. —Una palabra, ¿Weston?

Él asintió despidiéndose del grupo. —Por supuesto, Jamila.

Caminaron hacia el lado oscuro de la azotea, detrás de la barra, y los seguí para asegurarme de que no le arrojara una bebida a la cara o intentara empujarlo por el borde. Estaba furiosa, así que cualquiera de las dos opciones parecía posible.

Lo detuvo de un tirón y siseó: —¿Cómo se atreve a mostrar su fea cara en mi fiesta?

Él levantó las palmas de las manos en un gesto de «cálmese». —Vine aquí con…

—No me importa si vino aquí con Barbara Jordan y Ruth Bader Ginsburg y sus ángeles asistentes. Usted. No. Es. Bienvenido. No en mi fiesta —puntuó cada palabra con una estocada de su largo dedo en su pecho.

—Bien —esta vez, cuando sonrió, no fue de forma amistosa. Fue fría y calculadora—. Logré lo que necesitaba —alisándose la arruga que Jamila había dejado en su corbata, se dirigió a la salida.

Jamila sacó su teléfono y pulsó un botón. —Bruno. Asegúrate de que Harris Weston salga del edificio. Es el imbécil que está saliendo de la azotea —guardó su teléfono.

Me acerqué. —¿Qué crees que logró?

—Que lo escoltaran fuera de mi edificio. Que pusieran su foto en el escritorio de seguridad como la de un estafador en una tienda.

—No, Mila, no vamos a hacer eso. No necesitas ser dura conmigo.

—Cierto —pasó un brazo a mi alrededor, pero se quedó mirando la puerta que se cerraba detrás de Weston—. No lo sé. Podría ser que solo quisiera dejarse ver de nuevo en una fiesta de tecnología. Abrirse paso de nuevo para ganarse el favor de todos y poder conseguir con halagos otro puesto de director ejecutivo o un puesto en la junta. O podría ser algo más nefasto.

Me estremecí. —Di *nefasto* otra vez.

Metió la nariz bajo mi oreja. —¿Deberíamos jugar un poco con la palabra *nefasto?*

—Es sexi cuando lo dices con ese tonito tuyo.

Se enderezó. —No tengo ningún tonito.

—Lo tienes cuando quieres. Cuando quieres despistar a alguien. No estarás considerando contratar a ese investigador privado de nuevo para que investigue a Weston, ¿verdad?

—No...

—Eso no sonó como un *no* de verdad. No más investigadores privados. Hablamos de esto. Todo en regla.

—Bien. Aunque me gustaría saber qué trama.

—Preguntaré por ahí. A ver qué puedo averiguar por canales no oficiales.

—Niña buena —me rodeó con un brazo y me acercó más—. Quizás perdiste tu vocación como investigadora privada. Lo hiciste muy bien descubriendo lo que tramaba Winslow.

—No —apoyé la cabeza en su hombro—. Estoy feliz donde estoy. Della Lippman es la mejor mentora que podría pedir.

Su mano se deslizó hasta mi cadera. —¿Segura que no preferirías volver a trabajar para mí? No estoy segura de poder pagarte lo que te paga Della, pero los beneficios... —deslizó los dedos bajo mi falda y los patinó hasta mi trasero, que frotó en círculos—. Los beneficios son increíbles.

Traté de no pensar en la humedad que se filtraba en el diminuto triángulo de mi tanga. —Los beneficios de ser tu novia son bastante espectaculares. No volveré a acostarme con mi jefa, gracias.

—Mmm. ¿Has pensado más en una visita a mi oficina?

—Absolutamente no. Eres la estrella de esta fiesta que Hannah se esforzó tanto en organizar para ti. Te quedarás aquí, en esta azotea, para estrechar la mano de la última persona que se vaya.

Me apretó el trasero y luego sacó la mano de debajo de mi falda. —Bien.

Ambas llevábamos tacones, así que tuve que ponerme de puntillas para susurrarle al oído. —Te prometo que las niñas buenas reciben una recompensa en casa.

Ella levantó las cejas. —¿Yo soy la niña buena en este escenario?

—¿Nos turnamos? —me mordí el labio.

—Me gusta —sus ojos oscuros brillaron—. Vamos a ver cuántas cosas escandalosas tengo que hacer para que la gente se vaya temprano.

—Creo que no entiendes bien el concepto de niña buena.

—¿Me lo enseñas, entonces? Sabes que me encanta verte en acción.

—¿Ah, sí? —di un paso hacia la fiesta, la miré por encima del hombro y batí las pestañas—. Entonces, sígueme.

Lo hizo.

EPÍLOGO EXTRA
LA BODA

Tres meses después

NO SABÍA qué era lo más hermoso: el cielo azul y despejado, el agua cristalina que susurraba contra la playa, la arena suave como el azúcar bajo mis pies descalzos, el par de novios guapísimos bajo la jupá adornada con flores, o Jamila, de pie detrás de mi hermano con un esmoquin entallado y un par de lentes de aviador.

Era un festín para los ojos.

Sus lentes de sol eran demasiado oscuros para saber qué hacía que los labios rojos de Jamila se curvaran. Esperaba ser yo.

Mientras que la mayoría de las invitadas a la boda llevaban vaporosos maxivestidos, yo me había puesto un vestido de estampado floral con volantes que apenas me cubría el trasero. Cuando pasé un dedo por el borde del pronunciado escote en V, ella se lamió los labios. Sí, mi novia me estaba mirando. Tiré un poco de la tela hacia un lado como si me hubiera dado un poco de calor. Y así era, por el ardor de su mirada.

Finalmente, el rabino dejó de hablar y levantó una delicada copa de vino. La envolvió en un paño de terciopelo y la colocó en el suelo entre los novios. Sonriendo, Ben levantó el pie sobre ella e instó a Cooper a hacer lo mismo. Con cuidado, bajaron los pies y la aplastaron juntos.

—¡Mazel tov! —gritaron los invitados.

Cooper se inclinó para besar a Ben. Parecía que iba a darle un casto piquito en los labios, pero Ben no estaba dispuesto a aceptarlo. Agarró a Cooper por las solapas y lo mantuvo allí. Jackson, siendo la persona madura que era, silbó cuando Ben le metió la lengua en la boca a Cooper.

Un segundo después, Cooper cedió. Sus largos brazos rodearon a su marido y giró sobre sí mismo para quedar de espaldas al no tan pequeño grupo de familiares y amigos que se habían reunido para presenciar su boda en la playa.

—Dale con todo, Cooper. Dale con todo, Ben —dijo Jamila. Volviéndose hacia las filas de invitados, añadió—: Oigan, todos. Dejémoslos en lo suyo y que empiece la fiesta.

Ella aplaudió y todos la imitaron. Cuando Cooper empujó a Ben contra la jupá, el arco se tambaleó peligrosamente. El rabino se apartó a toda prisa para guiar a los invitados hacia el bar de la playa, a pocos pasos de allí.

Jamila observó a Cooper y Ben unos segundos más antes de unirse a mí, donde yo la esperaba en la segunda fila.

Se quitó con dificultad la chaqueta del esmoquin, revelando una camiseta de tirantes blanca debajo. Se abanicó la cara con la chaqueta.

—Los esmóquines y las playas pueden ser geniales por separado, pero son una mierda juntos. Recuérdamelo cuando nos casemos.

—Espera, ¿qué? —Quizá me dio una insolación a pesar de mi fresco vestido veraniego y mi enorme sombrero de ala ancha.

—Los esmóquines. Demasiado calurosos para una boda en la playa.

—No, la otra parte. La de que nos casemos.

—¿Acaso no quieres? No hoy, claro. —Se limpió una gota de sudor de la frente.

—Claro que… espera. ¿Esto es una proposición de matrimonio?

—Oh, no, nena. —Me acunó la mandíbula—. Sé que quieres que te rindan a tus pies y toda la cosa. No te preocupes. Me encargo. Cuando sea el momento adecuado. —Y entonces me dio un toquecito en la nariz.

Le aparté la mano de un manotazo. —No. De ninguna manera. Esto no funciona así. Somos dos mujeres adultas. Vamos a tener una conversación adulta sobre esto. Nada de estas estupideces patriarcales sobre una proposición sorpresa cuando a ti te dé la maldita gana.

—Ya veo. —Se sentó en una de las sillas plegables hundidas en la arena y me senté en su regazo—. ¿Así que así va a ser?

—Contigo siempre es un intercambio de poder. —Me crucé de brazos.

—Creía que te gustaba eso. Cuando te llamo mi *baby girl*. —Su mano se deslizó por la parte baja de mi espalda hasta el punto que tan bien había aprendido a conocer. Un cosquilleo se extendió desde su tacto y el calor se acumuló en mi centro.

Me retorcí en su regazo y ella sonrió como el Gato de Cheshire.

—Sí me gusta. Cuando estamos jugando. En la cama, sobre todo. Pero esto es serio. Estás hablando del resto de nuestras vidas.

—Un momento. —Me quitó de su regazo y me dejó en la silla de al lado—. ¿No quieres eso? ¿El resto de nuestras vidas, juntas?

—Pues sí. Lo he querido desde que tenía quince años. Pero no creía que te interesara eso. La ceremonia. Los testigos. —Señalé las sillas vacías a nuestro alrededor—. Las cursilerías. —Hice un gesto con la mano hacia Cooper y Ben, que por fin habían soltado su beso y se dirigían, de la mano, hacia la recepción.

Lo que tenía demasiado miedo de decir era: *El compromiso. La vulnerabilidad.*

Pero fue como si hubiera oído lo que no había dicho. —Lo que siento por ti es… diferente. Como si fueras mi mejor amiga y más. No quieres más que cosas buenas para mí, y nunca te guardas nada para ti. Y yo quiero… —se aclaró la garganta— ser así para ti también.

Me incliné para besarla. —Ya lo eres.

Se apartó del beso pero puso una mano firme en mi hombro. —Todavía no, pero estoy trabajando en ello. Intento abrirme a ti. Como ahora. Mira, sé que solo llevamos juntas unos meses. Y me gustaría que fueran unos cuantos más. Probablemente deberíamos mudarnos juntas también. Para probar. Puedo conseguir una casa más grande, como a la que estás acostumbrada.

Se me cortó la respiración. —No necesito una casa más grande. Mientras tú estés en ella, compartiría un monoambiente.

—Esa es una idea terrible. Odiarías que te despertara con mis conferencias telefónicas con la India en mitad de la noche. Además, necesitas espacio para tus vestidos. —Tocó la rígida tela de popelina de mi falda acampanada—. Pero si estás lista, me encantaría que te mudaras a mi casa de Menlo Park. Y a la casa de la playa en Santa Cruz. Y a mi casa en las colinas a las afueras de Austin.

—Eso suena maravilloso. —Despertar junto a Jamila todos los días, dondequiera que estuviera, era mi sueño hecho realidad.

—Y si eso no te asusta, podemos acordar casarnos. A principios del año que viene.

—¿Una proposición es una tarea en tu agenda del primer trimestre? —Me mordí el labio para contener mi sonrisa de boba.

—Exacto. Aunque voy a delegarte la planificación de la boda. Hazla tal y como la quieres. Todas las cursilerías de cuento de hadas que se te ocurran, ¿de acuerdo?

Me miró a los ojos, desaparecida toda su habitual actitud bromista. —Quiero hacerte tan feliz como tú me has hecho a mí.

—¿De verdad? ¿Eres feliz? ¿Conmigo? Y no conviertas esto в una broma sexual —añadí mientras sus labios se torcían en una sonrisita.

—Sí. Puede que no lo demuestre por fuera, pero en mi revisión física del mes pasado, mi médico dijo que mi presión arterial estaba en un rango más saludable. Y duermo mejor. Parte de eso es el sexo, pero… —Se encogió de hombros—. Creo que principalmente eres tú.

Quitándome el sombrero, apoyé la cabeza en su hombro para no tener que mirarla para lo que estaba a punto de decir. —Si no estuviéramos juntas, no estoy segura de haber vuelto a mis clases de certificación de RR. PP. la segunda semana.

—Lo sé, nena. —Me acarició la espalda—. Solo necesitabas un pequeño impulso para tu confianza. Un poco de fuego en el vientre.

—Gracias por creer en mí.

—Siempre lo he hecho. Nadie más que tú podría haberme convencido de que necesitaba un departamento de RR. PP.

—Eso es ridículo. Toda gran corporación necesita un departamento de RR. PP. Sobre todo si tienen una directora ejecutiva con un carácter un poquitín… —le di un beso en los labios para acentuar las palabras—… diminuto.

—Esa es mi chica. Salvando a los directores ejecutivos de sí mismos, un desastre de RR. PP. a la vez. Теперь. —Su sonrisa se volvió maliciosa—. Mientras éramos parte del cortejo nupcial antes de la boda, Mimi me contó sobre una tradición judía llamada Yichud. Es básicamente un obligatorio siete minutos en el paraíso.

Me reí entre dientes. —Esta no es mi primera boda judía. Estoy familiarizada con el concepto. Y técnicamente son ocho minutos. Aunque la mayoría de las parejas no lo hacen ahí dentro. Suelen relajarse y tomar un tentempié.

—Resulta que sé de buena tinta que los recién casados no piensan usar la cabaña en la que la madre de Ben insistió en reservar para el Yichud. Y Ben me dio la llave. —La sacó del bolsillo y la levantó.

—¿Qué estás sugiriendo? —Enarqué las cejas.

—Sugiero que le echemos un vistazo. Nos aseguremos de que es apta para su propósito. Informemos a Ben y Cooper por si cambian de opinión.

—¿Por el bien de los novios? Me gusta. —Me puse de pie y le tendí la mano.

Jamila la tomó y se levantó. —Es… oh, oh.

—¿Vienen ustedes dos? —Jackson se había quitado la chaqueta del esmoquin y se había remangado la camisa blanca.

—Lo habríamos hecho si no fueras tan aguafiestas —masculle. En voz alta, dije—: En un minuto.

—U ocho —dijo Jamila.

—Cooper me envió a buscarlas para las fotos.

—Nadie quiere tomarse fotos con este calor. —Jamila se despegó la camiseta de tirantes del pecho—. Además, nos tomamos fotos antes de la ceremonia, cuando estábamos frescas.

Jackson rodó los ojos. —Es idea de Ben, una cosa del tipo antes y después, y sabes que Cooper no le negará nada.

—Échame la culpa a mí, entonces. —Jamila me tomó de la mano—. Le hice una promesa a mi chica, y eso es más importante.

—Allá tú. —Mi hermano se sacudió las manos—. Asegúrense de llegar a tiempo para el brindis.

—¿Cuánto tiempo tenemos? —pregunté.

Se encogió de hombros. —Probablemente media hora. La gente está haciendo fila para felicitar a la feliz pareja. Aunque puedo retrasarlos un poco. Cooper siempre espera que le arruine los planes.

—Gracias, Jackson. Estaremos allí en treinta. —Después de que se marchara por el camino de madera provisional, le susurré al oído a Jamila—: ¿Me muestras esa cabaña?

No estaba lejos la cabaña de color menta y rosa, la única que había entre nosotros y el bar de la playa. Pero había un problema.

Tyler tenía a Marlee presionada contra la puerta de la cabaña. Llevaba la falda subida hasta la parte superior de los muslos para poder rodear a Tyler con las piernas. Se estaban comiendo a besos, con las manos de él en el trasero de ella, ajenos a su entorno. Parecían estar a dos segundos de hacerlo de pie en la playa.

—Caray —susurré—. Quizá deberíamos…

Jamila se aclaró la garganta. —¿Saben que esta es una playa pública?

Tyler bajó a Marlee, que se bajó la falda. —Ups, nos dejamos llevar.

—¿Quizá deberían ir a un lugar un poco más privado?

Las mejillas de Tyler se sonrojaron mientras se pasaba una mano por el pelo. —Lo siento. Pensábamos entrar aquí, pero la puerta estaba cerrada, y...

Jamila sonrió. —No hay problema. Saben, el baño de damas del resort tiene un sofá y una puerta que se cierra con llave.

—¡Uh! —dijo Marlee—. Esa es una buena idea. Quizá necesite acostarme. —Se puso el dorso de la mano en la frente.

Tyler dirigió su atención a su mujer. —¿Estás bien?

—Claro que sí, cariño. —Le dio una palmadita en el brazo—. Pero siempre he querido que me tomaran con pasión en un diván.

—Como desees, princesa. —Le ofreció el codo y ella entrelazó su mano.

Jamila se rio. —Tómense su tiempo. Pondremos excusas si alguien pregunta por ustedes.

—Gracias. Eres la mejor. —Tyler condujo a Marlee hacia el resort.

—Me di cuenta de que no les ofreciste la llave de la cabaña —dije cuando estaban fuera del alcance del oído.

—No soy tonta. Este es mi nidito para el delicioso. —Metió la llave en la cerradura y la abrió. La cabaña era una sola habitación con una chaise longue doble y un par de tumbonas. Unas persianas proporcionaban ventilación, y un par de puertas francesas daban a la playa.

Tras cerrar la puerta con llave, Jamila corrió las diáfanas cortinas blancas para ocultar la vista. —Ahora... ¿cómo te quiero? —musitó.

Me arrodillé en la cama y la miré por debajo de las pestañas. —Solo tenemos media hora. En realidad, veinticinco minutos ahora. ¿Algo eficiente, como un sesenta y nueve?

—¿Eficiente? —resopló—. La eficiencia es para el código y los autoservicios. Nunca para el sexo. Además, he estado al límite desde que te vi con ese vestido.

—¿En serio? —Me mordí el labio—. No tenía ni idea.

Se acercó a donde yo estaba arrodillada y me pasó la mano por el costado para juguetear con el dobladillo de mi falda. —Sabías exactamente lo que hacías cuando te pusiste esto.

—¿Te gusta? —Le besé los labios, luego la base de su cuello donde se abría el collar.

—Me gustaría más subido —gruñó.

Me empujó suavemente por el hombro y me recosté en la chaise longue. Me levanté la falda para revelar mi tanga roja. —¿Así?

Me miró, hambrienta. —Exactamente así.

Acababa de meter el dedo en la cinturilla de mis bragas cuando se oyó un golpe en la puerta. El pomo traqueteó. Cuando jadeé, Jamila me tapó la boca con la mano y me guiñó un ojo.

—Está cerrado, mi tesoro. —La voz de Mateo retumbó a través de la puerta.

—Maldita sea. Sabía que debía haberle pedido la llave a Benny —dijo Mimi.

—Si me prestaras un par de tus horquillas, podría forzar la cerradura.

Intenté bajarme la falda, pero Jamila, con una mano まだ en mi boca, negó con la cabeza y la volvió a subir. Sus dedos juguetearon sobre la parte delantera de mis bragas y mi centro se contrajo.

«Mojada», articuló. «Te gusta esto».

No quería que me gustara. No quería excitarme con la idea de que mi amiga y su novio entraran y pillaran a Jamila con la mano en mi sexo. Pero, maldita sea, sí que me gustaba.

—O… —La voz de Mimi se volvió juguetona—. Podríamos corrernos aquí mismo.

—Mi vida, es una playa pública.

—Pero como Benny y Cooper reservaron todo el resort, y todo

el mundo está en la recepción, no hay nadie aquí. Vamos, seré rápida.

—Rápido no es lo que quiero contigo, mi tesoro.

—Podemos hacerlo lento más tarde. Después de desfogarnos. Sabes que verte tan elegante me da ganas de saltarte encima. Me recuerda a aquella noche en la gala. ¿Por favor?

No pude oír su respuesta, pero hubo otro fuerte golpe en la puerta. ¿Acaso la pequeña Mimi había empujado a su grandulón de novio contra ella? Por el gemido profundo, sí que lo había hecho.

Miré a Jamila con los ojos muy abiertos. Estábamos atrapadas en la cabaña mientras otra pareja echaba un rapidito al otro lado de la puerta.

La expresión de Jamila era malvada mientras me quitaba las bragas. Negué con la cabeza. Esto estaba mal, ¿verdad?

Pero cuando su pulgar aterrizó en mi clítoris, fue todo lo contrario a malo. Intenté concentrarme en ella, en la sensación que se acumulaba entre mis piernas mientras me frotaba, en mi necesidad, pero los sonidos que venían del otro lado de la puerta se filtraban.

—¡Sí, nena! ¡Sí! ¡Dios mío! ¡Estoy cerca!

Parpadeé mirando a Jamila. —¿Cerca? —susurré—. ¿El tipo es un minutero?

—O Mimi tiene una seria habilidad oral —murmuró Jamila—. Deberías preguntarle.

—No… oh. —Mi indignación se derritió cuando introdujo dos dedos dentro de mí. Me sentí iluminada por dentro, como si me hubiera tragado el sol y lo hubiera traído conmigo a la cabaña. Estaba brillante incluso detrás de mis párpados cerrados.

—Mírame, nena —susurró—. Quiero verte correrte.

—¡No, no sin ti!

—Shh.

Pero Mateo gritó, haciendo poco probable que nos oyeran. Suspiré, agradecida —pero también un poco decepcionada— de que mi tentación voyerista hubiera terminado.

—Quítate los pantalones —susurré. Cuando arqueó una ceja, añadí—: ¿Por favor?

Mientras Jamila se quitaba los pantalones del esmoquin y su propia tanga y los dejaba sobre una tumbona, me toqué ligeramente, un eco de lo que Jamila había estado haciendo, para mantener mi motor en marcha.

Jamila acababa de arrodillarse en la cama cuando oímos otro gemido de fuera. Esta vez, era Mimi.

Jamila y yo nos miramos parpadeando. «Mierda», articuló.

¿Estaba mal que escuchara mientras el novio de mi amiga le daba placer? Quizá. Pero después de escuchar la primera mitad de su aventura sexual, no podía detenerla ahora.

—Sube aquí —susurré—. Siéntate en mi cara. —Quizá con las piernas de Jamila rodeando mis orejas, no oiría a mi amiga.

Jamila negó con la cabeza. —No quiero arruinarte el maquillaje. ¿Hagámoslo así? —Tiró de mí hasta ponerme de rodillas y se montó a horcajadas sobre mi muslo, presionando su pierna tonificada contra mi centro. Me froté contra su muslo y gemí.

Jamila me tapó la boca, pero ya era demasiado tarde.

—¿Oíste eso? —preguntó Mimi.

Tras un segundo, Mateo retumbó: —No oí nada más que a ti, mi tesoro. Aunque tus muslos me tapaban los oídos. ¿Qué oíste?

—Un animal, ¿quizá? ¿Hay gatos salvajes aquí?

—Gatos callejeros, seguro. Quizá uno de ellos también estaba teniendo acción. Ahora, concéntrate, mi vida. Alguien vendrá a buscarnos pronto.

Ella soltó un largo gemido. Mateo también tenía talento.

—Vamos, nena —susurró Jamila. Ella también estaba mojada, mientras se deslizaba a lo largo de mi muslo. Su mirada se suavizó.

Le subí la camiseta de tirantes y le acaricié los pezones con los pulgares. Echó la cabeza hacia atrás y se frotó contra mí más rápido. ¿Yo? Me dejé llevar, dejando que sus musculosos muslos hicieran la mayor parte del trabajo contra mi clítoris. El sudor brotó en mi frente y entre mis pechos. Iba a ser un desastre en la recepción más tarde, pero no me importaba. Todo lo que me importaba era el rayo que me recorría la espalda.

Las caderas de Jamila bombeaban, catapultándome hacia el orgasmo con una fricción deliciosa. La miré a los ojos. Nunca me cansaría de esto, de ella, de nosotras. Pronto me mudaría a su casa y podríamos compartir mil pequeños roces cada día, algunos sexuales, otros reconfortantes, otros juguetones, cada uno uniéndonos más.

Era mía, y yo era suya, y algún día en un futuro no muy lejano, se lo demostraríamos a todo el mundo en nuestra propia boda en la playa. Me imaginé a Jamila con un vestido blanco y un velo vaporoso en la cabeza, mirándome como me miraba ahora, con asombro y amor.

Me incliné y besé sus labios rojos. —Te amo, Mila.

Gimoteó, un ronroneo bajo, y se quedó quieta contra mí. —También te amo, Nat.

No habíamos estado en silencio, pero no importó. Mimi dejó escapar un sonido incoherente y se dejó caer contra la puerta.

Yo también me dejé ir. Con un último empujón contra el muslo de Jamila, mi mente se alejó flotando sobre la arena y el océano, lejos con las aves marinas y la brisa cálida. Puse mis manos en sus hombros para estabilizarme.

—Mazel tov —murmuré en su oído.

—Mazel. Definitivamente haremos un Yichud en nuestra boda.

Una vez que Mimi y Mateo volvieron a la recepción, Jamila y yo nos arreglamos lo mejor que pudimos. Me limpió el rímel corrido y me alisó el pelo alborotado. Le refresqué el labial de larga duración con el bálsamo labial de mi bolsillo. De la mano, volvimos al bar del resort para la recepción.

—Mila. Natalie. —Cooper nos esperaba en los escalones que subían de la playa. Su mirada crítica nos recorrió y no pude evitar tirar de mi falda para cubrir mis muslos pegajosos—. Qué bueno que pudieron unirse a nosotros.

—Solo estábamos disfrutando del hermoso resort. La brisa tropical. Los cantos de la vida silvestre. —Jamila le sostuvo la mirada. Me reí disimuladamente cuando Tyler y Marlee salieron del pasillo que llevaba a los baños. Ella se sacudió la falda.

—¡Ah! Aquí están. —Ben se acercó a nosotros, sin la chaqueta del esmoquin y con los rizos empezando a encresparse—. Llegan justo a tiempo para el brindis. Bobby —llamó al guapo camarero—, ¿tres copas de champán y un agua con gas, por favor?

—Una ceremonia encantadora, chicos. ¿Qué mejor escenario para su matrimonio que la isla donde se enamoraron? —Apreté la mano de Jamila—. Es tan romántico.

—Gracias —dijo Ben—. Fue todo idea de Cooper. Y Luis y su personal se aseguraron de que todo fuera perfecto, hasta el último detalle. —Le alisó el cuello a Cooper, luego ahuecó la orquídea prendida en su solapa.

—Igual que mi marido —dijo Cooper—. Perfecto.

—Uf. —Jamila rodó los ojos—. Son más empalagosos que la miel. Necesito un trago para pasarlo.

Con una sincronización perfecta, Bobby presentó una bandeja de copas flauta. Cada uno tomó una.

—Hagamos esto, nene —dijo Ben. Levantó su copa bien alto—. ¡Jackson! Es la hora.

Mi hermano besó la mejilla de su esposa y luego se dirigió al centro del bar. Se metió los dedos en la boca y soltó un silbido agudo para acallar a los invitados. Luego pronunció un brindis sorprendentemente conmovedor.

Después de brindar por la felicidad conyugal, una banda de merengue empezó a tocar, y Ben y Cooper se balancearon al ritmo sensual. Después de un minuto, Ben hizo señas a todos los demás para que salieran a la pista. —Mi marido es cohibido. Acompáñennos —gritó. Las mejillas de Cooper se enrojecieron aún más, pero Ben lo atrajo hacia sí para darle un beso.

—Vamos, nena. Bailemos. —Jamila me ofreció un codo y dejé que me guiara a la pista de baile.

Observamos a las otras parejas hasta que aprendimos los pasos básicos. Después de unas cuantas canciones, estábamos sudorosas y riéndonos de lo malas que éramos, en comparación con los familiares isleños de Cooper.

Mientras daba vueltas por la pista con Jamila, supe que no importaba si estábamos en una playa del Caribe o en California, o en una oficina en Silicon Valley o en Austin, Texas, mientras estuviéramos juntas, no había lugar en el que preferiría estar que en los brazos de Jamila.

———

¡Muchas gracias por leer *Tiéntame*! Por favor, considera dejar una reseña en tu tienda favorita, BookBub, o Goodreads. Las reseñas ayudan a otros lectores a encontrar nuevos autores como yo.

Si te gustan las comedias románticas con diferencia de edad que tienen como protagonistas a mujeres fuertes e independientes, también podría gustarte mi serie 40 and Fabulous. Está ambientada en el universo de Synergy, así que podrías encontrar algunas caras familiares entre sus páginas. La serie comienza con *Frenemies and Lovers*, una historia de amor con noviazgo falso, diferencia de edad y ambientación vacacional, con los protagonistas el hermano de Natalie, Andrew, y su enamoramiento secreto, 13 años mayor que él. Está disponible en tu tienda favorita.

ACERCA DE LA AUTORA

A Michelle McCraw le encanta leer novelas románticas y trabajar en tecnología. Un día, decidió combinar sus dos intereses, y ahora escribe romance contemporáneo picante y nerd que podría hacerte reír. Sus libros presentan personajes que aman sin vergüenza la ciencia, la ingeniería y la tecnología.

Como autora estadounidense y texana de nacimiento, Michelle ha paleado nieve durante tormentas en Nueva Inglaterra y cambió a una quitanieves en el Medio Oeste. Ahora vive en Georgia, donde NO extraña la nieve EN ABSOLUTO. Disfruta de la lectura, los viajes, beber bourbon y consentir a su perro extraordinariamente mal educado pero adorable. Ha sido finalista en el RWA Vivian Contest, el Contemporary Romance Writers' Stiletto Contest y el Windy City Romance Writers' Four Seasons Contest.

facebook.com/MichelleMcCrawAuthor

instagram.com/MMOWriter

amazon.com/author/michellemccraw

goodreads.com/MichelleMcCraw

bookbub.com/authors/michelle-mccraw

LIBROS DE MICHELLE MCCRAW

Synergy Series

Trabaja Conmigo

Finge Conmigo

Viaja Conmigo

Mándame

Recuérdame

Tiéntame

40 and Fabulous

Fashion and Passion

Frenemies and Lovers

Books and Hookups

Conspiracies and Chemistry

Advances and Retreats

Marriage and Trouble

Sugar and Spice